向日葵！
朗、一面の向日葵！

そう叫ぶと、
アリスは子どもみたいな
歓声を上げて駈け出した。

やあ、朗
男の子みたいな口調で
彼女は答えた。
今日も紅いリボンのセーラー服で、
髪と体が濡れていた。

廃線上のアリス

マサト真希

ぽにきゃん
BOOKS

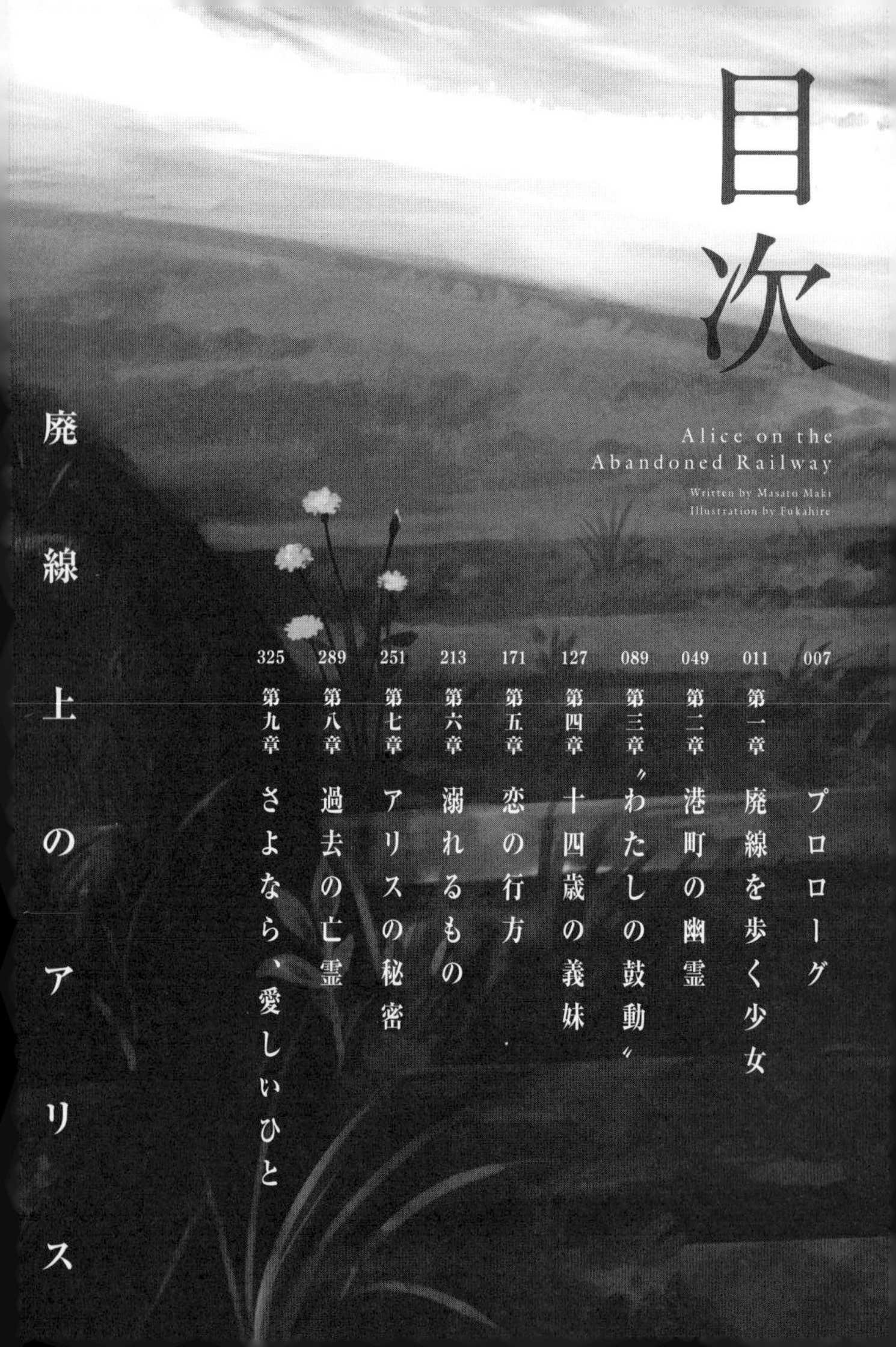

目次

Alice on the Abandoned Railway

Written by Masato Maki
Illustration by Fukahire

廃線上のアリス

廃　線　上　の　ア　リ　ス

プロローグ

ぼくに許されたのは、ただ一冊の本。

「無人島に行くつもりで選べ」

と父からの手紙には書かれていた。

ノートも教科書も、数少ない友人のアドレスが入った携帯電話も、中学のころから描きつづけてきたスケッチの道具も、ありとあらゆる一切合切を置いてこいとも。

父が手紙とともに、ぼく――「譲羽朗《ゆずりはろう》」宛に速達で送りつけてきた切符は、夜の八時に東京発の寝台列車。そして切符を手にしたのはその日の昼。

本を選ぶ時間はなかった。悩む時間もなかった。くすんだ背表紙が並ぶ本棚をさ迷うぼくの目に、ある一冊がとまった。


それが、ポール・ギャリコ『スノーグース』。


不具を抱えて孤独に生きる画家と、一人の少女の交流を描いた物語。

折しも六月の第二週。梅雨まっただ中の夏に向かう季節に、ぼくは冬の本を選んだ。流浪の旅にも近い行き先で、ぼくと〝彼女〟とを結びつける一冊になるとも知らずに。


……これは、ぼくが彼女を得て、彼女を失った話。

第一章

廃線上のアリス

廃線を歩く少女

〈一〉


「なんであんな人のところへ行くの、朗《ろう》」

改札口の別れ際、義妹の麻衣《まい》がぼくに訊《き》いた。

「朗とお義母《かあ》さんを放り出した人でしょ」

旅立ちの見送りは彼女一人だった。

中学生の義理の妹。ショートボブの十四歳の少女。七年一緒に暮らした少女。

この地下鉄の駅まで、彼女はずっとぼくの後をうつむいてついてきた。肩越しに見ると、セーラー服の青いリボンが頼りなげに揺れていて、ぼくは罪悪感で胸がきしきしと痛んだ。

ぼくが家にいなければ、ぎこちない義父と母のあいだを取り持つのは彼女しかいない。口下手のぼくがいてもさして変わりはないけれど、少なくとも関心は振り分けられる。

幼いころ、「妹を守ってあげてね」と母にくり返しいわれた。そう努めてきたつもりだった。でもいま、守らねばならない義妹を置いて、ぼくは東京を離れようとしている。

「ねえ。どうしてあんな人のところへ行くの」

黙っているぼくに麻衣は問いを重ねた。それでもぼくはなにもいわなかった。父に助けを求めたのは母だったし、それを受け入れたのはぼくだったから。

──ある日突然、ぼくは学校に行けなくなった。

　その理由を、ぼくはかたくなにだれにもいえずにいた。そんなぼくに東京を離れることを提案したのは、離れて暮らす血縁上の父だった。


　答えにくいことを答える代わりに、ぼくはＰＡＳＭＯをかかげた。

「それじゃ」

「朗なんか、いてもいなくてもどうでもいいし」

　麻衣が咳《せ》き込むように立てつづけに怒鳴った。

「気になんかしてあげないから。心配もしてあげないから。どうせ行ったら帰ってこないでしょ。一人でご飯も食べられないのにどうやって暮らすか知らないけど。わざわざ残してあげた苺《いちご》だって手をつけないでカビさせてたし。あたしの大好物なのにあれってひどいよね」

「あれは一年も前のことだろ。それに別れ際くらい〝お兄ちゃん〟って呼んでくれよ」

「はあ？　呼ぶわけないじゃん。朗のばか、ばーあああっか」

〝ばか〟のばー、のところを思い切り延ばしてぶつけると、麻衣はくるっと背を向けた。

　かと思うとスカートの裾をひるがえし、地下道を走っていく。

「行ってくるよ、麻衣」

麻衣の背中はエスカレーターにつづく角を曲がって消えた。声だけが聞こえた。

「行ってくるよなんて、帰ってくる人がいう言葉じゃん。朗のばか」


午後七時のターミナル駅はとてつもなく混み合っていた。

視界の彼方《かなた》まであふれる人の波は、ぼくと同じくどこかへ向かう人々なんだと旅情にひたる間もなく、気づけば流されるように改札を抜けていた。

ホームに上がり、だれかに背中を押される心地で停車中の寝台特急に乗り込む。

切符を片手に車両を移動。行き先は八号車のB寝台シングル個室。

そこは大きな窓とベッドのみの小部屋だった。

壁の隅には申しわけ程度の作り付けの小さなテーブルと棚。扉は鍵つきで、最低限に守られたプライバシー。振り返るのがやっとの狭さ。

それでも個室は個室だ。

見知らぬだれかと隣り合わせずに済む幸運はありがたい。

車内はコンコースの混雑と比べて不思議なほど人の気配は少なかった。代わりにホームから入り込む湿気をはらんだ息苦しい六月の空気がじっとりとわだかまっていた。

空調が効くのを待ちながら、ぼくはナップザックを小さな棚へ放り込む。着替えと財布と一冊の本だけのザックはあまりに軽すぎた。

片付けが済み、狭い個室の点検が終われば、することがなくなった。

手持ちぶさたで、ぼくは枕元のラジオのスイッチを入れる。

知らない曲が流れてくる。夕暮れに似合う、ささやくような女性のボーカル。

麻衣ならわかっただろうか。麻衣は流行のボーカロイドの曲とアニソンが好きで、しきりにぼくにこれを聞けとＵＲＬをＩＭ《インスタントメッセンジャー》で送ってくる。

でも、いま流れる曲はそのどれともちがった。

リズムもメロディも、どことなく時代遅れの古めかしさ。初めて聴くのになぜか懐かしい気がして、ぼくは黙って聞きほれる。

『サンライズ出雲《いずも》、まもなく発車いたします』

音楽にアナウンスがかぶさって、腰を下ろしたベッドが、がくんと揺れた。

寝台列車がゆるやかに動き始める。

ぼくは靴を脱ぎ、幼い子どもみたいにベッドの上で大きな窓へと身を乗り出した。

夕闇に沈むホームがゆっくりと離れていく。

電車を待つ人々の姿が暗い影になり、やがて遠ざかる光景に溶けていく。高層ビルを貫いて、寝台列車は夜に向かって走り出す。

しばしぼくは車窓からの景色を眺めた。

見慣れない夜の街。夜の東京。

彼方から現れて、通り過ぎて、そして遠くなる高層ビルの灯《あか》りたち。

個室に流れる懐かしいメロディ。嗅いだことのない寝台列車の匂い。

どれもまったく馴染《なじ》みがなくて、だから現実味なんてなにもなくて、ここにいるのもふわついた夢のようだった。

「失礼します。切符を拝見」

ノックの音にはっとぼくは振り返り、あわてて靴を履いて扉を開く。

中年の車掌が慇懃《いんぎん》に帽子を取って一礼した。ジーンズのポケットから、ぼくは汗ばむ手で乗車券と特急券を取り出す。車掌は二枚の切符を受け取り、未成年で一人旅のぼくを帽子の陰からけげんそうに眺め回すと、検札を済ませて切符を返して立ち去った。

ぼくは返された切符を見つめる。印刷された行き先は、

「都内↓上小湊《かみこみなと》」

上小湊。

聞いたことのない地名だった。寝台列車の名前は「サンライズ出雲」。そして岡山行き。だからおそらく岡山県か、でなくても近辺にはちがいなかった。

父からの手紙には固定の電話番号しか書かれていなかった。上小湊に着くまで連絡はするな、しても出ないと手紙にはあった。市外局番をネットで検索すれば何県かわかっただろうけれど、あえてぼくは調べなかった。期待も失望もしたくなかったからだ。

これから行く場所、ぼくを知る者が父以外にだれもいない場所に対して。

ふいにぼくは身をひねり、背中からベッドへ倒れ込んだ。

カーテンを開け放した窓から射《さ》し込む街の灯が、横たわるぼくの上を絶え間なく通り過ぎていく。いくつもいくつも、くり返しくり返し。

頭上は大きなガラス窓で、そこには夜の街が映っている。高層ビルの灯りが暗闇を流れていく光景は、まるで星の海を行くようだった。

寝台特急は夜を走りつづける。

ぼくはまだ都内にいる。二十三区内にいる。でも確実に東京から離れていく。

家から、家族から、学校から、級友から、慣れ親しんだ場所から、でも身を縮め息を詰めて生きていた場所から、遠ざかっていく。

——ここにいるのは、ぼくただ一人だ。

小さく息をついてぼくは目を閉じた。

旅に出るという気はしなかった。だれかに送り出され、だれかに連れられていく心地がした。新たな場所で監禁されるために移送される囚人のあきらめにも似ていた。

ラジオがジャズに変わる。雨だれにも似た静かなピアノ。

聞き覚えのあるメロディに記憶をたぐる。たしか、ぼくが幼いころに母がいつも流していたキース・ジャレット。そういえば再婚してから母は音楽を聴かなくなった。

体の下で感じる列車のリズムに、ピアノの優しい音が重なる。

やがて浅い眠りが訪れた。旅の始まりは夢のようで、現実とも思えなくて、ぼくはいまだ暗い自室のベッドの上にいるような気がしていた。

……なんて他人事のように思っていられたのは、岡山に着くまでだった。


「だまされた」

岡山駅で上小湊への行き方を聞いたとき、ぼくは思わずつぶやいた。

みどりの窓口の駅員が不審そうに眉をひそめた。それを見てあわてて頭を下げると、ぼくは乗り換えのホームに走る。

外は土砂降りだった。駅舎の中まで激しい雨音が響いていた。早朝のコンコースはどこもかしこも濡《ぬ》れていて、乗り換えに急ぐぼくは何度も足を滑らせた。

『六番線から出る特急しおかぜに乗って、松山で小海線《こうみせん》に乗り換えです』

頭の中でぐるぐると駅員の言葉が回る。

『上小湊は愛媛県ですよ。お急ぎください、あと十分でしおかぜは発車します』

愛媛？　松山？

瀬戸内海を渡ってその先か。そんな遠い距離なのか。ぼくが行ったことがあるのは、林間学校の千葉と修学旅行の京都と、家族旅行の伊豆《いず》くらいなのに。

だまされた、ってのはいいすぎかもしれない。でも東京からのあまりの距離に、ぼくは不意打ちを食らわされた気がしていた。

混乱にまかせてホームまでの階段を駆け上がった瞬間、

「うわ、わあぁあっ！」

濡れた床に足を取られ、盛大にすっころんだ。

「……いっ、た」

いやってほど膝を打った。久々の痛烈な肉体的痛みに現実感が戻る。ついでに昨夜からなにも入れてない胃が、こんなときなのに大きく「ぐう」と鳴る。

そんな形でリアルを突きつけられたくもなかったけど、とにかくぼくが、来たことのない駅でぶざまに這《は》いつくばって、痛みで起き上がれないでいるのはたしかだった。

まばらな乗客がこちらをちらちら見やる。だれかに声をかけられるのが恥ずかしくて、ぼくは急いで立ち上がった。恥ずかしさで腹立たしさがますますかき立てられた。

『六番線、列車が到着いたします。黄色い線の内側までお下がりください』

オレンジのアクセントが入った、銀色に輝く列車がホームに滑り込む。

ぼくはうつむいて雨の中に開くドアへ足を踏み入れた。

座席に座っても肌寒さは消えなかった。粟立《あわだ》つ肌をこするぼくの耳の奥で、麻衣の声がしきりに叫んでいた。

〝朗とお義母さんを放り出した人でしょ〟

まったくだ。どうして母は、そんなやつに助けを求めたのだろう。

そしてどうしてぼくは、そんなやつのいいなりになっているんだろう。

東京から離れて、たった独りで、知らない遠い地へ行かなきゃならないんだろう。

わかってる。それもこれも、ぼく自身のせいで、ぼく自身が選んだことだ。

だけど、だれのせいにもできないからこそ、腹立ちは増した。

特急しおかぜが動き出した。激しい雨をついて、銀の車体が走り出す。

父と自分への苛立《いらだ》ちは、そこからの長い行程でどんどんつのっていった。空腹と寒さがぼくの感じる理不尽さに拍車をかけた。

瀬戸大橋を渡るときも、外の眺めはちっとも気分をなだめてくれなかった。

晴れていたならきっと爽快な光景だったはずだ。だけどそのときはすべてが雨に煙っていた。灰色の雨空との境目が消え、海は濁った泥のようだった。点在する島々も強い雨にかすみ、ただの黒い影にすぎなかった。ぼくは昨夜の夕闇に沈む乗客たちを思い出した。

長い時間の果てに着いた松山で、ぼくは小海線に乗り換えた。

五分置きにひっきりなしにやってきて、ホームいっぱいを占領する東京の路線に慣れたぼくは、一、二時間に一本の時刻表と、一両だけの電車に面食らった。バスのように回数券を取る仕組みにも戸惑うしかなかった。

人混みが苦手で通学時のラッシュも嫌悪していたのに、我ながら自分勝手だ。だけどやっぱり、あの喧噪《けんそう》から生み出された便利なシステムが懐かしかった。

松山駅で見た時刻表では、上小湊駅到着は昼過ぎ。時計も携帯もないぼくは時間をつぶすこともできず、無為にも等しい苛立ちを抱えて、ただ座りつづけるしかなかった。

その苛立ちが頂点に達して爆発したのは、上小湊についてからだった。


上小湊は、小さな、とても小さな無人駅だった。

こぢんまりした駅舎と、コンクリートのプラットフォームだけ。

そして降り立った乗客は、ぼくただ独り。

「ここが、上小湊……?」

ぼくのつぶやきがホームをたたく雨に消える。

すぐ目の前は瀬戸内海で、コンクリートを蹴って飛び込めそうな距離。

雨にぼやける海は、瀬戸大橋から見た光景と同じく灰色だった。

空も海も視界の彼方まで乳白色に曇って、一面霧の世界にも思えた。

振り返れば、駅舎の背後に迫るのは緑の山々。

もう一度振り返る。電車はぼく一人を残し、海沿いのわずかな平地を削り取るように延びるレールの上を、とっくに走って行ってしまった。

ぼくは無人のプラットフォームに立ちすくむ。

目的地に着いた感慨もなにもなかった。最果ての終着駅に置いてきぼりにされた心地だった。ここからいったい、なにをどうすればいいのだろう。

途方に暮れながら小さな駅舎に入る。

中には駅員もいなければ、待合いの客もいなかった。もちろん、父らしき姿も。

ただ片隅に、ぽつんと置かれた公衆電話が目に入った。

ベンチもなく、人影もなく、両手を広げたらつかえてしまうほど狭くてがらんとした駅舎の中で、それだけがぼくと人間社会とをつなぐ手立てのようだった。

ぼくは電話に歩み寄り、ザックをあさって父からの手紙と財布を取り出す。

手紙に書かれた番号をプッシュする。ボタンを押す手が焦りに震える。早く、早く、早く。

急ぐ必要なんてこれっぽっちもないのに、不安に心が逸《はや》った。

電話がつながったとたん、ぼくは息急《せ》ききるように「もしもし」と叫んだ。一刻も早く父に助けを求め、世界の果てみたいなこの場所から連れ出してほしかった。

だけど聞こえてきたのはあろうことか、

『こちら葛西《かさい》。ただいま留守にしている』

そっけない留守電のメッセージだった。

「……は!?」

駅舎の中にぼくの声が響く。

どういうことだ。留守なんて。いくらなんでも見知らぬ初めての土地で、仮にも血のつながった息子を一人で来させたあげくに放置。しかも住所も知らせずに留守。

ぼくの焦りも驚きもかまわず、父の低い声がつづく。

『ピー、という音のあとに、いいたいことをいってくれ』

「ふ……ふざけんな！」

ピー、なんて待たずにぼくはいいたいことを怒鳴った。

「そっちが呼んだんだろ。留守ってどういうことだよ。こっちは住所も知らな……」

『……ということで、ここからは朗への伝言だ』

わめく声に父の言葉が割り込んだ。とっさにぼくは口を閉ざす。

『おれは急な仕事で留守だ。自宅への道順をいまからいうから、頭にたたき込め』

どこまでも勝手ないい草に呆《あき》れるしかない。だけどぐっと憤りを呑《の》み込み、ぼくは録音のメッセージに耳を傾ける。

『駅舎を出たら線路沿いに西へ向かえ。踏切を越えて道沿いに行くと、小海線から枝分かれした廃線がある。それに沿って、だいたい二十分くらいかな、歩け』

徒歩で二十分。近くもないが遠くもない距離だ。

そこに父の家があるのか、と安心したらまた言葉がつづいた。

『青い屋根の雑貨屋が見えてくる。名前は園田商店。そこに家の鍵をあずけた。おまえが来ると伝えてあるから、名前をいって鍵を受け取って、そこからの道順は訊け。それじゃ』

「なっ、ちょっと待っ」

ピー。

メッセージは無情に切れて、録音開始の合図が鳴った。

「……っ！」

ぼくは受話器を強く押し込むようにして切った。

罵詈雑言《ばりぞうごん》を吹き込んだところで、どうせ伝わらない。父の家について留守電を再生して、流れてくる自分のみっともない怒声なんて聞きたくもなかった。

深い息をつき、ぼくは駅舎を出る。切り立つ山と駅舎のあいだを、車一台通るのがやっとの道路が左右に延びていた。ぼくは左右を見渡す。

西、と父はいった。海の方角が北なら、左の方角だ。

ゆるやかな上り道へとぼくは足を向ける。海を臨みながら坂道を上り、小さな頂を越える。真夏を前に野放図に生えた深緑と、わずかに赤錆《さ》びたレールがぼくの両側につづく。

踏切にさしかかった。一時間か二時間に一本しかない電車だから、ぼくは左右を見ることもなく大股で渡りきった。

やがて小海線から分岐するレールが見えてきた。

分岐したレールは赤くぼろぼろに錆びていた。枕木のあいだから雑草がはびこり、草地なのか線路なのかわからない有り様だった。

寂《さび》れたレールをぼくはたった独りでたどる。

歩くうち、ますます雨は激しくなっていく。レールの隙間に生まれる水たまりに否応《いやおう》なく足を踏み入れ、スニーカーの中まで濡れて、歩くたびにぐずぐずと水音が鳴った。

額にかぶさる長い前髪から滴がしたたり落ちる。

手の甲で何度ぬぐっても足りなくて、目にも入り込む。

衣服はたちまちずぶ濡れになった。もはや下着まで染み通っていた。ぼくは水を吸ってわずかに重くなったザックを揺すり上げる。

行けども行けども、まばらな家々の中には〝青い屋根の雑貨屋〟なんて見えてこない。

どこまで歩けばいいんだろう。二十分って、こんな果てしない時間だっただろうか。

死体を探しに行く物語が思い出された。

スケッチはしても、映像より文章を好むぼくは、あの話を映画ではなく本で読んだ。

未成年で友人の少ないぼくには、仲間との冒険に挑むような子ども時代はなかった。郷愁を感じるより、子どもの無力さと、抜け出せない境遇のあきらめにこそ共感した。

あの本を読んだときの想《おも》いが、いまのぼくに重なる。

果てしないレール。果てしない道のり。

この先に見つかるものなんて、あるんだろうか。

「うわっ」

いきなりぼくは前のめりになった。

雑草に隠れた枕木につまずいたんだ、と思う間もなく水をはね上げて倒れた。

肩にかけていたザックが飛んで、地面に落ちて、中身がばらまかれる。手紙を出すとき、ちゃんと閉めていなかったにちがいない。

清潔な着替えも、財布も、一冊だけの本も、泥水に沈むのが見えた。

「あー……」

ぼくはがっくりとうつ伏せると、ごろりと仰向《あおむ》いた。

仰向けになるぼくを雨が打ちたたく。海のそばだからか、昼間だからか、朝方に感じた寒さはなくて、むしろ蒸し暑いくらいで、雨に打たれてもすこしも冷たくはなかった。ただみじめさだけがつのった。起き上がる気力もなかった。無為に打ちのめされての徒労と無気力感と、ついでに強い眠気と空腹とが、ぼくをその場に押さえつけた。

そういえば昨夜も、今朝も昼も食べていない。

もっといえば、一昨日からろくなものを口にしていない。

もともと食べることに意欲が薄く、家族からせっつかれなければ二日も三日も食べなくても平気で、飢餓感とは無縁な質《たち》だけど、行く当てもわからない中での空腹はけっこう応《こた》えた。

でも、食べ物を探しに行く気力なんかない。

ぼくは目を閉じ、まぶたに落ちる雨を感じながら眠りに落ちかける。

「……♪」

かすかな歌声を耳にして、ぼくは薄く目を開け横たわったまま首をめぐらせた。

ぺた、ぺた。

という音とともに、だれかが錆びたレールの上を歩いてくるのが見えた。

華奢《きゃしゃ》なくるぶし。ぼくの親指と人差し指で作る輪に収まりそうな細さ。

雨に濡れて、泥に汚れた素足。

片手の指先には、白い靴下を丸めて押し込んだブラウンの革靴。

水を吸って重そうな、紺色のスカートと、赤いリボンのセーラー服。

したたる雨に、肩へ落ちる黒髪が頬《ほお》と首筋に貼りついていた。

……少女。

たぶん、ぼくと同い年くらいだ。

彼女はぼくの来た方角からやってくる。

顔を上げ、まっすぐ行く手を見つめ、横たわるぼくを雑草と同じように一瞥《いちべつ》もしないで歩いてくる。流れる滴が、頬からきれいな形のあごを伝って落ちていた。

紅《あか》い唇が、どこか懐かしいメロディを紡いでいた。

寝台列車で聞いた古い歌謡曲に似てるな、と思いながらぼくはぼんやりと、かたわらを通り過ぎる彼女を目だけで追いかける。

まるで夢のようだった。

最果ての、だれもいない海辺の町。

廃線をただ独り、ぼくの知らない古い歌を口ずさみながら歩く裸足《はだし》の少女。

雨の中で死体のように横たわり、それを眺めるぼく。

彼女は振り返りもせず歩きすぎていく。

ぼくは仰向いてあごをのけぞらせ、逆さになった目線で彼女を追った。

つと、少女の足が止まる。

その視線が地面に落ちる。一歩、白い素足が踏み出した。

身をかがめ、セーラー服の半袖から伸びる細い腕で、彼女はなにかを拾い上げる。

「これ」

彼女が手にするのは、ぼくのザックから飛び出た本だ。羽を広げて夕暮れの空を飛ぶ鳥のイラストが印象的な表紙。

その本を手に、彼女はこちらに向き直る。

白くてほっそりした指先で、滴のしたたる前髪をはらいのけながら、彼女は大きな瞳でじっとぼくを見下ろした。

「あなたの本なの」

そのときぼくは気がついた。

彼女の声が、透き通るように綺麗《きれい》なことに。

彼女の瞳が、夜のように深い黒であることに。

「……スノーグース」

雨に濡れた彼女が、息も忘れるほど美しいことに。

〈二〉


血縁上の父・葛西藤治《とうじ》は、いわゆる他人に興味がない人間だった。

ルポライターである彼が情熱と関心をそそぐのは、自分の仕事だけ。

連絡もなしにふらりといなくなる、出かければ平気で数ヶ月は不在、執筆中は自室にこもって出てこない、同棲《どうせい》していた母が病気になろうとそっちのけで取材に出て行く。

とんでもない人でなしだ。もっともこれは、すべて母から聞いた話でしかないけれど。

でも、ぼくが十七歳になるいままでずっと没交渉だったことを考えれば、他人に興味がないというのは真実にはちがいない。

だからぼくにとって〝父〟と呼べるのは、母の再婚相手である義父の譲羽《ゆずりは》だ。

高校に上がる前年、義父はぼくに養子縁組の話を告げた。

これまで母の意向で縁組をしてこなかったが、今後義父の身になにかあったとき、母の連れ子にすぎないぼくは相続から外れてしまう。十五歳になれば、届け出に当事者のぼくのサインが必要になる。だから話を進める前に、ぼくの意志を確かめておきたいと。

義父は真面目で、秩序と責任を重んじる性分だ。養子の話も、ぼくの行き先を考える以上に、義父の連れ子で義理の妹の麻衣のことが頭にあったのだろう。

後々相続で問題を起こさないためには、公平が一番だと。

ぼくは返事を保留した。

そして母に、本当の父はだれで、どんな人間なのかを尋ねた。

『あなたが生まれる前に別れたの。認知はする。養育費も払う。だけど結婚はしないって』

そこで教えられたのが、どこまでも自分勝手な男――葛西藤治のことだった。

★☆★

不思議な少女を前にぼくは身を起こし、レールの上に座り直した。

「えっと……拾ってくれて、ありがとう」

ぼくの言葉に少女はぷるぷると首を振って顔の滴を払うと、手にした本を見下ろす。

長い時間雨に打たれていたのか、水から上がったみたいに彼女は全身水浸しだった。濡れた服が体に貼りつきブラの紐《ひも》が透けていて、気づいたぼくはあわてて目をそらした。

「好きなの」

いきなり意味のわからないことをいわれ、驚いてぼくは視線を戻す。

「な、なにが」

「スノーグース」

「ああ、それか。まあ、うん」

ぼくが手を伸ばすと、彼女は身をかがめて本を載せてくれた。

水たまりに落ちた本は水を吸ってすっかり重くなり、カバーに描かれた鳥は大きく歪《ゆが》んでいた。乾いたらひどいことになりそうだ。

「えっと、それじゃあ君も好きなんだな」

濡れた顔を手のひらでぬぐいつつ、ぼくは尋ねた。

「なにを？」

「スノーグース。倒れてるぼくを振り向きもしないで通り過ぎてたのに、この本に気づいたら、わざわざ立ち止まって拾ってくれたから」

「というか、そういうのが趣味なら、邪魔したら悪いと思ったの」

「そういうの……倒れるのが？」

「そう。それに、雨の中で寝てるなんて変な人には近寄らないほうがいいかなって」

たしかに。

「雨の中でずぶ濡れになって裸足で歩く人も、たいがい変だと思うよ」

一瞬彼女は真顔になったあと、「ああ」といって小さく笑った。

透明な滴を伝わせてほほ笑む綺麗な顔に、ぼくの鼓動が高鳴る。

「でも、いくら眠くてもこんなところで寝ないほうがいいと思う」

「眠いわけじゃない、ちょっと自棄《やけ》になってたんだ……いや、そうじゃなくて」

さすがにそれは意味不明かと、ぼくはべつの答えを返した。

「お腹《なか》が空いてたんだ。この辺、コンビニとかファミレスとかの店がぜんぜんないね」

「君もけっこう変……いや、それなら君はどうして裸足で歩いてたんだ？」

「気持ちいいから」

シンプルでそっけない答えだった。だけどその目は笑っている。

からかわれてるのかな、とぼくは無意識に水のしたたる前髪を上げて顔をぬぐった。その仕草に、彼女は驚いたように瞳を見開いた。

なにに驚いたのかと戸惑うぼくに向かって彼女はいった。

「この辺知らないって、よそから来たの」

「ああ、東京から。しばらくこの辺りにいる……つもり」

「そう」

彼女の言葉はやはりそっけなかった。だけど親切にもこう教えてくれた。

「食べ物を売ってる店なら、すこし戻って右手。あと」

彼女は目を伏せた。濡れてかぶさる前髪の下から、小さな声が聞こえた。

「……わたしも、好き」

なにが、と訊き返す間もなく彼女は身をひるがえすと、いきなり走り出した。

濡れて束になった黒髪を背中ではずませながら彼女は駆けていき、あっという間に降りしきる雨の向こうに見えなくなった。

あとにはぼく独り。

「え……っと」

夢か幻みたいな出会いだった。ぼくはぼんやりと手にした本を見下ろす。

よく見ると、父からの手紙が本の下に重ねてあった。

彼女が一緒に拾ってくれたのか、それとも偶然か。

「とりあえず、すこし戻るんだっけな」

ぼくは立ち上がり、散らばったわずかな荷物を集める。

着替えや財布など、どれもみんな泥水に汚れていたけれど、かまわずザックに突っ込んだ。

本と手紙だけは丁寧にザックのポケットに入れた。

なんとなく、それだけが彼女の名残りのようで、粗雑にはできなかった。

〝……わたしも、好き〟

「この本のことだよな、好きって」

スノーグース。ぼくが選んだ、ただ一冊の本。

マイナーではないけれど、メジャーともいえない。

ぼくの高校の図書室には、たしか置いていなかった。それを好きというなら、彼女はけっこうな読書家かもしれない。

ザックを肩にかけ、ぼくはもと来た方角へ歩き出す。歩きながら振り返ってみるが、少女の姿はとっくにどこにも見えなくなっている。

彼女との距離が離れるのが惜しくて、ぼくの歩みは遅々としていた。

スノーグースを知る少女。ぼくと同じ本を好きな彼女。

人付き合いが苦手なぼくが、母や義妹の麻衣以外で、しかも初対面の女の子とスムーズに話せるなんて驚きだ。きっとあの子の不思議な雰囲気のおかげだろう。

この町に住む子なら、そしてあんな変わった行動をする子なら、住民に訊いて回れば名前くらいわかるかもしれない……。

「なに考えてんだよ」

変な考えを抱いてしまった自分が恥ずかしくなった。

足を速め、右手の方角に注意しながら来た道を戻る。すると廃線からすこし離れた場所で、家々のあいだにのぞく青い屋根が見えてきた。

「あんなところに。行きは見つからなかったのにな」

ぼくは水を蹴散らして小走りになる。

幹線道路のわきに建つその家は、「園田商店」と看板を掲げていた。

塗装が剥《は》げた金属製の看板と、古びたサッシの引き戸。にぎやかにしたいのか、クリスマスツリーの電飾が軒先にぶら下がってちかちか光っていて、どうもちぐはぐだ。

でも店先は綺麗に掃かれてゴミ一つない。ちゃんと人の行き来がある証拠だ。

開いている引き戸の中を、ぼくはそっとのぞいてみる。

ジュースの入った冷蔵庫、スナック菓子や菓子パン、洗剤やティッシュなどの日用雑貨を置いた棚などが並んでいる。いかにも雑貨屋らしい店内だった。

「すみません」

返事はなかった。暗い店の奥にも人の気配がない。

「あの、すみません！」

声を張り上げるがそれでも反応はない。留守なのかと不安になったとき、

「ああ、お客さん？」

奥の暗がりから、くぐもるしわがれ声が聞こえた。

「悪いねえ、一休みしてたんだよ。いま……ひゃあああっ」

「ええっ!?」

いきなり悲鳴となにかが落下する激しい音が響き、ぼくはあわてて店に飛び込んだ。

棚のあいだを駆け抜けて奥へと走り寄り、引き戸を開ける。小さな居間のような部屋が現れて、隅の階段の下でお婆《ばあ》さんが尻餅をついているのが見えた。

「い、いたた……」

「あ、あの、だいじょうぶですか!?」

声をかけるが、お婆さんは足首を押さえてうずくまるだけだ。

「電話、救急車を……あっ、そうか、携帯持ってきてなかったんだ！」

「お祖母《ばあ》ちゃーん、いる……あれ？」

店の方から明るい声がした。

はっと振り返ると、ポニーテールで制服姿の女の子が店先に立っている。女の子はけげんそうに奥へ入ってくると、お婆さんを見て大きく息を吸い込んだ。

「どうしたの、お祖母ちゃん！　あんたがなんかしたの？」

「や、これ、ちが……」

「泥棒？　強盗？　助けて、だれか。強盗がお店に」

「まっ、待ってくれ、ちがう、ちがうんだよ」

「やだ、さわらないで。来ないでよ、来ないで、いやあっ」

「いた、あいたっ。ちょ、傘はやめ……うわぁっ」

狭い店内で、女の子が振り回す傘をぼくは必死に避ける。

「ちょっと、七海《ななみ》。七海ってば。七海」

お婆さんが呼ぶ声に気づいたのは、ぼくが十発くらい傘でたたかれたあとだった。

「……ごめんなさい」

近所の人がやってきて、お婆さんを病院まで送り届けるのを見送ると、ポニーテールの女の子はぼくに向かって大きく頭を下げた。

「お祖母ちゃんは倒れてるし、知らない人はいるしで、すごくびっくりしちゃって。痛かったでしょ？　ごめんね」

「いいよ。あの状況じゃ誤解されても仕方ない」

「でも散々ぶっちゃったから。ほんっと、ごめんなさいっ」

と、また女の子は勢いよく頭を下げた。その拍子に、ぶん、とポニーテールが跳ね上がって、ぼくはなんだかおかしくなる。

「いいって。それより、君はこのお店の人？」

「ううん。ここはお祖母ちゃんのお店。あたしはたまにお店番に来るんだ」

「葛西って人が鍵を預けてるはずなんだけど。ああ、ぼくの名前は譲羽朗」

「譲羽？　あっ、そういえば」

女の子は店の奥に上がると、戸棚をごそごそして戻ってきた。

「これ。お祖母ちゃんから、もしもあたしがお店番のときに譲羽って男の子が訪ねてきたら、葛西さんからの預かり物だって渡してくれっていわれてたんだ」

女の子の手のひらには、錆《さび》のこびりついた古い鍵が二本載っている。

「葛西さん家《ち》に行くなら案内してあげる。お店戸締まりするから、一緒に行こ」

「え、ああ、どうも」

やけに人懐っこい親切さに面食らったが、たしかに助かる話だった。

待つあいだに空腹を思い出し、ぼくは菓子パンとスナック菓子を手に取る。

「お腹空いてるの？　ちょっと歩くけどスーパーがあるし、食事ならそっちのほうが」

「今日のところはこれでいいんだ」

長く滞在するなら、そして父が不在なら、自炊の必要もあるだろう。母の教育のおかげで簡単な食事なら作れるが、正直面倒でぼくはすこしばかり憂鬱になる。

女の子は手早くあちこちの窓や裏口を閉め、ぼくとともに店の外に出ると、入り口のシャッターを下ろした。手際がいいので手慣れた感じだった。

「戸締まり終わったよ。じゃ、行こっか」

「君の留守にお祖母さんが病院から戻ったら、困らないかな」

「診察終わったらスマホに連絡くる約束だし、そしたら帰るよ」

雨は小止《こや》みになっていた。傘を差すほどでもなくて、ぼくらはそのまま並んで歩いた。

背は低くないけどひょろりとしたぼくと比べて、彼女は健康的でまぶしいくらいだった。足取りははつらつとしていて、元気さがあふれるようだった。

よく見るとなかなか可愛《かわい》い顔立ちで、並んで歩くのがすこし照れくさくなる。

「あたし、八重《やえ》七海」

幹線道路沿いを歩きながら、女の子は名乗った。

「七海、七つの海って書くんだ。譲羽くんてどこから来たの?」

「東京」

「東京!? いいな!」

八重七海は、ぱっと可愛い顔を明るくした。

「IMの友だちに東京の子がいて、よく話してくれるんだ」

「へえ……どんなことを」

「イベントとか、ライブの話とか。街中の画像送ってもらったりもするよ。あたし、映画が好きなの。レンタルするけど、テレビじゃなくて大きいスクリーンで見たいんだ。東京はシネコンもミニシアターもたくさんあるし、マイナーな映画もすぐに観《み》られるからいいな」

「ぼくが住んでいるところは田舎だよ」

「でも電車一本で都心に行けるんでしょ。大学は東京に行きたいってお父さんとお母さんに頼んでるんだけど、女の子だから近くでなきゃだめだ、せめて広島か岡山、百歩ゆずって大阪にしろって。お姉ちゃんは松山で就職したけど、やっぱり都会に行きたいって話してる。あたしが東京に進学したら一緒に住もうかって。そうしたら許してもらえるかもだし」

一息にいって、彼女はふうっと息をついた。溜《た》まりに溜まったつかえをいっぺんに吐き出したようで、だけど最後にぽつんと句読点みたいなつぶやきを口にした。

「無理かな」

ぼくはなにもいわなかった。いえなかった。

初対面の彼女の事情に立ち入って、役立つアドバイスができるほど親しくなったわけではないし、なにか知っているわけでも、安請け合いできる自信があるわけでもなかった。

……それに、ぼくは東京から逃げ出してきたんだ。

「こっち。ちょっと上るね」

彼女の案内で、幹線道路沿いから海沿いの切り立った山を上る道へ入った。

点々と家々はあるが、それもしだいにまばらになる。白いコンクリートで固められた道は、立ち並ぶ木立を切り分けて急勾配になっていく。

ぼくの胸に懸念がつのる。

この調子で上ったらかなり山の中じゃないだろうか。父はどんな家に住んでいるんだ。日々の暮らしに困るような場所じゃないだろうな。

「譲羽くんて、葛西さんの親戚かなにか?」

「うん、まあ、そんなとこ」

父だ、と告白するのはためらわれた。

もしも告げれば、なぜ離れて暮らしているのかを話さなくてはならない。ぼく自身だけでなく、父と母の事情も話さなくてはならない。

「葛西さんて、不思議なおじさん」

揺るぎない足取りで上りながら彼女はいった。

「長いこと留守にしたかと思ったら、ふらっとお店に来て珍しいお土産くれたり、旅先の面白い話をしてくれたりするの。人懐っこくて、近所のおじさんやおばさんと仲良く話してるし、時間が合えば町内会の仕事もしてくれて。でもなんだか人嫌いな感じもするな」

人となりをまったく知らない父の話は興味深かった。

生活をともにしなければ、たとえ血縁上の父でも関係は希薄だ。だけどその〝血〟が、ぼくの関心を〝葛西〟の父に惹《ひ》きつける。

「スーパーが遠いからって、うちの店でカップ麺とか菓子パンばっかり買うの。お祖母ちゃんが心配して、よくご飯を作って出してあげてる。譲羽くんもそうなりそうだね」

「え、いやあ、なるべく……気をつける」

興味があるからといって、父と同化したいわけではない。

「それで、譲羽くんはどれくらいここにいるの？　夏休みでもないのに休暇？　ここってなにもないよ。どうして東京から来たの？」

訊かれたくないことを訊かれてぼくはいいよどむ。口の中に苦い味が広がった。

「高校は……休学中」

苦し紛れのごまかしを、のどの奥から舌先で無理やり送り出す。

「滞在期間は決めてない。まあ、その、いろいろあって」

「そうだね。まだ知り合ったばっかりなのに立ち入ったこと訊いちゃった。あ、だったらＩＭのＩＤ教えてよ。友だち登録しよ」

「実は、携帯持ってきてないんだ」

「ええっ、それって不便じゃない？　どうやって暮らすの？」

どうやってだろうな。

「葛西……さんの家に固定電話があるから。番号は知ってるよね」

「知ってる。あっ、もうすこしだよ」

道の先に曇り空が見えてきた。頂が近い。ぼくは息を整える。

ちょっと、と彼女はいったけれど、けっこう上ってきた感覚だった。

「ここ、ここ。来て」

ポニーテールをはずませて七海は走っていくと、振り向いて手招きした。

頂に作られた小さな畑の端に、納屋付きの古い家があった。

「この畑をやってた農家のおじいさんの家なんだけど、子どもはみんな出ちゃって、老人ホームに入ることになって、それで葛西さんに格安で貸してるんだ」

たしかに格安でなければ借り手がなさそうな古い家だった。

瓦屋根は何枚か剥がれているし、軒先を支える木製の柱は経年劣化でいまにも折れそう。壁は土壁でぼろぼろに崩れかけている。

玄関のガラス格子の引き戸には鍵がかかっていた。でも体当たりしてぶち破ろうと思ったらできそうだ。施錠の意味なんて、住人が留守だと示す以外ないんじゃないか。

「古くても電気もガスも来てるよ。トイレは水洗じゃないみたいだけどね」

ありがたい情報にぼくの肩が落ちる。

「でも見晴らしはいいよ、ほら！」

彼女は張り切った声で来た道を指さす。

振り返れば眼下が一望できた。

山々の緑の木々と、海岸線を走るアスファルトの幹線道路と、それに沿って走る単線のレールと、そしてその向こうに広がる瀬戸内海。

ただ、雨は上がっても空はまだ重い梅雨の雲に覆われている。

晴れたら爽快だとしても、いまの海はどこまでも灰色だった。

草に覆われた廃線跡地がかろうじて見えた。海から離れていく小海線のレールとちがい、廃線はどこまでも海に沿って延びて、遠い彼方のコンクリートの埠頭《ふとう》を目指していた。

埠頭の端には、灯台らしき高い建物がぽつんと建っている。

「あっ、電話だ。ちょっとごめんね。もしもし」

着信音が鳴って、七海が応答した。

「診察終わった？　ただの捻挫？　よかった。うん、いまお客さんを葛西さんの家まで案内したとこ。すぐお店に戻る。お母さんにも連絡しとくね。じゃあ」

短い通話を切って、彼女はぼくに向き直った。

「あたし、これで帰るね。なにかあったらお店まで来て」

「待ってくれ。聞きたいことがあるんだ」

「なに？」

「この辺でほかに、ぼくや君と同い年くらいの女子はいるかな。えっと」

ぼくは〝彼女〟の外見を脳裏に思い浮かべる。

「ちょっと変わった子に会ったんだ。雨の中、廃線を独りで歩いてたんだよ、裸足で。髪は長くて肩を越えてて、紅いリボンのセーラー服を着てて……」

「えっ……」

七海の明るい表情が一変する。

ぞっとしたように彼女は体を震わせ、小さな声でささやいた。

「それって、まさか……廃線の幽霊？」

第二章

港町の幽霊

〈一〉

ぼくには額を斜めに走る大きな傷がある。

いつ、どうしてついたのか記憶にない。八歳あたりからずっと気にしていたことだけは覚えている。だからおそらくそれ以前の怪我《けが》のはずだ。でも母に尋ねても、曖昧にごまかされるだけでなにも教えてもらえなかった。

額の傷は前髪を上げれば否応《いやおう》なく人目につく。「その傷どうしたの」と尋ねられるのが嫌で、ぼくはずっと前髪を目にかかるほど伸ばしていた。

『朗《ろう》ってさ、人目を気にするわりに他人に興味がないよね』

そんなぼくに、義妹の麻衣《まい》はことあるごとに辛辣な口調でいった。

『他人に興味がないのって、自分のこともどうでもいいってことじゃん』

ぼくがスケッチするのは、空だったり海だったり、人気のない広い公園に生い茂る木々だったり、藻の浮かぶ池だったりした。人の目に留まらない場所ばかり選んでいたから、絵面がいいとはとてもいえなかった。

鉛筆で細かく描き込んだモノクロの風景は、ぼくにはしっくりきたけれど、他人から見たらきっと寒々しく見えたんだろう。

『外の絵なのに、閉じこもってるみたい』

麻衣はよく勝手にぼくの部屋に入り込み、机の上のスケッチブックをめくって、投げつけるようにそういった。

もしも叶《かな》うなら、ぼくは風景になりたかったのだ。だれを見なくとも、だれに見られなくとも、あってもなくてもかまわない、ただそこにあるだけの存在に。

そうやって他人を拒むのは、記憶にないこの深い傷のせいかもしれない。

★☆★

遠くから鳴り響く電話のベルで目が覚めた。

まぶたを開けると薄暗い視界に天井が映る。雨漏りの跡が染みついた木の板張りの天井は、いまにも落下しそうにぼくにのしかかって見えた。

ここは父の借家だ、と我に返った。電話はまだぼくを呼んでいる。

薄い布団からよろよろと身を起こし、寝室から居間へと向かう。丸いちゃぶ台と茶箪笥《ちゃだんす》だけの暗い居間の片隅で、ＦＡＸ機能付きの灰色の電話が鳴っていた。

「はい、譲羽《ゆずりは》……じゃなくて、葛西《かさい》、です」

『朗、連絡もしないでどうしたの』

電話の相手がだれか気づいて、ぼくは眠気が吹き飛んだ。

「母さん？」

『着いたら電話しなさいって、いったでしょう』

苛立《いらだ》ちに尖《とが》る声が耳に刺さる。

『どう。葛西さんは。ちゃんと食事をさせてくれてる？　不自由はない？』

「……留守だよ。仕事で出かけたみたいだ」

『どういうこと。あなた独りってこと？』

母の声が高くなった。

『あちらから提案したのになんて無責任な。やっぱり送り出すんじゃなかったわ。そういう人だってわかってたのよ。朗、いますぐ帰ってきなさい。切符のお金はあるでしょう』

息苦しさにぼくは心臓の辺りをつかんだ。ぎゅっと強く、きつく。

『朗、聞いているの？』

「母さん」

ぼくは無理やりに声を押し出す。

「お願いだ。まだここにいさせてほしい」

『なにをいっているの！』

「いま帰っても、なにも変わらないよ」

『変わる変わらないの問題じゃないでしょう』

「たとえ帰ったとしても、ぼくはそのまま自分の部屋に逆戻りするだけだ」

　母は沈黙した。息をつく気配がして、また声が聞こえた。

『心配しているのよ。お義父《とう》さんだって麻衣だって、いつもあなたのことを』

「……ごめん」

　ぼくは短い謝罪をくり返す。義父と母はもとより、義妹の麻衣もきつい態度の裏でぼくを思いやっているのはわかっていた。でもそれ以上の言葉は出てこない。

『とにかく毎日連絡しなさい。お義父さんやわたしがいなくても麻衣が聞くわ』

　命令口調で、母は細々と注意事項や小言をいった。ぼくは目を閉じ、奥歯を噛《か》みしめるようにしてすべてを聞き流した。

　なんとか話を打ち切って受話器を置くと、電話台の下から伸びる電話線に目をやる。身をかがめ、壁の隅を埃《ほこり》にまみれて這《は》う電話線を手でたぐり、差し込み口を見つける。

　迷わずぼくはそれを引っこ抜いた。

　すっと胸が軽くなった。つながれていたリードをふりほどいたようだった。

　人の家の電話に勝手をしていいわけがない。父宛に連絡があるかもしれない。だけどかまうものか。ルポライターという職業がどんな仕事のやり方をしているか知らないが、取材の多い仕事で携帯電話を持ち歩かないわけがないんだ。

ぼくは立ち上がって薄暗い居間を見回す。

「とりあえず探検、だ」

探検というほどでもないが、周囲やこの家のチェックは必須だ。

昨日は八重七海《やえななみ》と別れたあと、菓子パンを腹に納めて倒れるように寝てしまい、借家の中をくわしく見て回る余裕はなかった。

といっても、すでにいくつか目に入ったものはある。

まず、ちゃぶ台に置かれた万札入り（なんと三十万円も）の分厚い封筒。封筒にはぼく宛の名前があったから、父が用意してくれた当座の生活費だろう。そして寝室には、客用らしいそこそこ綺麗《きれい》な布団と、その上に投げ出された新品のジャージ上下。

伝え聞く父の話からすると、人並みに気が利く人物とは思えなかったから、生活費や着替えや布団まで用意されていたのは意外だった。不器用ながら歓迎してくれているのか。

「そうだ。洗濯しないと」

ザックに入れっぱなしの汚れた衣服と、廊下に脱ぎ捨てたままの濡《ぬ》れたジーンズやシャツを思い出した。

昨日『園田商店』で買ったスナック菓子の袋を開けて、チーズ風味のスナックを二つまみほど口に放り込むと、ぼくはザックと濡れた服を抱えて洗濯機を探しに行く。

借家はとにかく古かった。

天井も柱も黒ずみ、土壁は崩れかけ、古さに加えてメンテナンスの放棄が劣化に拍車をかけていた。構成は、六畳の寝室と居間と、四畳半の書斎らしい部屋と、納戸。土間の台所とタイル張りのシンク、同じくタイル張りでシャワーもない風呂。

父の持ち物は、寝室の小さな和箪笥《わだんす》ひとつと台所の一組の食器、そして四畳半の書斎に納められたものがすべてのようだった。

ぼくは洗濯物を小脇に抱え、書斎の入り口から中を眺めた。

部屋の壁一面を、本がぎっしりつまった木製の棚が占めていた。ほかにはCDの山とフォルダーに収められた数多くのスクラップブック。

窓際の金属製のラックにはルーターとプリンタ。ただしPCはなかった。出かけることの多い仕事だから、ノートPCかタブレットを持ち歩いているんだろう。

そして座椅子と小さな机。机の上は資料らしい紙の束でいっぱい。

ほかの部屋がそっけないほどなにもないのに比べ、ここだけは物があふれていた。

父の精神と思想と人生の縮図のように。

ぼくはふいに物悲しい気持ちに襲われる。

朽ちていくだけの古い家。その狭い一部屋に納められた、一人の男の人生。

この家は、もうけっして再生されることはない。かろうじて父が住んでいるから生き長らえているだけで、父が出ていけばたちまち崩れてしまうだろう。

ぼくは書斎に入り、父の持ち物をつぶさに見てみたかった。

母を捨て、ぼくを捨て、この一部屋に納まるものだけで生きてきた人物。

彼がどんな本を読み、どんな音楽を耳にして、どんなものを人生の糧としてきたのか。どんな仕事を成して、彼という人間を作り上げてきたのか。朽ちていく家の中で、家族という拠《よ》り所を必要とせず孤独に生きる男のことを、ぼくは知りたかった。

しばし迷って、結局ぼくは書斎の前を離れた。

父の許しなく父の精神に立ち入るのは、いいこととは思えなかったからだ。ぼくに見られても父は気にしないだろう。そうでなければ書斎に鍵でもかけていくはずだ。だけどやはり人の内面に踏み込むのは勇気がいる。

それに見も知らぬ父の孤独な人生に取り込まれそうなのが、ためらわれた。

ぼくは書斎を離れ、汚れ物を抱えて洗濯機の探索をつづけた。


裏口に置かれた洗濯機は、家中の探検の最後に見つかった。

年代物でがたついて、いまどき洗濯槽と脱水槽の二槽タイプだ。

「これ、ぼくが使い方知らなかったらどうするつもりだったんだよ」

だれにいうともなく文句をいって、洗濯槽に汚れ物を放り込む。

その昔、母と二人で暮らした小さなアパートに備え付けの洗濯機が二槽タイプだった。

母の再婚前だった。ぼくは小学校に上がったくらいだった。仕事で多忙の母が不在のあいだ、放り込まれた洗濯物を回して干すまでがぼくのささやかな〝お手伝い〟だったのだ。

「乾くまでジャージだな」

乾くまで天気が持ってくれよと祈りつつ、ぼくはザックから本と手紙を取り出す。水に濡れた『スノーグース』も手紙も、まだかすかに湿っていた。

湿った本は凸凹して波打っている。張り付くページをそっとめくってみるが、濡れて変形したページの文字はとても読みにくかった。天日で乾かしても元には戻らないだろう。

ぼくはあきらめて本を閉じる。

〝……廃線の幽霊？〟

七海の警戒する声が、ぼくの脳裏で再生される。くわしい話を聞く前に、彼女は祖母の店へと帰っていってしまったから、結局〝廃線の幽霊〟がなにかはわかっていない。

この本を、あの裸足《はだし》の少女に返してもらったときのことを思い返す。

手に載せられる本の重み。ゆっくりと手のひらにかかる負荷。

触れてはいなかったけれど、本を通してぼくは少女の存在を感じた。

彼女が実体のない幽霊のはずがない。とはいえ本物の幽霊を知っているわけじゃない。

ファンタジーを信じるつもりはないけれど、名も知らぬあの不思議な少女に、ぼくは強く魅了されていた。

確かめに行こう。雨が降る前に、あの廃線へ。

軒先ではためく洗濯物を背に、財布と家の鍵を持って借家を出た。

相変わらず空腹だった。軽いスナック菓子は胃袋のどこかに消え失《う》せていた。

借家の台所にはなにもなかった。

食料とはなんぞやとばかりに、ぺしゃんこのマヨネーズ容器が冷蔵庫に放り込まれているだけだった。帰りにどこかで食べるものを仕入れてこなければ。

ぼくは歩きながら、ジャージのポケットに入れた鍵を探る。

二つの錆《さ》びた大小の鍵。小さい方は借家の玄関の鍵だったが、もう一つの大きい鍵は、どこの鍵なのかわからない。大きさからして、納戸や戸棚や箪笥の鍵とも思えない。

この地には、不思議で謎めいたことばかりある。

人となりもわからない、顔も知らない、血縁上の父。

どこを開けるのかもわからない鍵。

そして、廃線を裸足で歩く正体不明の美しい少女。

解き明かす必要も、意味を探る必要もないかもしれないけれど、手の届く場所にある謎は、ぼくをひどく惹《ひ》きつけた。

山道を下りつつ、ぼくは目を上げる。

行く手に広がる瀬戸内海は、今日も曇り空の下で灰色だった。かろうじて遠くに漁船が浮かんでいるのが見えるくらいで、この海が晴れるところがいまは想像できない。

上るときは息を切らすほどの山道も、下ればあっという間だった。たちまち海が近くなり、幹線道路に出る。ぼくは昨日の記憶をたどり、廃線を目指した。

雑草の生い茂る緑の空白地へと、足を踏み入れる。

昨日の雨のせいか、地面にはところどころ水が溜《た》まっていた。錆びたレールとボロボロの枕木が、雑草のあいだにずっとつづいていた。

見渡したが、どんな人影もこの場には見えない。もっともすんなり彼女に再会できるとは思っていなかった。会える当てだってあるわけじゃない。どうせ時間はいくらでもある。

ぼくは彼女が走り去った方角へと歩き出す。

山の上から見たかぎりでは、この廃線ははるか彼方《かなた》で、灯台のあるコンクリートの埠頭《ふとう》につながっていた。あの埠頭は港だろうか、それともただの防波堤だろうか。

人家はどんどん少なくなっていく。

雨がない分、湿気は多くて、気温も高かった。

ぼくはジャージの袖をまくり上げ、ジッパーを下ろして喉元を開けた。

どれくらい歩いただろう。埠頭はだいぶ近づいてきたけれどまだまだ距離があった。山の上から見てもかなり離れていたから、歩くとなれば時間がかかるにちがいない。

当《あ》て所《ど》なく歩くのに疲れ、ぼくは廃線に沿って並ぶ柵の杭《くい》に腰かけて息をついた。

潮の匂いが強まる。風が吹いて、ゆっくりと頭上が曇ってくる。

漁船の影は見えなくなっていた。おそらく雨が近い。

やがてぽつぽつと頬《ほお》に雨粒を感じたかと思うと、たちまちさあっと雨が降ってきた。昨日のように強い雨足ではなかったが、しだいに髪は濡れて肌に貼り付くようになる。

でもぼくは立ち上がらなかった。雨を避けて駆け出すこともしなかった。

ある予感がしたからだ。

「……瀬戸は……♪」

小さな歌声にぼくは身を固くした。

その声は昨日と同じく、ぼくがやってきた方角から近づいてきた。

心臓が高鳴った。全身を血液が駆けめぐっているのがわかった。

さっきまで心静かで、眠るような気分でいたのに、強い鼓動と脈打つ血流に、ぼくはまるで自分が息を吹き返した死人のように感じた。

立ち上がりたい衝動をこらえ、ぼくはさりげなく視線を向ける。

とたん、どくんと一気に心臓が跳ね上がる。

その少女は錆びたレールの上を、脱いだ靴を片手に歩いてきた。

紅《あか》いリボンのセーラー服。歩くたびに揺れる黒髪。伏せたまなざし。

遠目でもよくわかる、整った綺麗な顔立ち。

ずぶ濡れでない以外は、なにもかも昨日と同じ。

ぼくの鼓動がいっそう激しくなる。緊張に逃げ出したくなる。でもこぶしをぐっと握って視線を彼女に据えて、その場にとどまった。

小雨の中、彼女の澄んだ歌声が流れてくる。

「……日暮れて……♪」

その歌声は数メートル離れた場所で止まった。

線路脇に腰掛けるぼくを見て、彼女が足を止めて唇を閉ざしたからだ。

「やあ」

どきどきする胸と上ずる声を抑えつけ、ぼくは何気ない口調であいさつをする。

「また会えた」

「こんにちは。変な人さん」

数メートル向こうから、彼女の涼やかな声が響いた。

「あんまりな呼び名だなあ」

嬉《うれ》しさとおかしさにぼくは思わず笑った。と同時に肩の力がふっと抜けた。

彼女はぼくのすぐ前までやってくると、錆びたレールを挟んで向かい側で立ち止まり、靴を後ろ手にこちらへまっすぐ向き直る。

「変な人さんは、今日は寝ていないのね」

「変な人はお互い様だよ。今日も裸足なんだね。靴の意味は」

「変な人さんは、なんにでも意味が必要なの」

おかしな会話をしながらも、彼女の瞳は面白そうに輝いている。

雨はいつしか止んでいた。海からは涼しい風が陸へと吹き付けていた。

風が少女の長い髪を一筋すくい、宙になびかせる。

黒髪は彼女の美しい顔をよぎり、灰色の空にたなびくようにひるがえる。

細い指先が髪を払いのけて耳にかけた。愛らしい形の耳と、ほっそりとした白い首筋があらわになる。ぼくは目を離せず、その一連の光景を見つめていた。


雨をはらむ空を背景に立つ彼女は、とても——綺麗だった。


五月の緑を映す水滴のようで、郷愁を呼ぶ真夏の青空のようだった。

姿だけじゃない、優美で自然な仕草、静かな表情。

彼女が見せる一つ一つ、なにもかもに、ぼくは見惚《みと》れずにいられなかった。

ここにカメラでも、せめてスケッチブックでもあればよかったと痛切に思った。記憶だけでなく、永遠にこの光景をとどめる手段がなによりもほしかった。

「ぼんやりしてる」

彼女の声にはっとぼくは我に返る。

「あ、いや、その。〝変な人さん〟じゃなくてさ」

ためらいを押し切って、ぼくは尋ねた。

「ぼくは譲羽朗。君の……名前は？」

彼女は星のような瞳をまたたかせると、小さな声で答えた。

「……アリス」

――アリス。

童話のタイトル。永遠の少女の名前。

おとぎ話の女の子の名は、夢みたいな少女にこれ以上ないほど似つかわしかった。

ただあまりに似合いすぎて、逆に本当の名前なのかと疑問が浮かんだ。でも問い質《ただ》す代わりに、ぼくは彼女の背後に延びる古いレールを見やってつぶやいた。

「……廃線上のアリス、か」

彼女――アリスの瞳がぱちくりと大きくまたたいた。

「バイオリン曲のタイトルみたい」

「それにかけてるんだ」

アリスは観察するように、じっと瞳をぼくに据える。

それから素足を踏み出して、円を描くようにぼくの方へと歩んでくる。近づきたいけれど、すぐに近づくのは怖いから、まっすぐではなく迂回《うかい》するみたいにして。

まさしくそれは、尻尾を立ててゆっくりと歩み寄る猫そのものだった。

革靴を後ろ手にしたまま、彼女は小首をかしげてぼくを見つめると、紅い唇を開いた。

「朗」

いきなり名前を呼ばれ、ぼくは飛び上がるくらい心臓が跳ね上がった。

「な、なに」

「あなたも呼んでみて」

それが彼女の名前のことだとすぐにぼくは気づいた。

息を整えて静かにのどを湿らせると、ぼくはそっとつぶやいた。

「……アリス」

ふわり、とアリスは笑った。

その笑顔のあまりの愛らしさに、ぼくはぼうっとして頬が熱くなる。

アリスは嬉しそうにまたぼくの名をくり返した。ぼくもつられて彼女を呼んだ。

「朗」「アリス」「朗」「アリス」

幼い子どもがする他愛《たあい》もない遊びのように、ぼくらはお互いの名前を呼び合った。呼び合うたびに一緒に笑い合った。

彼女の音楽的な声に呼ばれると、聞き慣れた自分の名がすばらしいものに思えた。だれかに呼ばれてあんなに嬉しいと思ったのは生まれて初めてだった。ぼくの声も、彼女の名を呼ぶにふさわしい音色の楽器ならよかったのに。

「アリス。いつも君はここにいるのか」

ぼくはためらいがちに尋ねた。アリスは真面目な顔になってそっと首を振った。

「わからない。いつもじゃないから」

「そうか……その、変なことをいうけれど」

目を落とし、ぼくは祈るような想《おも》いで一気にいい切った。

「君に会いたいんだ。叶うなら、毎日でも」

いってからストレートすぎたかと、あわててぼくは顔を上げた。

「迷惑ならいいんだ。ただ、この廃線に来たときに君に会えたらそれで」

「約束できない」

アリスは小さな声でいった。詫《わ》びるような口調だった。

ぼくは悔やんだ。高揚していた気分は萎縮していた。

いますぐ彼女に非礼を謝って、この場を立ち去りたかった。だけどそうしてこの出会いがなかったことになるのも辛《つら》かった。

「この傷」

はっとぼくは振り仰ぐ。

アリスが身をかがめ、ぼくの前髪をそっとかき上げていた。

いままでにない間近に彼女は立っていた。紅いリボンが垂れて目の前で揺れる。胸元から彼女の華奢《きゃしゃ》な首筋が、透明感のある素肌がのぞいていた。

細い指がぼくの額の傷をなぞる。ひんやりして心地よい指先。

汗ばむ額を氷で掃いたようで、ぼくは陶然と彼女の指の動きを受け入れる。

「稲妻みたい」

「えっ……」

「変ないい方だけど、でも、そう見えて」

「いや、たしかにそうかもな。ぎざぎざしてるし」

「ずっと気になってた」

「気になってた？　……ああ、そういえば昨日」

ぼくが前髪をかき上げたとき、彼女は驚いた顔をしていた。

そうか、あのときにこの傷を見られたのか。

「痛かったよね」

「いや、覚えてないんだ。いつできたか記憶になくて」

そう、と彼女はいって指を引いた。名残り惜しさにぼくはその手をつかみたくなる。

アリスは一歩後ずさると、黒い瞳でぼくを見下ろした。

「一つだけ、お願いしたいことがあるの」

「なんだい」

すぐにはつづきの言葉は聞こえなかった。彼女は迷うようにうつむいていた。伏せた長い睫《まつ》毛《げ》が、憂いの翳《かげ》りを彼女の白い肌に落としていた。

ふいに彼女はぼくを振り仰ぐように顔を上げると、いった。

「わたしを探さないで。わたしがだれか、見つけようとしないで」

「それは……」

「そうしたら」

ぼくの知らない狂おしい感情をはらむ声で、アリスは告げた。

「そうしたら、あなたと会える」

〈二〉


〝アリス〟と出会ってから二週間が過ぎ、はや六月も第四週に入った。

初日と翌日の再会以降、彼女に会えたのはわずか二回。

もっとも会えたとしても、なにを話すわけでもない。彼女はぽつぽつとしか言葉を口にしないし、ぼくはいわずもがな口下手で、長く会話をつづけるのが苦手だったから。

それなのに、驚くほど一緒にいて居心地がよかった。

なにもせず、ただ並んで廃線を歩いたり、海辺に近い場所に腰掛けて灰色の海を黙って眺めたり、もっというならそばにいるだけで満足できた。

彼女はぼくになにも強要せず、根ほり葉ほり尋ねることもしなかった。

母のように言葉や態度でこちらを意のままにしようとしたり、義妹の麻衣のように非難で追い立てることもしなかった。義父のようにそれとなく権威で圧するはずもなかった。

あまりに一緒にいるのが自然で、無言の時間が心地よくて、しだいにぼくは会えないときに渇くように彼女を求めるようになっていた。

彼女はぼくの酸素だった。

深い海の底で窒息しかけていたぼくの肺を満たす、甘くて新鮮な空気だった。

★
☆
★

「譲羽くん!? 元気だった?」

明るい声に背中をたたかれ、「園田商店」の前でぼくは振り返る。

七海との再会は、この町に来てからちょうど二週間後の月曜日だった。

〝廃線の幽霊〟

彼女の言葉はずっとぼくの耳の奥にこびりついていた。確かめたい気持ちはアリスと再会してからますます募っていった。でも、アリスはぼくに願ったのだ。

わたしを探さないで。わたしがだれか、見つけようとしないで……と。

幽霊のことを訊《き》いて回るのは、その願いに反する気がして仕方なかった。

だから園田商店に入るのをこの二週間避けてきた。食料や日用雑貨の買い出しは、わざわざ松山駅まで小海線《こうみせん》に乗って行った。園田商店以外の店を知らなかったから。

この週末、ぼくは一度も廃線でアリスに会えていなかった。

週明け、失意を抱えたぼくの足は、無意識に「園田商店」に向かっていた。

幽霊について尋ねるつもりじゃなかった。ただこの町についてなにか話が聞きたかった。七海の祖母なら長くここに住んでいるはずだからと。

あるいはあまりに孤独で、人との会話に飢えていたからかもしれない。

東京を離れ、解放された気分になったのは、ほんの一時だった。借家で梅雨時の長雨に降りこめられ、廃線を訪ねてもアリスには会えず、ぼくの鬱屈は極限まで高まっていた。

そのときのぼくは、だれでもいいから人と言葉を交わしたかった。自分以外の他人の顔を見たかった。だれかの〝気配〟を感じたくてたまらなかったのだ。

でも七海に会えば幽霊のことを尋ねたくなる。とはいえ平日なら彼女は学校のはず。休日だけ気をつければいい。そう思っていたから、声をかけられて飛び上がりそうになった。

「な、なんで。学校じゃなかったのか」

答える声がつっかえた。七海は明るく笑って走り寄ってきた。

「土日が中間考査だったからその代休。あいにく店番で遊びに行けなくて残念だけど」

「ああ、そう……なのか」

ぼくは四月にもらって以来、開いてもいない高校の教科書を思い浮かべた。

「ぜんぜん姿見かけなかったけど、買い物はだいじょうぶだった？　スーパー、ちゃんと一人で見つけられたんだ？　ご飯まともなもの食べてる？」

押しまくられるような質問に普段なら逃げ腰になっただろう。でもそのときのぼくは切に会話を求めていたから、ただ苦笑しただけだった。

「いや、ぜんぜん。松山まで行ってる」

「ええーっ、わざわざ電車に乗って？」

「この町の地図があればいいんだけどな」

「スマホのマップアプリ見ればいいのに。あ、持ってきてないんだっけ？」

「こういうとき文明の利器がないとほんと不便だな」

「パソコンは？　ネットもできないの？」

「借家の書斎にプリンタはあるけど、パソコンはなかった。葛西……さんが、たぶん仕事で持って行ったんだと思う」

「スマホがあってプリンタが無線通信機能対応なら、印刷できるぞ」

いきなり影が差して野太い声が会話に割って入った。

ぼくと七海はそろって振り返る。

そこにはよく日焼けしたタオル鉢巻きの男が立っていた。

「彰《あきら》叔父さん！　漁からもんとったんかい？」

七海は嬉しそうにいった。急に方言らしき言葉遣いになってぼくは面食らう。

男は日焼けした顔でにかっと笑った。

「おう、昨日もんとったんよ。で、葛西っていったな？」

急に話を振られ、ぼくは戸惑い気味にうなずく。

「あの人とどんな関係なんだ？」

あの人。

どこか尊敬の想いを感じる呼び方だった。父の知り合いなんだろうか。

「まあ、血縁関係で……借家に住まわせてもらうことになったっていうか」

「あの人に血縁とはなあ」

彰叔父さんと呼ばれた男は、腕を組んで興味深そうにぼくを頭から爪先まで眺め回した。ぼくもお返しに相手をそっと観察する。

三十代後半だろうか。いかつい肩、四角いあご、がっしりした胸板。日焼けしたたくましい腕は、細いぼくの腕の三倍はありそうだった。

「譲羽くん、こちら、あたしの父方の叔父の八重彰」

「あの、譲羽朗です」

七海の紹介にぼくが名乗ると、彰という名の男は目を細めた。

「漁に出る前、ちらっと話してたのは君のことだったのか。客が泊まりに来るからその用意について相談があってな。どんな関係のだれが来るかとはまったくいってなかったが」

「だからジャージと客用布団が出してあったんですね。でも食料はなにもなくて」

「ええっ、それってひどくない?」

びっくりした顔で口を挟む七海に、ぼくは苦笑を返す。

「冷蔵庫にマヨネーズは転がってたよ」

「それ食料じゃないし。いったい、なに食べてるの」

「総菜とかコンビニおにぎりとか、カップ麺……手っ取り早いのは食べないことかな」

「信じられない！　総菜買うなら調味料と食材買いなよ」

「葛西さんの血縁らしいぜ」

くっくっく、と彰さんは広い肩を震わせて笑った。

「あの人は生活能力がまったくないから、意外じゃねえな。町のスーパーの場所も知らないんじゃ、食材をそろえるのも大変だろ」

「松山まで買いに行ってるんだって。大変じゃない」

「そのひょろい体じゃあ、荷物も持てなさそうだしな！」

バンバン！　と彰さんに肩をたたかれ、ぼくはむせそうになる。

「まあ、さっきいったみたいにスマホとプリンタがあればＰＣがなくても地図は印刷できる。最近のプリンタはたいてい無線通信機能対応だから、だいじょうぶだろう」

「彰叔父さんがパソコンとかにくわしいなんて知らなかった。意外」

「意外ってこたあねえだろ。これでも最新のガジェット情報はチェックしてるんだぜ」

「とかいって葛西さんに教えてもらったんじゃない？」

「なんだよ、知ってたのか」

身内同士の気安い会話に取り残されて、ぼくはただ聞いているしかない。

「ってわけで簡単だから、ちょっとスマホ見せてみ。譲羽くん」

「いや、実はぼくスマホを持っていないんです」

「東京の自宅に置いてきちゃったんだって」

「いまどき携帯不携帯かあ？　だったら七海、貸してやれよ」

「いいよ。やり方教えてもらえればあたしでもできるかな」

「おう、簡単カンタン。貸してみ。ほら、譲羽くんも」

　ぼくと七海は彰さんを挟んで両側からスマホの画面を見下ろした。

「これがこの辺の地図。ここを押して、プリントを選択。電源が入っていればプリンタの名前が出てくるから、選んで……」

「ふーん、簡単？　あとはプリンタが対応してたらいいね、譲羽くん」

「見た感じ新しかったから、だいじょうぶだと思うよ」

「じゃあ問題ないな。ほれ、七海」

「ねえ、彰叔父さん。しばらく陸にいるの」

　スマホを受け取りつつ七海が尋ねる。

「ああ。もうすぐ下の子が生まれるし」

「叔母さんね、よくあたしの家に遊びに来るよ。彰叔父さんがいると家が散らかってしょうがないから、ずっと海にいてかまわないって」

「ひでえ！　せっかく出産に間に合うように帰ってきたのに」

「照れ隠しだよ。叔父さんのことばっかり話してるもん」

「まあ、またうちにも来てくれや。そうだな……譲羽くんも一緒に」

彰さんはぼくに向けてまた目を細めた。

「飯食わせてやるよ。獲《と》れたての魚とこの辺の名物。おれの奥さんの飯は旨《うま》いぞ」

「いえ、そんな」

「遠慮すんな。いかにもろくなもん食ってねえって感じじゃないか」

それじゃな、といって彰さんは片手を上げて立ち去っていった。

七海の言葉ではないが、ぼくは意外な想いで彼を見送った。

父の人格も性格も、ちゃんと知ってるわけじゃない。だけど根無し草の父と、しっかりと家族を養っている彰さんとは、世界がちがう気がしたのだ。

「彰叔父さんねえ、葛西さんとすごく仲がいいんだよ」

「そうなんだ。なんだか……不思議だな」

「譲羽くんもそう思う？　ぜんぜんタイプちがうのにね」

「葛西さんは、どんな人なのかな」

ぼくは何気なく七海に尋ねる。

〝アリス〟のことは訊けなくても、父のことならいいだろう。

「知らないの？　血縁なのに？」

「あんまり交流がなかったんだ。母さんは連絡を取っていたんだけど」

「血縁って、どういう血縁？　あっ、もしかして」

七海は下からのぞき込むようにしていった。

「生き別れの父子とか」

ぎくっと身をこわばらせるぼくに、七海はくったくなく笑った。

「やっぱり！　そうじゃないかなあって思ってたんだ。だって顔は似てないけど、雰囲気がなんとなーく似てるんだもん」

遠慮のない口調で七海はたたみかける。

「葛西さんのほうが飄々《ひょうひょう》とした感じでわりと人懐っこいけど、どことなく人嫌いっぽいのは共通してるし。あと、生活感とか生活能力がぜんっぜんなさそうなところも！」

ぼくは小さくため息をついた。正面から問われたら否定できないだろうとは思っていたけれど、こうまではっきり見破られると戸惑い以外の反応が返せない。

「なんか、いろいろと事情ありそうだよね？」

七海はぼくの戸惑いに気づいた風もなく言葉を重ねる。

「わざわざ学校休んで東京から来て、生き別れのお父さんの家に滞在してるなんて。あっ、詮索はしないよ。譲羽くんがちゃんと話してくれるまで」

「うん……そうだね」

ぼくは曖昧な返事でごまかした。そう答えたものの、いつかだれかにぼくが抱える事情を話す気になれるとは、とても思えなかった。

「そうそう、葛西さんのことだよね。お店番しながら話してもいい？」

「いいけど店番の邪魔にならないかな」

「だいじょうぶ。そんなにたくさんお客さん来るわけじゃないもん。ついでにここで買い物してったらどうですか、お客さん。松山まで行くよりは楽でしょ」

明るい声につられて、ぼくは七海のあとから店の中へ入った。

冷蔵庫は稼働しているが、閉め切っていたからか、かすかに空気がこもっている。

「空気入れ換えないと。最近ずっと閉めたままだったもんね」

「お祖母《ばあ》さんの怪我の具合はどう。ここに住んでるんじゃないの」

「いまはあたしん家《ち》にいるよ」

七海は話しながらあちこちの窓を開けた。

梅雨時で湿気が多いとはいえ、しだいに店内の空気は心地よく変わってきた。

「通って世話するより、家に来てもらった方がいいってことになったの。もともと同居の話があったのに、お父さん側のお祖父《じい》ちゃんとお祖母ちゃんはどうするんだって遠慮されちゃって。あっちは伯父さんたちが同居してるから、気にすることないのに」

七海はよどみなく自分の家庭のことを語った。あっけらかんとした話しぶりに、よく知らない相手のプライベートを聞かされる気まずさはあまり感じなかった。

「でね、いい機会、っていうとあれだけど、これを機に一緒に住む話が進んでるの」

「じゃあ、この店は……」

「近いうちに閉めると思うな」

七海の口調は何気なかった。

逆にぼくのほうが深刻にその言葉を受け止め、どう返していいかわからなくなる。

「あたしが小さいころは、もっといろいろなお店あったんだけど」

箒《ほうき》を出して床を掃きながら、七海は話しつづけた。

「大きい道路が通ってから、貨物線が廃線になったの。道路があるのに、港から貨物車で輸送する必要がないって。だから港も寂れちゃって、いまはもっと近いところにある小さな港が地元の漁船の繋留所になって、廃港になったんだ」

手伝うべきか迷うあいだに、たちまち七海は狭い店内を掃き終わった。

ぼくは無言で商品棚のあいだにたたずみ、彼女の言葉に耳を傾ける。

「廃線跡地はね、こんな小さな町じゃ意味がないって再開発もされずに放置。せっかく大きい道路できたのにっていう人もいたけどさ、でも」

七海はちりとりでゴミを集めると、それを手にふっと外を見やった。

「道路は便利だけど、こんな小さな町、みんな通り過ぎていっちゃう。ついでに住む人もみんな連れていっちゃう、ってお祖母ちゃんが話してたな……」

掃除をする七海の手は、今日も手際がよかった。話す口調もよどみがなかった。

だからこそ、ぼくはいいようのない寂寞感を覚えた。

「人がいなかったら、もうお店がある意味もないもんね。仕方ないよ」

ちりとりの中身をゴミ箱に空け、七海はこちらを振り返る。

ぼくはなにも答えられなかった。

そういえば、東京のぼくの自宅のある周辺も様変わりしていった。

小さいころは点在していた畑がしだいに消えて、代わりにマンションや住宅が林立して、コンビニとファストフードとドラッグストアができた。

見慣れたなにもかもが置き換わっていく光景。

それも、ぼくが物心ついてからの、ほんの十年のあいだのことだ。でも、その呆然《ぼうぜん》と見ているしかなかった変化と、この小さな海沿いの町の変化とは、きっとちがう。

なにもかも置き去りにしてなくなっていってしまう感覚。

初めて七海に会ったとき、彼女が抑えきれない渇望のように東京への憧れを口にした心境がいま、共感はできなくとも理解はできた。

「お茶出すから奥に上がって。譲羽くん」

「いいのかな」

「あたしが店番で店主代理だから、いいよ」

　ぼくは靴を脱いで、店の奥の薄暗い居間に上がる。ごたごたと雑多な物があふれる居間で、七海は冷たい烏龍《ウーロン》茶をペットボトルから注いでくれた。

「お店の？」

「だって冷えてるもん。もちろん、お金はレジに入れたし」

「律儀だね」

「商品の売り上げの計算が合わなくなっちゃうから」

　しっかりしてるなあ、とぼくは感心する。

「それで、葛西さんの話だよね」

「ああ」

「葛西さんがこの町に来たのは、お祖母ちゃんの話だと十年以上前だって。あたしは数年前にここに引っ越して来たから知らないけど、みんな最初は警戒してたらしいよ」

「そりゃ、よそ者で独身で、まともな職じゃない風来坊ならしょうがないよな」

「お父さんなのに手厳しいね！」

　一緒に暮らしてたわけじゃないから。

といいかけたが、ぼくは口をつぐむ。

このペースだと、どんどん七海に抱えている事情すべてを話してしまいそうだ。ぼくは黙って話のつづきを待つことにした。

「もとは道路沿いのアパートに住んでたんだけど、そこが火事で焼けて壊されることになって、葛西さんは山の上の借家に移ったんだって。よく留守にするから、郵便物や宅配物は局留めにしてるって、郵便局に勤めてる近所の人がいってた」

人が少ないとプライバシーなんてないんだなと思い知る。

ということは、ぼくについても、陰であれこれいわれていそうだ。

「ほんと、不思議な人なんだよ。痩せてて頬がこけてて、だけど人好きがする笑顔で、若いころはモテたんだろうなって感じ。でも、いつかいなくなりそうな不安な感じもあるの」

「いつか、いなくなりそうな……」

「なんて、思わせぶりなこといっちゃったけど、あたしはときたま見かけてあいさつするくらいで、あんまり葛西さんのことわかんないや。外見とちょっとした印象くらい」

「いや、いいよ。なにも知らないからありがたい」

「彰叔父さんならけっこう仲良くしてるから、いろいろ知ってるはずだよ」

「いつから彰さんと知り合いなんだろう」

ぼくは彰さんのがっしりした姿と懐の深そうな笑顔を思い返す。

「接点なんか、どこにもなさそうなんだけどな」

「前にもいったけど、葛西さんは町内会の仕事にたまに参加するから、そのときかなって。彰叔父さん、青年団のリーダーしてるし」

「青年団？　あれ、彰さんは歳いくつなんだ」

「あれで四十三だよ」

へえ、とぼくは声を上げる。ぱっと見た目、彰さんは三十代のように思えたからだ。

「いっておくけど、青年団っていってても入団する人なんてもう少ないから、四十越えても団員の人はけっこういるの」

「君も入れっていわれてるんじゃないか」

「あはは、入らないってば」

七海は笑ってあっさり打ち消した。

「葛西さんの歳いくつか知らないけど、彰叔父さんより上でしょ？」

「それが、実は……」

「知らないの？　うわー、ほんとに生き別れなんだね」

驚いたような呆《あき》れたような声を七海は上げた。

「彰叔父さんてだれにでも気安いけど目上の人には礼儀正しいんだ。いつも〝藤治《とうじ》さん〟って名前にさんづけで呼んでるもの。だから葛西さんのほうが年上かなって。でも二人でいると、まるで長年の友だちみたいだよ。憎まれ口たたいてどつき合ってる」

「本当に、葛西……父がこの町に来てからの付き合いだって、彰さんはいってるのか？」

「うーん、よく考えるとそうはいってなかったかな？　あたし自身、いままで葛西さんにそんなに興味なくて。変わった人だなって印象だけだったもん」

ぼくは口を閉ざして考え込む。

本当に父は謎を抱えた人物だ。そういう世捨て人で風来坊的な性分の人間が、友人を作ったり、ましてや子どもを作るなんて意外でならなかった。

「そうそう、葛西さんの写真あるよ。見る？」

「えっ」

「葛西さんてライターなんでしょ。彰叔父さんがね、数年前、町役場が出してる広報紙の記事で、執筆依頼したことがあったんだよ。それに写真が載ってたはず」

「見たい」

ぼくは身を乗り出すようにしていった。

「お祖母ちゃんマメだから、バックナンバー保管してると思うよ。ちょっと待っててね」

七海はスマホを取り出して電話をかけ始めた。

「もしもし、お母さん？　うん、ちゃんと店番してるよ。あのね、いま譲羽くんが来てるの。それで上小湊《かみこみなと》タウンのバックナンバー見せたいんだけど、どこに……えー」

七海は怯《ひる》んだような声を上げた。

「だっ、だいじょうぶだよ。譲羽くん、そんな人じゃないし。いいから、早くお祖母ちゃんに訊いてよ。たしかちゃんと保管してたでしょ」

　もう、と七海は腹立たしげにつぶやいた。その耳はすこし赤くなっている。

「お茶の間の電話台の下？　わかるわかる。ありがと。ああもう、だーかーら、だいじょうぶだってば。夕方の六時にお店を閉めて帰るよ。じゃあね」

　ふう、と七海は吐息して通話を切った。

「なにか、お母さんにぼくのこといわれた？」

「えっ、あっ」

　ぱっと七海はぼくのほうに顔を向けた。

「なんでもないよ。男子と二人きりってどうなのとか。譲羽くん個人のことじゃないから」

「あ……」

　察してぼくも頬が熱くなる。

「い、いま、バックナンバー出すから。電話台の下の棚だって」

　七海は焦りまくった声でそういうと、居間の隅の木製の電話台に近づく。

「見つけた。これだよ」

　電話台の下の戸を開けて、七海は分厚いファイルを引っ張り出すと、ちゃぶ台にばさりと置いた。ぼくと七海は顔を寄せ合って開いたファイルをのぞき込む。

「えっと、三年か四年前の、七月の豊漁祭の記事のはず……あ、ご、ごめんねっ」

顔が近すぎて、七海がぱっと身を離した。ぼくも変に意識してしまって、それまでなんとも思っていなかったのに急に緊張で体が固くなる。

「い、いや、こっちこそ。七月の広報紙だっけ」

「う、うん。えーっと、あっ、あった」

七海が見つけて大きくファイルを開く。『上小湊タウン七月号』というタイトルの小冊子がちゃぶ台の上に広げられた。

「葛西さんが祭りの記事を寄稿したの。町のサイトにも載せる観光客誘致目的」

ぼくは、七海の指が示す先にある文章に目を落とす。

〝……上小湊の豊漁祭は、小さな港にもかかわらず勇壮だ〟

すぐに写真を見る勇気が出なくて、ぼくは記事だけを追いかける。

淡々としていて、けれど情熱を秘めるような文章だった。

〝受け継がれてきた町の意志が、大漁旗に乗って七月の空にひるがえる……〟

「ほら、この写真が、葛西さんと彰叔父さんだよ」

どくん、
心臓が大きく高鳴る。一瞬、息が詰まって呼吸を忘れた。

七海と顔が近いことも忘れ、ぼくは冊子に掲載された写真に見入る。

（これが……父さん）

そこには二人の男性が写っていた。一人は彰さんだった。タオル鉢巻き姿で、がっしりした腕を組んで笑っている。

隣に立つもう一人の男性は、痩せていて、髪がすこし長かった。

まばらな無精ひげを生やして、飾り気のないシャツとジーンズで、カメラのほうをまぶしげに細めた目で見て、唇の端で笑っていた。永遠の青年のように、いつまでも成長しきらない若さと、放浪者が持つ枯れたような雰囲気を持っていた。

ぼくとそんなに似ていない。でも顔の形と目元に鏡をのぞいたときみたいな印象がある。

そのとき、ぼくはふいに打たれたように強く認識した。

自分のルーツが、まさにここにあることを。

いままでそんなことを気にしていたわけじゃないのに、その写真を目にしたとたん、ぼくがどれだけ〝父〟という存在を探し求めていたか、痛いほどに意識した。

「そうだ、思い出した！」

唐突に七海が顔を上げた。

「ねえ、不思議な女の子を知らないかって尋ねてたよね？」

「あ……」

父の写真に見入っていたぼくは、はっとして七海に目をやる。

その話はいいんだ、という前に彼女は言葉を継いだ。

「彰叔父さんがね、以前、葛西さんもこんなことといってたって話してくれたの」

ひそめた声で、七海はぼくにささやいた。

「この町で、幽霊に会ったことがある……って」

第三章

廃線上のアリス

〝わたしの鼓動〟

〈一〉

強い雨が錆《さ》びたレールに跳ね返る。

『園田商店』という名前が染め抜かれた黒い傘を差し、ぼくは廃線を歩いていた。傘の端からは滝のように雨が流れ落ちていて、まるで水か濃霧の中を歩いている心地がした。

雑草に覆われた枕木のあいだには、深い水たまりができていた。ぼくは気づかず、せっかく乾いたスニーカーで踏み込んで、中まで水浸しにしてしまった。

それでもぼくは歩きつづける。七海《ななみ》から聞いた話を思い返しながら。

「……廃線の幽霊ってね、この町の噂《うわさ》話みたいなものなの」

店の奥の居間で、七海はぼくにそう語ってくれた。

「昔は、港の幽霊っていわれてたみたい」

「港？　あの廃港の？」

「そう。でも貨物線が廃止されてからは、廃線の幽霊に変わったんだって」

快活な七海が、声を落として語る。

薄暗い部屋に流れるひそやかな声音に、湿気の多い空気が重みを増した。

「海で溺れた幼い子どもの霊とか、嵐の夜に灯台に閉じ込められて死んだ女の子の霊とか、台風なのに漁に出て船と沈んだ青年の霊とか、話も噂もいろいろ。でも、ひとつ共通してる点があるの。それは」

　ことさら声のボリュームを落とし、彼女はこういった。

「幽霊を見た人は、一番大切な人を失うんだってこと」

　ざっ、

と、ふいに屋根が大きな音を立てた。雨が降り出したらしい。雨はたちまち激しくなり、軒先と雨樋《あまどい》から流れ落ちる雨だれで店先がやかましくなった。

「……君は、幽霊を信じてるのか？」

　ぼくはそっと低い声で尋ねた。ポニーテールを揺らし、七海はかぶりを振る。

「この目で見たわけじゃないし、噂だけだから」

　両手のあいだで、七海は空になったコップをぐるぐると回す。

「小学校とか中学校で何度か幽霊話が流行《はや》ったけど、卒業したら聞かなくなったし、よくあるオカルト話だと思ってた。だから譲羽《ゆずりは》くんの話で、ちょっと怖くなっちゃって」

「……そうなのか」

「だって東京から来て、この町の知識がなんにもない人に地元の人しか知らない幽霊の話をされたら、すごくびっくりするでしょ。葛西《かさい》さんから聞いたわけじゃないよね？」

ぼくはうなずいた。七海は目を伏せて、半袖からのぞく鳥肌の立った二の腕をさする。

「まさかね、って思うけど。ここの噂を聞いたこともない人に幽霊を見たっていわれたらさ、やっぱ本物なのかなって思うじゃない」

「いや、彼女は生きてる人間だった……だったはずだよ」

「だったはず、っていわれると信憑性《しんぴょうせい》ないなあ」

「直接触れたわけじゃないから。でも間近で、この目で見たんだ」

「その子、あたしたちと同い年くらいっていったよね？」

「うん。どう見ても小学生じゃないし、成人してもいなかった」

「この町って小さいから、みんな顔見知りなの。中学生も高校生もみんな知ってる。でも譲羽くんがいうような女子は知らない。それに紅《あか》いリボンのセーラー服っていってたよね。近隣の高校や中学はだいたいブレザーだし、知ってるとこもセーラー服のリボンは青だから」

七海はきっぱりといった。揺るぎない自信のある声音だった。

「遠い場所から……来てるのかもしれない」

「この町に？　なにしに？　ここにはなにもないのに？」

疑念に満ちたまなざしでそういうと、ふっと彼女は目を落とした。

「車がなかったらどこにも行けない。お店もない。小さな漁港しかなくて、船を出すのはもうおじいちゃんばっかり。みんな車か電車でべつの町へ働きに行ってる。こんな風に」

七海は父が寄稿した『上小湊《かみこみなと》タウン七月号』を人差し指でつつく。

「豊漁祭を目玉に観光客誘致って話もあったけど、宿泊施設もないのに、わざわざ好き好んでこの町に来る人なんて、絶対、いない」

ぼくは黙っていた。いちいちもっともだと思っていた。

事情がなければ、ぼくだって永遠にこの町を訪れはしなかったはずだ。

「第一、寂れて人気のない廃線になにをしにくるの？　マニアでもあるまいし」

「マニアかもしれないよ」

ぱちくりと七海はまばたきする。ぼくはおどけた口調でいった。

「廃線マニア。全国の廃線を撮影して回ってる。寂れているのに保存状態がいいレールは大好物。雨でもかまわずカメラを片手に徘徊《はいかい》する」

「うー、あたしのことからかってる？」

ぼくはにやっと笑った。七海は口を尖《とが》らせるが、次には噴き出した。

「じゃ、いままで〝廃線の幽霊〟なんて噂されてたのは、鉄オタならぬ廃線マニアってことね。なんて物好き」

無理やりにそらした話に七海はのってくれた。

「でも、なんで〝港の幽霊〟が、〝廃線の幽霊〟に名前が変わったんだろうな」

「港にだれも来なくなっちゃったから、幽霊も寂《さみ》しくなって廃線まで出てきたんじゃない」

「廃線マニアで、寂しがり屋の幽霊？」

「べつな意味で近寄りたくないよね」

七海はおかしそうに笑った。ぼくは付き合うように小さく笑った。

〝寂しがり屋の幽霊〟

ただ一人、廃線を歩く少女。雨の中、孤独に歩んでいく少女。

自分を探さないでと願う少女……。

彼女にはその言葉がひどくしっくりくる気がした。

心ここにあらずで、ぼくは無意識にコップを傾ける。だがすでに中身は空だった。七海はちゃんと察して、ペットボトルを持ち上げてコップへ注ごうとしてくれた。

「いや、いいよ。そろそろ帰る」

「えっ、けっこう降ってるよ。それに傘、持ってなかったみたいだけど」

「これくらいの雨なら走って帰るよ」

「無理ムリ。譲羽くんが全力疾走する姿なんて想像できない」

笑いながらの鋭い指摘に、ぼくはいい返せない。

「お店の傘あるから持ってって。次に買い物来るときに返してくれたらいいし、そのまま使ってくれてもいいよ。それと地図のプリントアウト、いつにする？　こっちから行くし。あと譲羽くんさえよかったら、都合のいい日に彰《あきら》叔父さんの家に行かない？」

「じゃあ、プリントアウトは週末にお願いするよ。彰さん家《ち》には……」

　ぼくはちゃぶ台に広げたままのタウン紙を見下ろした。並んで写真に写る父と彰さんからは、親密さがうかがえる空気が感じられた。

　彰さんから父のことが聞けるかもしれない。父が会ったという幽霊の話も。

「ぼくは、いつでも。彰さんと……八重《やえ》さんの都合のいい日で」

　こちらの返事に、七海はほっとしたように嬉《うれ》しそうな顔を見せた。

「七海でいいよ。じゃあ、彰叔父さんに訊《き》いてみる」

「ああ。今日はいろいろ話してくれてありがとう」

　そういうぼくの視線は、すでに雨の降りしきる店の外へと向かっていた。


　廃線の真ん中で、ぼくは足を止める。

　雨足は相変わらず強かった。

　いくら幽霊でも、〝アリス〟がこの雨の中、出てくる気はしなかった。ぼくがここを歩くのはすでに習慣と、ただの意地だ。わずかな希望がその意地を後押ししている。

「そういえば廃線の最後まで歩いたことがないな」

　ぼくは雨の向こうに目を凝らす。夕暮れ間近で、土砂降りで、視界は時を追う毎《ごと》に悪くなっている。いつもはかろうじて見える灯台も、今日は影すら見えなかった。

「……♪」

はっとぼくは息を呑《の》んだ。

「……夕波、小波♪」

耳を澄ませると、歌声が雨音の中に聞こえた。

ぼくは廃港へと至る方角に向き直り、こちらだと確信して足を踏み出す。

雑草の生い茂る線路脇に、打ち捨てられた廃屋が見えてきた。

防風林と雑草と絡み合う蔦《つた》に埋もれて、廃屋は建っている。白い土壁もひしゃげた瓦屋根もボロボロで、いまにも朽ちて地に落ちてしまいそうだった。

その屋根の下から、二本の白い足が投げ出されていた。

素足で、雨をもてあそぶようにぱたぱたと上下に動いている。どう見ても歌声の主だ。

ぼくは廃屋に近寄り、顔をのぞかせて声をかけた。

「やあ、アリス」

アリスが暗い廃屋の縁側に腰掛け、ちょっとびっくりしたように目を丸くしていた。

「やあ、朗《ろう》」

男の子みたいな口調で彼女は答えた。

今日も紅いリボンのセーラー服で、髪と体が濡《ぬ》れていた。でもずぶ濡れというほどではなかった。雨がひどくなる前にここに避難したのだろう。

ぼくは軒先に入り、彼女の前に立つ。屋根から軒を伝ってしたたる雨が、まるでＢＢ弾を撃ち当てるように傘を激しく打ちたたいた。

「今日はすごい降りだね」

「うん」

「それなのにこんなところで」

ぼくは縁側から家の中をのぞき込む。

外から見るよりも中はまだまともだった。畳はすっかり日に焼けていたし、天井や壁の雨染みはひどかったが、目を覆うほどではない。

アリスが座る縁側も蔦が這《は》い上っているだけで、腰を掛ける分には申し分なかった。

ぼくは奥まで目を向けた。壁には古い薬局のカレンダーと、アイドルらしい二人組の女性のポスター。ボロボロの給食の献立表が貼られたコルクボードもあった。

破れた障子紙を垂れ下げて傾いた障子戸。埃《ほこり》をかぶる引き出しの外れた箪笥《たんす》。

床に散らばる本の山から、小学校の教科書がのぞいている……。

ぼくはまた、不思議な感覚にとらわれた。

もうこの町には、だれもいない。ずっと前に住民は見捨てて出て行って、ぼくと少女の幽霊だけが残っている……そんな感覚に。

「隣に座ってもいいかな」

そう尋ねてみるが、アリスはなにもいわなかった。

でもちょっとだけ横にずれてくれた。ぼくは「ありがとう」といって隣に腰を下ろす。そのまま二人で並んで、廃線に降る雨を眺めた。

視界の先はミルクみたいに灰白色に霞《かす》んでいた。この方角には海があるはずなのに、ぜんぜんそんな風に見えなかった。

屋根から垂れ下がる蔦からは、おびただしく雨がしたたっている。緑の蔦の葉をふるわせて地面へと流れ落ちる透明な雨を、ぼくたちは無言で見つめていた。

ぼくは不思議と落ち着いた気持ちだった。

自宅にいたときは、どうやって一日を終えるかばかりを考えていた。

片っ端から本を読んだ。窓から見える光景をスケッチしまくった。死んだように寝たりもした。一番時間を費やせたのは、スマホでつまらない記事を読みあさることだった。

そうして時間を埋めながら、自分の中になにかが培われた気はまったくしなかった。ただゴミ箱に捨てるように、無駄に無為に時を過ごしただけだった。

空っぽな自分を嫌悪する気持ちでぼくは日々を過ごしていたのだ。

いま、この海辺の町には——ぼくの目の前には、なにもない。

止《や》まない雨。乳白色の海。生い茂る緑の蔦と朽ちていく家。

幽霊にも等しい、正体不明な少女。

ここにはなにもない。なにもないのに、なぜかぼくは満たされていた。

「朗に会えるかと思ったの」

あやうく雨音に消されかけたその声を、ぼくはうっかり聞き逃しそうになった。

はっと隣を見ると、アリスは足先をぶらぶらさせてうつむいている。

「だから、ここにいたの」

「いつから」

「二回目に会えたときから」

「じゃあ、毎日ここに」

「毎日じゃない。出られるときだけ」

うつむく彼女の顔に濡れた髪がかぶさって、表情はわからなかった。

だけどその声音はひどくか細くて、ぼくはきゅっと胸が痛む。

〝寂しがり屋の幽霊〟

自分でいった言葉ながら、それは思いがけずなにかを衝《つ》いていたのかもしれない。

「朗は、どうしてスノーグースが好きなの」

ふっとアリスは顔を上げ、黒目がちの大きな瞳でぼくを見つめた。

「え……」

とっさに答えの出ない問いだった。なぜ好きなのか、なんて。

入れ違いのようにぼくは目を落とし、膝の上で組んだ両手を見つめる。

借家に置いたままの本。一度濡れたページは乾いても変形してうねり、ひどくめくりにくかった。読み返す気になれなくて、もっぱら読むのは松山の書店で買った適当な本だった。

だからぼくは必死で、記憶の中に残る〝スノーグース〟を読み返す。

なぜ、それが好きなのか。

それは簡単な質問のようで、自分自身を底の底まで掘り下げて探り当てなければ答えを見つけられない、困難な問いかけだった。

アリスは急《せ》かすこともなく、無言で待っていた。両手を後ろについて、軒先からしたたる雨の下で両足をぶらぶらさせながら。

視界の端で水が飛んだ。

目をやると、ぱしゃっという軽い水音と一緒に、アリスの白い足先から水が跳ね飛ぶ。

問いを投げたことなど忘れたように、彼女は水を蹴飛ばしている。

まだ雨足は強いけれど、遠い空の彼方《かなた》には陽《ひ》が射《さ》していた。弱い陽の光に、彼女の素足がはね上げる水滴がきらりと輝いた。

綺麗《きれい》だった。

水面で羽ばたく優美な水鳥が、羽先から水滴を宝石のように散らす様を思わせた。

ぼくは記憶に焼き付けるように、その光景を眺めた。

「……冬の描写が、好きなんだよ」

ふと落ちたぼくの言葉に、アリスは足を止めてこちらを見やった。

「夏は嫌いなの」

「暑くなければ嫌いじゃない」

「夏のどこが好き」

「濃い緑の色とか、陽の光の明るさとか」

貧困な語彙を悔やみつつ、ぼくは一生懸命問いに答える。

「見上げると苦しくなるほどの青い空とか、白くてくっきりした雲とか。陽の光で、夏の海がいっそう蒼《あお》いところも。上手《うま》くいえないな、どれもありがちだけど……」

「でも、スノーグースの舞台は灰色で陰鬱。あなたがいう夏のよさとは正反対」

「そうだね」

「主人公のラヤダーが住むイギリスのエセックスの沼地は、人がだれも寄りつかない。訪れる鳥たちを守るために、小さな安息地を作ってやるラヤダーは、鳥以外に仲間がいない。優しくて繊細な心を持っているのに、とても孤独なひと」

「その沼の情景と、主人公がいいんだ」

「どんな風にいいの」

「大沼はたしかに陰鬱で灰色で、冷たくて寒々しい」

遠い異国の情景を脳裏で思い浮かべながら、ぼくは答えた。

「打ち捨てられた燈台《とうだい》小屋が、よけいにわびしさをかき立ててる。でも、多くの渡り鳥が集うあの沼には、命があふれてる。朝陽や夕陽の射す一瞬、灰色の沼が赤と金色に燃え上がる。まるで、生きているように」

話しながら、ぼくは自分自身を掘り起こす。

「ぼくはスケッチをするんだ。自宅にいたときだけど。だれもいない公園や、池や、鳥たちや、夏の木陰をずっと一人で描いていた」

ある事件のせいで、学校に行くことができなくなるまでは。

そんな言葉を呑み込んで、ぼくはつづける。

「だから、人の住まない大沼でただ一人その光景を描くラヤダーは、ぼくだと思った。この本にはぼくがいる。ここに描かれているのはぼくだ……そう感じたから、だと思う」

「じゃあ、あなたは勇者なのね」

思ってもいない言葉にぼくはアリスをまじまじと見つめた。

けれど彼女はそれ以上をいわず、足先で軽く水をはね飛ばしている。

「アリス。君はなぜ〝スノーグース〟が好きなんだ?」

「わたしは……」

ぼくの問いに、アリスは両膝を胸に引き寄せて抱き抱える。

膝のあいだに華奢《きゃしゃ》なあごをうずめ、雨を見据え、そして彼女はつぶやいた。

「……失った人がいるの」

ぎくりとしてぼくは身を固くする。

〝幽霊を見た人は、一番大切な人を失うんだってこと〟

七海の声が耳の奥で聞こえた気がした。

「その人を失くしてから、わたしはずっと死んでいるようなものだった」

強張《こわば》るぼくにかまわず、アリスは言葉をつづけた。

「歩いているのに歩いていなくて、息をしても息をしていなくて、手に触れるものも目に見えるものもなにもかもが本物に思えなかった。人も物も光景も、ぜんぶ、生きているときに見た夢みたいだった。心臓が脈打つのを止めて、血が体をめぐるのをやめて、どんな感情もみんな凍り付いて、冷たくて深い水の底に沈んで水面から射す陽の光を見上げて、あれはべつの世界のもので自分とは無関係なものだって眺めているのと、同じだった」

アリスがこんなにも饒舌《じょうぜつ》に語るのが意外だった。

初対面からずっと口数が少なく、感情の起伏も小さく見えたから。

つややかな唇からほとばしる言葉に、熱をこめて語るその声に、ぼくは圧倒された。茫然《ぼうぜん》とただ聞き入るしかできなかった。

「ラヤダーのもとへ、傷ついたスノーグース……白雁《はくがん》を抱いて少女フリスはやってくる」

手元に本もないのに、彼女はよどみなく語った。

「やせっぽちで、薄汚れていて、白い鳥の血で赤くスカートを染めて、でも汚れの中にたぐいまれな美しさを秘めている、十二歳にもならない少女」

「そうだった。スノーグースをラヤダーが治して、そこから二人の交流が始まったんだ」

「物語の最後、あなたは覚えてる？」

「最後……」

ぼくは考え込み、次の瞬間、唐突に胸が引き絞られるように痛んだ。

初めて『スノーグース』を読み終わったときのことを、まざまざと思い出した。

陰鬱な沼地を光り輝かせる夕暮れの一瞬。

燃える空を、弧を描いて飛びゆく白雁——スノーグース。

髪をなびかせ、少女が手を差し伸べて見送る光景。

そうだ。ぼくは、〝なんとなく〟あの本を選んだんじゃないんだ。

「……覚えてる」

ぼくのつぶやきに、アリスがつづける。

「あなたがラヤダーをあなただと思ったように、わたしはフリスをわたしだと思ったの。ラヤダーを失ったフリスだって。彼を失って、安息地を失って、それでも空を見上げて、彼の魂を運ぶスノーグースを見送るフリスなんだって……」

膝のあいだからアリスは顔を上げる。覚えずぼくは息が止まった。

彼女の頬《ほお》は濡れていた。涙なのか、彼女がはね上げた雨粒のためなのか。

「わたしはフリスにはなれなかった。世界のすべてかもしれない人を失ったあとに、フリスのように見送ることはできなくて、死人みたいに日々を過ごすしかなかった。でも」

彼女の白い手が伸びる。まっすぐに、ぼくの額に。

「でもあなたに会った。その瞬間、わたしは自分が息を吹き返したように思った。レールに耳を当てると、鼓動みたいな列車の車輪の音が聞こえるように、寂れた廃線にまた電車が走るように、胸の中ではっきりと心臓が動く音がした。そのとき、わたしはわかったの」

白い指がぼくの額にかかる前髪をかき上げる。冷たい指先がぼくの古い傷に触れる。

濡れて輝く夜の瞳が、ぼくを見つめる。

その瞳から一粒の涙が、その唇から熱い想《おも》いをはらむ声が、落ちる。


「見つけた。見つけたの。あなたが、わたしの鼓動」


軒先から、雨の滴が落ちる音だけが響いていた。

ぼくは無言で目の前の彼女を見つめていた。彼女の濡れた瞳を見つめていた。

その透き通るほど白い頬に流れる一滴を見つめていた。

〝アリス〟のことは、その過去も想いもなにもかも、なにひとつわからない。

いまの会話で謎は増して、もっともっと彼女のことがわからなくなった。

でも、とぼくは強く思う。

でも、かまわないんだ。彼女の正体がなんだろうと、それがもしも幽霊だとしても、彼女がどんな嘘《うそ》や真実を抱えていたとしても、そんなことはどうだっていいんだ。

同じ物語に同じように〝自分〟を見つけた彼女。ぼくを〝わたしの鼓動〟と呼ぶ彼女。


――ぼくは、〝彼女〟の心臓になりたい。


「時間を決めよう」

強い想いに突き動かされて、ぼくは勢い込んで口を開く。

「ちゃんと会うために。そうしたらお互い、無駄にずぶ濡れにならずにすむ」

「いい考え。だけど」

アリスは小さく口の端で笑った。

「わたし、時計持ってない」

「そういえばぼくも持ってないな」

くく、としのびやかな笑みをぼくらはそろって漏らした。

「じゃあ、朝陽が昇ってすぐと、夕陽が沈む前にする」

「早起きなんだな。いいよ。それと待ち合わせをここにしよう。だれもこんな廃屋には来ないし、雨も避けられるし。それと」

ぼくは家の壁に据え付けられたコルクボードを指さす。

「会えないときは、ここに伝言を残すのはどうかな。まだ使えそうだ。明日松山で、ペンとかメモ帳とか、伝言を貼るためのプッシュピンとか買ってくるよ」

「うん」

アリスはうなずくと、ふっとほほ笑んだ。

その笑みは温かくて、でも染みるように切なくて、ぼくはなぜかスノーグースを読み終わったあとの苦しさと同じ痛みに襲われた。

「……また会うための約束って、いいな」

〈二〉

翌日、朝が来るのが待ちきれずに借家を出た。

始発に飛び乗って松山まで行き、開店時刻と同時に駅前の高島屋に飛び込み、筆記用具をそろえられるだけそろえた。

サインペン、カラーペン、ボールペン、色鉛筆、ノート、メモ帳。プッシュピンをカラフルなお菓子柄にしたのは浮かれすぎだったと思う。それからぼく専用の大きなスケッチブックに、鉛筆と鉛筆削り。乏しかった食料も、買えるだけ買い込んだ。

軽くなった財布をザックにしまい、ぼくはまた小海線《こうみせん》に乗る。

電車に揺られながら、高島屋のマークが入った買い物袋を抱えて、ぼくは父からもらった生活費について考えた。

高校生の自分にとって三十万はとほうもない大金だ。でも生活していくなら、さほどもたないことに気づき始める。使い果たしてしまったら、そしてそれまでに父が帰宅しなければ、強制的に東京へ戻らなくてはならない。

現実が、すうっと背後から這い上ってくる気がした。

〝……いま帰っても、なにも変わらないいんだ〟

変わらないまま、そして心を残したまま東京には戻りたくなかった。心残り。それは間違いなく〝アリス〟のことだ。

彼女の正体も、本当の名前も、住む場所も知らずに、なによりやっとわずかでも心が通うようになったのに、ろくに時間も過ごせず帰京しなくてはならなくなったら。

耐えがたさに胸が疼《うず》いた。時間がほしい。ここを立ち去ってもいいと思えるだけの充分な時間が。でも心のどこかでささやく声がする。

それを、おまえ自身が決められるのか、と。


廃屋に着いたのはまだ昼過ぎだった。

アリスの姿はなかった。縁側から靴を脱いで上がり込むと、彼女にわかりやすいようにコルクボードの下にメモ帳や筆記具を並べた。

メモ帳を一枚破り、ボールペンでぼくは書きつづる。

『伝言用のあれこれを置いておく。明日の明け方と十六時すぎにまた来る。朗』

それだけでは事務連絡すぎる気がした。だから書き足した。

『新しいスケッチブックも買った。もし許してもらえるなら』

迷ったけれど、一気に書き込んだ。

『君を描かせてほしい』

そのメモを青いアイスクリームのピンでボードに留めた。外ではまた雨が降り出した。

次の日の朝早く、ぼくは廃屋に急いだ。

薄曇りの空の下、廃線を飛ぶように走って廃屋についた。スニーカーを蹴飛ばして脱いで上がり込み、期待と緊張に動悸《どうき》を激しくさせながらコルクボードの前に立つ。

メモが増えている。ピンクのケーキのピンで留めてある。

嬉しさにぼくは叫びたくなった。動悸がもっともっと激しくなった。

『昨日は会えなかった。でも、水曜日には行けない』

あんなに綺麗な顔なのに、メモの字は大胆な殴り書きだった。

今日もすれ違いか、とがっかりしたとき、紙の下の方に小さく書かれた文字を見つけた。

『恥ずかしいから、だめ』

なんの意味かと考えて、スケッチのことだと気づいた。

もっともな答えだ。でも、だからといってこっちは引き下がれない。彼女を目にするたび、後に残る形として残したいという欲求は募る一方だったから。

ぼくはメモを取り、新たに伝言を書いた。

『じゃあ、君の前では描かない。会えたときに観察する。脳裏に焼き付ける』

きゅっきゅっとサインペンの鳴る音が廃屋に響く。

『そして君を待つ時間に描くよ。朗』


さらに翌日。

雨は降っていなかったけれど曇天は相変わらずで、ぼくは『園田商店』の傘を手に廃線を急いだ。体にまとわりつく湿気で、水の中を泳ぐような気分だった。

廃屋に近づいたとき、かすかな歌声をぼくは聞き取った。

「……岬まわるの♪」

たちまち湿気の重さなんて気にならなくなった。

錆びた線路を蹴って走る。昨夜すこしだけ描きかけたスケッチブックを入れたザックが肩ではずんで背中をたたいた。軒先に駆け込む寸前、頬に雨粒を感じた。

「アリス」

飛び込んで声をかけると、アリスはコルクボードの前でサインペンを手に立っていた。

ぼくをちらりと見て、彼女はちょっとしり込みするように身構える。

「スケッチ、しないで」

「しないよ」

「うそ。背中の荷物は」

「あー……伝言に残したとおり、君がいないときに描こうかと」

「だめっ」

アリスは声を上げた。その頬は耳たぶまで赤くなっている。

「恥ずかしいから、だめ」

「だったら写真は」

「もっといや」

といっても、それであきらめられるほどぼくは容易《たやす》い気持ちじゃない。

「頼むよ、アリス。描いてもだれにも見せないよ。絶対に」

「どうしてそこまでわたしを描きたいの」

アリスはキッと細い眉を吊《つ》り上げる。

「あなたの記憶に残すだけじゃ、だめなの」

「忘れてしまうよ」

「……そんなに簡単に忘れてしまうの」

「そうじゃなくて」

哀《かな》しげにアリスが眉を寄せたのを見て、あわててぼくは首を振った。

「ぼくはほら、こんなに大きい傷のこともすっかり忘れてるくらいだ」

片手で前髪を軽く上げて傷を見せ、すぐに下ろす。はっとアリスが小さく唇を開いて息を呑んだ。そのまなざしが、ぼくの額辺りをさまよった。

「覚えていたくても、思ってもみないことで忘れてしまうかもしれない。ただでさえ人間の記憶なんてあやふやだ。時間が経《た》てば経つほど細部は薄れていく。君の姿を焼き付けようとしても、きっと……だんだん……ぼやけていってしまう」

アリスは唇を結んで目をそらした。彼女の迷いがよく見てとれた。

「ラヤダーは少女フリスの肖像画を遺《のこ》したよね。彼の渾身《こんしん》の魂を込めた絵を」

アリスの肩がかすかに震えた。

こちらを見ていなくても、彼女がぼくの話を全身で聞いているのはわかった。

「フリスがラヤダーを失っても歩いていけたのは、彼の魂の形が遺っていたからじゃないかな、きっと。君の絵を描いてぼくの手元に残すのは、それは……」

松山から戻る電車でぐるぐると脳内をめぐっていた恐れがよぎる。

いつか必ず来る別れ。未来を断定したくはなかったけれど、予想しているより早かろうと遅かろうと、帰京は確実だ。このまま彼女の正体も連絡先も知ることなくこの町を去れば、二度と会えるかどうかもわからずに離れていくことになる。

それは、永遠の別れと同じじゃないか。

「それは、ぼくを生かすために必要なんだよ」

「朗」

いきなりアリスがぼくを振り仰いだ。

「あなたは、どうしてここへ来たの」

「どうしてって……君は、ぼくがここに来たのを責めてるのか？」

「ちがう」

アリスは髪が乱れて頬にかかるほど首を振った。

「わたし、わたし、あなたを責めるとか、そんなの絶対しない。あなたに会えたことを感謝して、あなたの存在を求めても、責めたりなんかなにがあってもしない。だけど」

彼女は小さなこぶしを握りしめる。

一瞬、いいよどむような表情になると、ふいに吐き出すようにいった。

「あなたがこの町にずっといればいい。そうしたら、わたしを忘れたりしない」

「……アリス」

ぼくらは、にらみ合うように見つめ合った。

しばしして、ぼくのほうからふっと息をついて口を開いた。

「ごめん。君を困らせたりしたくないよ。せっかく一緒にいられる日なんだから」

ほっとアリスが肩を下ろす。彼女が安堵《あんど》した様子にぼくも気が楽になった。だけど、これが一時しのぎで、ぎりぎりのごまかしだというのも、わかりすぎるほどわかっていた。

「コルクボードの前にいたけど、なにか書こうとしてたのか」

スニーカーを脱ぎ、雨に濡れないように縁側の奥へ隠すと、ぼくは廃屋へ上がり込んだ。

アリスは表情を和らげて軽くほほ笑む。

「あなたのメモを見て、なんて返そうかって悩んでたの」

「いいよ。とりあえずスケッチの話は保留にする」

「わたし……スケッチがいやなんじゃないの」

アリスは困惑気味にうつむいた。

横顔を隠す黒髪の下から、彼女の小さな声が聞こえた。

「ごめんなさい。この気持ち、ちゃんといえない」

「いいよ。いいって。ところでさ」

ぼくは懸命に話をそらした。

「いつも綺麗な歌を歌ってるけど、童謡？」

「ううん、古い歌謡曲。〝瀬戸の花嫁〟って歌」

「ふうん……ちゃんと最初から最後まで聴きたいな。歌ってくれないか」

「えっ」

アリスはパッと頭を上げた。

「う、うた、歌う？　あなたの、朗の前で？」

アリスは大きな瞳を何度もまたたかせ、口をぱくぱく開けた。明らかに取り乱しているのがわかって、ぼくはつい笑いが込み上げる。

「それも恥ずかしい？」

「あっ、当たり前」

「スケッチさせてもらうか、歌を歌ってもらうか、どっちがいいかな」

「朗のいじわる」

真っ赤な顔でいい返されて、ぼくはついに噴き出した。

そんな他愛《たあい》のないやりとりの末に、アリスは歌うことを承諾してくれた。

蔦の這う縁側で並んで腰掛けて、雨を眺めながら、ぼくは彼女の歌を聴いた。

シンプルな歌詞の曲だった。家族と別れ、瀬戸内海の小島へ小舟で嫁いでいく女の子――たぶん、とても若いはずだ――の想いをまっすぐに歌った歌だった。

きっと昭和のころの古い歌なんだ。島へ小舟で嫁ぐなんていまの時代にはそぐわないから。同い年くらいの彼女がそんな古い歌を知っているのは意外だった。でも歌詞のまっすぐさに、自然とぼくは心打たれる。

アリスの優しく澄んだ歌声が、廃屋の軒先から流れていく。

目の前は雨に煙る灰色の海。でもぼくの脳裏には、青い海に揺られる小舟があった。

満ち足りた時間を過ごしながらも、ぼくの中ではある迷いが生まれていった。

アリスはけっして、自分を明かそうとしない。

時折、激しい想いをほとばしらせるのに、名字も年齢も、どんな生い立ちでどんな場所に住んでいて、趣味や好きなものや、家族はどんな構成でとか、とにかく私生活をうかがい知るためのほんの断片すらも漏らそうとしない。

どうしてそこまで〝自分〟を隠すのか。こうして並んで話をして、ぼくを慕うそぶりを見せながら、深いつながりを求めようとしないなんて、なぜだ。

〝わたしを探さないで。……そうしたら、あなたと会える〟

彼女ははっきりとぼくにそう告げた。

知ってはいけない。探ってはいけない。ぼくの不安を打ち明け、さらけ出して、彼女にぶつかって、かたくなに隠す秘密を暴けば、きっとなにかが壊れてしまう。それは確実だ。

だけど隠すことは抑えることだ。自分を抑えつけ、こらえることだ。それは果てしない忍耐力が必要だ。時間をかければかけるほどこらえる力はすり切れていく。

アリスはいざ知らず、ぼくは想いが募っていくばかりだった。

彼女を知りたい。すべてを知りたい。たとえ帰京しても、彼女とつながっていたい。せめて離れても、彼女との出会いがたしかにあったのだと信じたい。

どうすればいいのか。このままでいたい、でもこのままではいられない。

そんな逡巡《しゅんじゅん》がぼくの中で、消しても消しても消えない鉛筆の跡のように存在しつづけた。

だけどその事態が変わったのは、その週の日曜日のことだった。

七海と約束した日曜日がやってきた。

ぼくは借家で七海が来るのを待っていた。こちらから行くと彼女はいっていたが、何時になるのかはわからない。こういうとき、携帯がないのは不便だ。

朝から落ち着かない気分だった。

読みかけの本が散らばる居間を片付け、来客用に買って冷蔵庫に入れたペットボトルのお茶を無意味に確認し、部屋と廊下や玄関先まで掃いた。

主の父がいないのに他人を借家に入れることも、その父の書斎に足を踏み入れることも、間違っているんじゃないかという気がしてならなかった。

そう思いつつも、ぼくはやることを探して無駄に居間でうろつく。

父のすべてが詰まっているはずの書斎には、いまだちゃんと立ち入ってはいなかった。

好奇心がないとはいえなかった。あの部屋に入り、父の仕事ぶりや蔵書や、納めてあるはずの私物に目を通したら、もっと父のことがわかるはずだ。

なぜ父が母を捨て、同時にぼくを捨てたのかも。

——捨てた？　本当に父は、母とぼくを捨てたのか？

疑問にかられ、ぼくは居間の真ん中で立ち止まる。

ちゃぶ台の上の生活費。寝室に出してあった客用布団。投げ出された新品のジャージ。

ぎこちないながらもそこにはぼくへの気遣いが見えた。

これまでずっと顧みなかった相手のために、ああして歓迎の準備をするだろうか？

そうだ。父は切符を買ってぼくに送ってくれた。

母の相談に乗って、こちらへ来いと提案してくれた。

そのせいで義父と母とがぎくしゃくする結果になったのはまずかったけれど、それだってなにもかも父のせいとはいえない。

家族の中でひそやかに進行してきた不和。ごまかして、見ないふりをして、何事もない顔で過ごしてきたツケが、ぼくと父の一件で噴出したのかもしれない。

「こんにちは、譲羽くん」

明るい声が玄関から響いた。ぼくは我に返って振り返る。

「いるかな。ちょっと早かった？」

「ああ、いま行くよ」

急いで玄関に向かい、鍵のかかっていない引き戸を開けると、青いリボンで結んだポニーテールの七海が立っていた。今日もはつらつとした笑顔で、健康的な輝きがあふれている。

「よかった、何時くらいか伝えてなかったから。待った？」

「だいじょうぶだよ。ごめん、そっちからわざわざ来てくれて。えっと、スリッパないけどいいかな。ちゃんと掃除したつもりだけど」

「えー、掃除してくれたの。譲羽くんが掃除って意外」

「や、掃除くらいするよ」

「だって譲羽くんて、浮き世離れしてるイメージだもの」

「仙人だとでも思われてるのかな」

「生活感がないってこと。ちゃんと寝たり食べたりしてるのかなって心配になる」

そういえば借家に初めて足を踏み入れたとき、古くて埃っぽくはありつつも、目に見えて散らかっていたり汚れていたりはしなかったのを思い出す。

独り身の父が掃除をし、食事をして、生活していることのほうが不思議だった。

——この町で、幽霊に会ったことがある。

七海の話がよぎった。父は廃線の幽霊のことをなにか書いたりしていないだろうか。

まったくつかめないアリスの正体。

いつまでこの町にいられるかわからないのに、募る一方の焦燥。

どんな手がかりでもいい、アリスを知りたい、理解したい。探すなと懇願されているけれど、
父の書斎を探るだけならきっとアリスには知られないはずだ……。

「そうだ。あのね、これ」

七海が大きめのクラフトバッグを差し出した。

「差し入れ。彰叔父さんの奥さんが作ってくれたお弁当。よかったら食べてって」

「もう、またそうやって。叔母さんに怒られちゃうよ、彰叔父さんが。

「そんな、悪いよ」

「いいからもらって。持って帰ったら叔母さんに怒られちゃうよ、お願い」

やや強引に押しつけられ、ぼくは戸惑いつつも受け取った。

「絶対、譲羽くんはご飯なんてどうでもいい人種だからお弁当持って行けって、彰叔父さんが。叔母さんの料理とっても美味《おい》しいよ。あたしも作れっていわれたけど、ねー」

ねー、の意味を量りかねて、ぼくは曖昧に笑う。

中をのぞくと、チェック柄の紙袋と、その下に銀色の大きな保冷バッグが入っている。割り箸も二膳添えてあって、細やかな気配りが見てとれた。

「このチェックの袋は?」

「えっと、あたしが焼いたの」

恥ずかしそうにもじもじと七海が答える。

「オレンジピールとチョコのパウンドケーキ。今朝、時間があったから」

「そんな、わざわざありがとう」

「お菓子作るの好きなだけ。料理は自信ないけどね」

冷蔵庫に入れたほうがいいよ、との七海の指摘で保冷バッグを開けると、重ねた保冷剤の上に、おにぎりやおかずを詰めた大きな密閉容器が二つ。大人二人分はありそうで、食の細いぼくが消費するには二日はかかりそうだった。

ケーキと一緒に冷蔵庫に入れると、ぼくは廊下の先の書斎へ七海を案内した。

「失礼します。へえ、ここが葛西さんの……譲羽くんのお父さんの部屋ね」

狭苦しい四畳半の部屋を、七海の視線がぐるりと一周する。

「本いっぱい！　葛西さんてライターだもんね。さすが物書きさんの部屋って感じ。でもちょっと埃っぽくない？　空気入れ換えたほうがいいと思うな」

「閉め切ったままだったから。ぼくもちゃんと入るの初めてなんだ」

「えっ、お父さんの部屋なのに？　じゃあ勝手に入っていいの？」

「ずっと留守だから、許可を取ろうにも取れないし、かまわないよ。入られたくなかったら、鍵でもかけるか、なにか伝言でも残してあったはずだ」

ちょっと待ってて、と七海を待たせ、寝室の押入れにあった座布団を出し、ついでに台所からコップとお茶のペットボトルを一緒に持ってくる。

気を回すことに慣れていないぼくは、なにもかも後手後手で情けなかった。

「これ、新しいコップじゃない？」

「ああ。この家、父の食器しかないからさ」

「えー、わざわざあたしのために譲羽くんが買ってくれたんだ。嬉しいな」

七海の明け透けな明るさに、ぼくはなんだか気恥ずかしくなる。

「いや、安物だし……えっと、窓を開けるよ。……開くかな」

照れくささをごまかすために、ぼくは腰を上げて机の前の窓に手をかけた。

古くてガタついた窓は長いこと閉め切られていたらしく、なかなか開かなかったが、ようやくすこし開いて、南に面した裏庭がのぞいた。野放図に雑草がはびこる裏庭は見るからにうっとうしくて、入ってきた空気も涼しい中に草の臭いがする。

「ん？」

目の端になにかがよぎった気がした。ぼくは窓の隙間から顔をのぞかせて外をうかがう。けれど視界に入るのは一面の雑草だ。

「なに、どうしたの？」

「いま、だれか……いや、なんでもないよ」

ぼくは窓から首を引っ込める。周りに民家もなにもないこの山の上の借家に、だれかが来るとは思えなかった。人の背丈ほど伸びた雑草が、風で揺れたのかもしれない。

「プリンタはこれだよな。電源は、と」

座卓脇のラックに載ったプリンタには、薄く埃が積もっていた。電源ボタンを入れると、ウィーン、という起動音にがちゃこんがちゃこん、という動作音がつづく。

「ちゃんと動くかな。なんか不穏な音がしてない？」

「久々に動かしたから、ヘッドクリーニングしてるんだよ。そろそろいいと思う」

ぼくの合図に、七海がスマホの画面の上で指を動かす。

「うん、ちゃんとプリンタ選択できた。えいっ」

しかしプリンタは無反応だ。代わりにエラー音が鳴り、操作ボタンが点滅する。

「変だな。どうしてプリントアウトできないんだ……そうか、用紙がないのか」

「用紙？　どこにあるんだろ」

ぼくと七海は手分けして狭い部屋のあちこちをのぞきこ込む。

「あった。譲羽くん、こんなところに挟んであるよ」

壁に並ぶ本棚の上のほうの隙間に、プリンタ用紙の束が突っ込んであった。

「なかなか出てこないね。よいしょ」

無理やり押し込んだようで、七海が背伸びして引っ張っても、なかなか用紙は出てこない。

彼女が引くたびに、綺麗に梳《と》かしたポニーテールに積もった埃が舞い落ちる。

「いいよ、七海さん。座ってて」

「非力そうな譲羽くんじゃ無理だよ」

「背はぼくのほうが高いよ。そんな爪先立ちの姿勢じゃ力を入れようにも入らないだろ」

「あっ、待って。取れそ……きゃあああっ」「うわあっ」

勢いよく用紙を引っ張ったせいで、爪先立ちの七海がバランスを崩した。

ぼくは巻き添えになり、七海を受け止める形で折り重なって倒れた。ついでに本棚から大量の本がぼくらの上にどさどさと降ってきた。

「ごっ、ごめん！　譲羽くん、だいじょうぶ？」

「ああ、だい……」

「……なにやってるの？」

突然、書斎の入り口からこれ以上ないほど冷ややかな声が響いた。

ぼくはくらくらする頭を振って身を起こし、声の相手に目をやる。

とたん、氷水を満たした風呂に突き落とされた気がした。

見覚えのあるセーラー服。胸元に揺れる青いリボン。そこにいたのは、

「……最低」

東京にいるはずの、義妹の麻衣《まい》だった。

第四章

廃線上のアリス

十四歳の義妹

〈一〉


なにやってるの。

と問い質《ただ》しながら、麻衣《まい》がこちらのいい分なんか聞く気がないのは一目瞭然だった。明らかに憤りに燃えた目で、彼女はぼくと七海《ななみ》をにらみ据えている。引き結ばれた唇も、小さな肩も、怒りのためにわなわなと震えていた。

「な、なんで、麻衣。なんで、ここに」

「なんで、っていいたいのはこっちだし」

案の定、麻衣はぼくの言葉なんか小バエをたたき落とすみたいに退けた。

「勝手に一人でこんな遠いところへ逃げ込んで。ずっと電話してるのに出もしないで。手紙を送ってもぜんぜん返さないで。あげくの果てに女子連れ込んで！　最低！」

「つ、連れ込んで？　いや、待ってくれ。やましいこととか、変なこととか、一切してない。ちょっと頼みごとがあって」

「こんな山奥の一軒家で二人きりで抱き合ってて、なにが頼みごとなの」

「そういういい方されたらなんだって怪しくなるだろ。本当にちがうんだ。それよりまさか一人で来たのか？　母さんや義父《とう》さんは？」

「話をすり替えないで！　連絡も寄越《よこ》さないしこっちからの連絡にも応えないし音沙汰なんにもなかったら、心配するに決まってるじゃん。なのに呑気《のんき》に女の子とべたべたしてて、信じられない。朗《ろう》のバカ。ばああっか!!」

「ぷっ」

呆気《あっけ》に取られていた七海が噴き出した。

怒りに燃えさかる麻衣の目が稲妻の速度で七海に向けられる。

「なに笑ってんの！」

「ごめんごめん。この子、中学生くらいだけど、譲羽《ゆずりは》くんのご家族？」

「義理の妹だよ。まさか東京から来るなんて……」

「義理？　生き別れのお父さんに義理の妹さんかあ。ほんと複雑な家庭環境だね」

「こっち無視して勝手にしゃべんないでよ！」

「麻衣さん、初めまして」

七海はまったく臆せずににこにこと麻衣に話しかける。

「あたしは八重《やえ》七海。この町に住む高校二年生だよ」

「名乗れなんていってないし！」

「麻衣さんの名前はいま、譲羽くんの口から聞いたからね」

麻衣の剣幕《けんまく》にも七海はまったく平気で明るくつづけた。

「譲羽くんのお父さんの葛西《かさい》さんとは顔見知りなの。そのつながりで、譲羽くんにこの町のことを案内してあげてるんだ。っていうか」

ちょっといたずらっぽい顔で、七海は笑う。

「義理でも妹さんなんでしょ。譲羽くんが女の子を連れ込んで、変なことできるような人かどうか、一緒に暮らしてたご家族が一番わかるよね？」

「それは……」

「それに麻衣さんの一番の怒りポイントは、どうやら譲羽くんからご家族にずっと連絡がなかったことなんでしょ。ちがうかな」

麻衣は唇を引き結ぶ。七海のペースに乗っていいのかどうか、迷うようにぼくと七海を交互に見比べている。

ぼくは急いで口を開いた。

「電話しなくてごめん。それは謝るよ。手紙は……気づかなかった。っていうか、この山の上まで配達されてるのかな」

「あっ、もしかして」

七海は閃《ひらめ》いた、というように人差し指を立てた。

「葛西さん、留守がちだから郵便物は局留めにしてるんだよ。前にいったよね」

「そうか。家からの手紙は、ぜんぶ郵便局に……」

「っていうことみたい、麻衣さん」

笑顔を向ける七海に、麻衣は唇を引き結んでぐっとにらみ返す。

けれどふいに、細い肩をがっくりと落とした。

「馬鹿みたい。心配したあたしも、なんにも知らない勝手な朗も。ほんと、ばっかみたい」

それきり麻衣はそっぽを向いて黙り込んだ。

七海はしょうがないなあ、というように苦笑すると、ぼくの肩をぽんとたたく。

「じゃ、あとはがんばれ」

「え!?　七海さん、帰る……のか？」

置いていかないでくれ、という情けない言葉をぼくはかろうじて呑《の》み込んだ。

七海はにっこり笑って、またぼくの肩をぽんぽんとたたいた。

「あとは兄妹《きょうだい》水入らずで、ちゃんと話し合わなきゃ。連絡しなかったことも、もっとしっかり謝んないとね。そうそう、麻衣さん！　ＩＭやってる？　友だち登録しない？」

「は？　な、なんであなたなんかと」

「譲羽くんは携帯持ってきてないからさ」

ひそひそ話のようで充分ぼくに聞こえる声で、七海はいった。

「もしまた連絡をさぼっても、あたしに聞いたら様子がわかるでしょ」

麻衣はふたたび七海とぼくとにすばやく視線をめぐらす。

迷う顔だったが、結局麻衣は驚くほどにあっさりと、スカートのポケットからスマホを取り出した。

そしてぼくの目の前で、七海はきゃっきゃと楽しそうに、麻衣は憮然《ぶぜん》とした顔ながらもわりと素直に、ＩＭのＩＤを交換する。

なんてことだ、とぼくは呆然《ぼうぜん》と七海のあざやかな手際に見入った。

「それじゃ、譲羽くん。麻衣さん」

七海は立ち上がり、にっこりと笑った。

「おじゃましました。譲羽くん、またお店来てね。麻衣さん、連絡するね」

礼儀正しく頭を下げてから、七海はひらひらっと手を振って書斎を出ていった。

廊下を足音が遠ざかり、がらりと玄関の引き戸が開いて、かしゃんと静かに閉まる。七海の気配が消えて、ぼくと麻衣は散らかった書斎に取り残された。

「あー……っと」

ぼくは頭をかき、麻衣に顔を向けた。

「こんなに早く、どうやって来たんだ。夜行でも昼過ぎまでかかるはずだけど」

「飛行機」

かぎりなくそっけなく、麻衣は答える。

かと思ったら、だだだっと濁流のように言葉があふれ出た。

「朝一番の飛行機に飛び乗って来たの。松山空港で降りてバスで松山駅まで来て、小海線《こうみせん》っていわれたから時刻表見たら出たばっかりで次が二時間後とか辺鄙《へんぴ》にもほどがあるじゃん。やっと着いてスマホで住所の番地確認したら山の上でほかに家もぜんぜんなくって、それでのどが渇いたのに自販機も見あたらなくてほんと腹立つああもうこれもらうから！」

麻衣は床に置いてあった新品のコップにペットボトルのお茶をだばだばと注ぎ、勝手にぐいぐいと二杯もつづけて仰いで飲み干した。ぼくは苦笑いを思わず漏らしてしまう。

「とりあえず居間で話をしようか。ここは散らかってて落ち着かないから」

「いつもこの狭っ苦しい本ばっかりの部屋で寝てるの」

「ここは葛西さんの書斎だよ」

「ふぅん、いかにも朗の血縁って感じ。本で高い壁作って世界狭くして閉じこもって」

刺すように麻衣がいった。

怒りが治まったんじゃなかったんだな、とぼくは吐息する。

「ぼくとはちがうよ。少なくとも葛西さんは仕事で外に出ていく」

「勝手に出てった朗とどこがちがうわけ」

なにをいっても無駄な気がした。しかし来てしまったからには追い返したくても生半可なことでは動かないだろう。気が進まなくても話をするしかない。

ぼくは麻衣を薄暗い居間に案内し、ちゃぶ台の前に座らせる。

七海からもらったケーキがあるのを思い出した。冷蔵庫からチェック柄の袋を出し、フォークなんかないので、もらった弁当についていた割り箸と一緒に出す。

ものすごいけげんそうな表情で、麻衣は割り箸と袋を凝視した。

「なにこれ」

「七海さんが焼いてくれたんだ。オレンジとチョコのパウンドケーキだとか」

麻衣は袋を開けて中の包みを取り出した。

透明のフィルムを緑のチェックのリボンで結んだ、焼き型入りのケーキが出てくる。ココア色で、ところどころオレンジの色がのぞいていた。

「ふーん、可愛《かわい》い。丁寧にラッピングまでしてある」

「ここに来る前に時間があったから焼いてみたんだってさ」

「んなわけないじゃん。前からラッピングも材料もそろえて準備万端にしてたんだよ」

麻衣はリボンを勢いよくほどき、フィルムをばりばりと破くようにして開けた。ひどく乱暴な手つきだった。綺麗《きれい》だったラッピングの残骸がちゃぶ台の上に散らばった。

「へえ、美味《おい》しそう。綺麗に焼けてるし、いい香り」

本気で感心した声で麻衣はいった。

「なのに取り皿もなしフォークもなし。しかも割り箸で食べるとか、せっかくのケーキもお気遣いも台無しじゃん」

「しかたない。もともと葛西さんの食器しかなかったんだ」

「面倒見よさそうだし、明るいし、いい人だよね、あの人」

「七海さんのことか。そうだな」

「朗のこと好きなんじゃない」

「ま、さか」

あやうくぼくはコップのお茶をこぼしそうになる。

「まだ数回しか会ってない。第一、ぼくはよそ者で引きこもりだ」

「ああいう面倒見がいい人はさ、朗みたいな非生産的な人間ほっとかないんだよ。親切に細やかにたっぷりみっちり、どんな隙もなく丁寧に上から下まで世話焼いて」

ぱきん、と高い音を立てて麻衣は割り箸を割ると、

「自分が、この世に必要な人間だって思いたいタイプ」

ざくっ、
と勢いよくパウンドケーキに突き立てた。そしてそのままざくざくと割り箸で一切れ切り取った。黒いケーキの欠片《かけら》がフィルムの上に散らばる。ぼくは眉をひそめた。口調はさりげないが、麻衣の七海評にはあからさまな皮肉が込められているように聞こえたのだ。

「七海さんのこと、気に入らないのか」

「べっつに。あっ、美味しい」

割り箸で挟んだケーキを一口かじり、麻衣は大きく目を開いた。

「チョコが濃厚で、でもそんなに甘過ぎなくて、ちょっと酸っぱいオレンジピールと絶妙に合ってる。へえー、七海さんすごい。朗に差し入れるために必死にやった、って感じじゃなくって、作り慣れてる味って気がする」

よくわからないが、小姑《こじゅうと》ってこんなものなのかな、とぼくは要らないことを考える。なんて見ている前で、麻衣は切り取った一切れをあっという間に食べ終わった。

「ああ、美味しい！　朝ご飯食べずに飛行機に乗ってきたから。あ、七海さんね。面倒見よくてだれとでも上手《うま》くやれてケーキ作りも上手いだなんて、気に入らないわけないよ」

ふっと声が落ちた。

「……お義母《かあ》さんと、似てるし」

麻衣はすこし気まずい顔で口を閉ざした。さっきまで渦巻いていた言葉の奔流の名残りが、暗い居間の天井にわだかまっている気がした。

ぼくは返す言葉がわからず、代わりに無難そうな話題にすり替える。

「麻衣が……相変わらず元気そうで安心したよ」

「はあ？　なにいっちゃってるわけ」

しかし返ってきたのは盛大に尖《とが》った声だった。

「こっちのことなんか思い出しもしなかったんじゃん。なにが安心した、よ」

痛いところを衝《つ》かれてぼくは黙るしかない。

麻衣は割り箸の一本に、新たなケーキの一切れを突き刺して持ち上げた。

「電話線、抜いてたんでしょ。いくらかけてもお客様の都合で、だったもん。なんでそんなことするの？　こっちだって連絡するのがまんしてたんだよ。お義母さんもいっつも苛々《いらいら》してたよ。仕事から帰るたびに留守電確かめて、ご飯作っててもお掃除してても洗濯してても、ずっとちらちら電話気にして。携帯も肌身離さず持ってたし」

「義父さんは」

「お父さんは、そういうお義母さんにずっと苛々してた」

がぶり、と麻衣は新たなケーキに歯を立てる。

「粉塵《ふんじん》爆発って、あるじゃん」

「よく知ってるな、そんな現象」

「漫喫で読んだ古い漫画にあった」

口の端に欠片をつけて、麻衣はケーキをほおばる。

「そんな感じだった。家の中の空気にいっぱいの苛々の粉が舞ってるの。いつ、どんな拍子で火花が散って大爆発するかって不穏な雰囲気。冷静な顔して、冷静な会話しようとしてもトゲトゲが飛び出る。みんなわかってるのに、でもどうすることもできない」

麻衣はすでに切り取ることもせず、割り箸でケーキをすくってどんどん口に放り込む。

「爆発したのが、昨夜」

　ざっく、とひときわ強く、麻衣はケーキに割り箸を突き刺す。

「お義母さんが用意してた飛行機のチケットとお金、お父さんが見つけたの」

「……それは」

「もう、そっからがすごかった」

　いきなり麻衣は、割り箸をちゃぶ台にぶん投げた。からん、と軽い音がして跳ね飛んで、畳に落ちる割り箸を放って、麻衣はケーキが入った焼き型をつかんだ。

「あんなに怒ったお父さん初めて見た。あの男のところに行くつもりかとか、やっぱり俺よりあいつを信用してたのかとか、朗を養子にするのを拒否してたのもあいつとのつながりを断たないためかとか、お義母さんがそうじゃないちがう、朗が心配だから見に行くだけだって何度も何度も必死にいってもぜんぜん聞こうとしなかった」

　義父は男らしい人間だ。仕事での地位は高く、プライドも高い。人からの信望も厚く、自信にあふれている。そんな父が、怒りにまかせて口にした言葉。

　〝……俺よりあいつを信用してたのか〟

　それをいうのは敗北を認めるのと同じだ。口にするだけで、男としても人間としても完膚なきまでに否定されたのだと感じるはずだ。

　プライドの高い義父がそんなことを許せるはずがない。

だからどれだけ苛立《いらだ》っていても、ぎりぎりまでいわなかったんだ。母を問い質して肯定されれば、もうそれで〝敗北〟だから。

だけど、いってしまった。

一度口にしたら、どれだけ計り知れないダメージを負うかも、そのダメージがどれだけ大きな亀裂になるかも、ぜんぶわかっていて、それでも義父はいわずにいられなかったんだ。

義父にそれをいわせたのは母だ。母が、父の葛西を頼ったからだ。

ぼくを守り、救うために。

「お義母さんが弁解して、否定するたびに、お父さんはどんどん激怒してった」

焼き型を外すと、麻衣は素手でケーキを持って、がぶっとかぶりついた。

「テーブルの上のものぜんぶなぎ倒して、壁を殴って穴まで空けて、お義母さんが黙ったらなんで黙るんだってもっともっと怒って。お義母さんが泣きでもしたらお父さんも冷静になったかもしれない。だけどお義母さんは泣かなかった。なにをいっても無駄だっていう風に黙ったままだった。もうお父さんは取り返しがつかないくらい怒った……」

「麻衣」

語尾の震えに気づき、ぼくは麻衣に呼びかけた。

麻衣は応えずケーキを貪っていた。口の周りをチョコまみれにして、のめり込むように必死の顔で食べていた。食べながらも言葉は止まらなかった。

「最後までお父さんはお義母さんを殴ったりしなかった。その代わり居間と台所がめちゃくちゃになった。壁にいくつも穴が空いて、食器が全部壊れて、割れたガラスを踏んだお父さんが怪我《けが》した足で歩き回るからカーペットは血だらけで、だけどそんなにもお父さんが怒り狂ってるのにお義母さんはなにもいわなかった。最後に、最後の最後にたった一言だけ」

「離婚しようって……!!」

そう叫ぶと、麻衣は目をつぶり、手のひらを握りしめてケーキを握りつぶした。

ぎゅっと麻衣は手のひらに貼り付くケーキにかぶりついた。

「麻衣、麻衣」

ぼくは義妹の名を呼んだ。けれどその声も聞かずに麻衣は食べつづける。

ついに一欠片《かけら》もケーキがなくなり、口にするものがなくなって、麻衣はぐいぐいとチョコで汚れた手で顔をこすった。顔中がすっかり茶色くなっていた。

「お父さんは世界の終わりみたいな顔になって、次の瞬間、血管が破裂するみたいにものすごい顔を赤くして、ただでさえ怒って赤かったのにどす黒くなるほど赤くして、そんで、なにもいわずにめちゃくちゃになってる台所へ向かったから、あたし、あたし……お父さんが包丁でも持ち出すんじゃないかって……！」

「もういい、麻衣。わかった、もうわかったから」

「わかってないよ、朗はなんにも！」

麻衣は大声で、突き飛ばすように叫んだ。

「朗は、朗はズルいんだよ、ひどいんだよ！」

麻衣は泣いていた。チョコまみれの顔で泣き叫んでいた。

あふれる涙が彼女の頬《ほお》に、チョコの筋を引いて流れていた。

「いつもいつも、いつもいつだって自分のことばっかり！」

「麻衣……」

「独りで閉じこもって、だれともなんにもしゃべらないで！　お父さんやお義母さんがどんだけ心配したって、お父さんが一緒に話をしよう、ちゃんと聞くからっていっても、お義母さんがご飯作って置いといても、関係ない知らないって顔して!!」

麻衣は絶望した幼い子どものようにわあわあと泣きわめいた。

言葉は支離滅裂で、いつもの辛辣さなんてどこにもなくて、だからこそいっそう、その様子が幼子のようで痛ましかった。

「あたし一人にぜんぶ押しつけて、自分ばっかり逃げて！　血がつながってなくたって、七年一緒に暮らした家族でしょ。ただの同居人じゃないでしょ。家族って、困ったときは助け合うんじゃないの。苦しかったり辛《つら》かったりしたら、ゆるしたりなぐさめたり、手を貸したりするんじゃないの。一緒に暮らしてる家族が助けてくれたり受け入れたりしてくれなかったら、一人で暮らしてるのと変わんないじゃん！」

　ぼくはうなだれた。麻衣がぶつける言葉と感情のなにもかもが正しくて、ぼくのなにもかもが間違っている。反論することもできない。

「……ごめんよ、麻衣」

「謝ればいいと思わないでよ！」

　麻衣のわななく声が、うなだれるぼくを打ち据えるように暗い居間に響いた。

「お父さんが台所に入って、あたし、ずっと怖くて隠れてたけど、もうがまんできなくって飛び出して、あたしが朗を連れ戻す、だからもうやめてよって。離婚だとかそういうの、せめて朗が帰ってきて、みんなで話し合うまで待ってよって……！」

「それで、母さんのチケットを使ってここまできたのか」

「そうだよ！」

「一人で」

「当たり前じゃん！」

「麻衣って、一人で飛行機乗ったことなかったよな」

「そうだよ」

「初めての飛行機なのに、必死でここまで来たんだな。はるばる、たった一人で」

「……うん」

「ありがとう。……ごめんな」

麻衣は押し黙った。深くうつむき、うなだれて、チョコにまみれた両手をちゃぶ台の上で固く握り合わせていた。ぼくはそれ以上なにもいわず、沈黙する義妹を見守った。

「怖かったんだよ」

ぽつり、とかすかな声がちゃぶ台に落ちた。

「めちゃくちゃの部屋も、血まみれの部屋も、お父さんの家中震えるような怒鳴り声も、そんなにお父さんが激怒してるのに黙ったままのお義母さんも、ぜんぶ、ぜんぶ、怖くて……でもだれも止める人がいなかった、あたし以外……」

ぼくはそっと、麻衣のチョコまみれで震える手を握る。

麻衣は抵抗しなかった。ちゃぶ台にぽたぽたと、涙の滴が落ちる音がしていた。

別れ間際の様子を思い返した。

十四歳の義妹。中学生の少女。うつむいてついてくる小柄な姿。

どれだけ生意気な口を利こうと、まだ彼女は十四歳の中学生の少女だ。

嵐のような怒号と喧噪《けんそう》を前にして、たった一人でどれだけ怖かっただろう。

それでも逃げずに、彼女は自分にできる責任を引き受けてここまで来た。

それに比べて、ぼくはなにをしただろう。ただ逃げただけだ。学校と家族と東京から逃げ出して、自分の心を見据えようともしなかった。あのときはそうする以外にぼくは自分を守れなかったからだ。だれにも打ち明けられない苦悩を抱え、息をしていくには――でも。

「一人にしないでよ、朗」

しゃくり上げながら麻衣がいった。

〝……妹を、守ってあげてね〟

幼いころにくり返された、女性の……母の声。

それがぼくを諌《いさ》め、戒めるように脳内で響いた。これ以上、なにも見ずなにも知らないふりをして、自分だけを守って過ごしていくわけにはいかない。

「わかった……帰るよ」

麻衣にそう答えながら、ぼくは雨の音に重なるアリスの歌声を思い出していた。

優しくて涼やかで、透き通っていて、耳にするとなぐさめられる心地の歌声。彼女のそばにいて、その歌声を聞くだけでぼくは幸せだった。

彼女はよそ者のぼくを問いつめなかった。容赦ない質問で、ぼくの境遇や苦しみを暴き立てようとしなかった。だから、だれにもいえずに抱えている辛さを忘れられた。

負わなければならない責任からも、ぼくを責め立てて追い立てる顔のない声からも、重苦しくてどうにもならなくて、だけど見据えるべき現実からも、そんなすべてのわずらわしいなにもかもから遠ざかって、満ち足りて過ごしていられた。

〝あなたは勇者なのね〟

ぼくは勇者なんかじゃない。ただの卑怯《ひきょう》者で臆病者だ。

だけどあの美しい声と優しい言葉を聞けば、自分の存在を許されたような気がした。

〝見つけた。見つけたの。あなたが、わたしの鼓動〟

幸福な、夢のような時間。

「家に電話しよう」

ぼくは麻衣に告げた。なにかをあきらめて、決別するように。


七海からもらった弁当は、たしかにとてつもなく美味しかった。

久しぶりの家庭料理だってことを差し引いても、だ。

香ばしいごまの利いた鮭《さけ》と大葉のおにぎり、汁気たっぷりの出汁《だし》巻き卵、ひじきと人参《にんじん》といんげんのふっくら卵焼き、冷めてもジューシーでやわらかい唐揚げ、たっぷり野菜の肉巻きに、付け合わせのなんてことのないトマトのマリネやおそらく自家製の漬け物に至るまで、どれもこれも細やかな味加減と作りで、お腹《なか》いっぱいになっても箸が止まらなかった。

ぼくと麻衣は驚きのまま、たちまちたいらげてしまった。

食に対してあまり興味のないぼくでも夢中で食べたくらいだ。いつも口うるさい麻衣でさえ一言もいわずに前のめりで食べていた。

麻衣は食事が終わると、寝室でことんと寝てしまった。きっと昨夜から一睡もしていなかったんだろう。ぼくのジャージを文句もいわずに着て、布団に沈むみたいに熟睡した。

麻衣の上にそっと毛布をかけると、ぼくは居間に戻った。

電話台の後ろにもぐり、外したままの電話線をたぐって、ソケットに差し込む。受話器を持ち上げ、発信音が鳴っているのを確かめると、指が覚えている番号を押した。

十回くらいのコール音ののち、かすれる声が応答した。

『……はい、譲羽です』

「母さん、ぼくだよ」

『朗？　朗ね。麻衣はそこにいるの？』

「うん、よく寝てる」

『そう、よかった……あの子から話は聞いたの』

「聞いた。ぜんぶ」

そう、と母はつぶやいた。ひどく疲れて、年老いたような声だった。

「義父さんは家に？」

『留守よ。しばらくビジネスホテルに泊まって、わたしと離れて頭を冷やすって。わたしも今日と明日は有休を取ったわ。家を片付けなきゃならないから』

「……義父さんと、離婚するつもりなのか」

ぼくのせいで、とはいえなかった。いったら否定されるだろうし、その否定がきっとぼくにも母にもさらなる負担をかけそうな気もしたからだ。

『いまはどちらも冷静じゃないから。それより』

母は明言を避けた。そして話を微妙にずらした。

『一人で行かせてよかったのかしらって、ずっと後悔していたの』

「そうだね。ぼくも麻衣が一人で来て驚いた」

『あなたのことよ、朗』

疲れていたけれど、母の口調は優しかった。

初日のときの責め立てるような声音とはまったくちがっていた。

『麻衣があなたのことを引き受けてそちらに行くと宣言したときは、どうしようかと悩んだわ。お義父さんも、麻衣を一人で行かせるのに迷った顔だった。でもわたしがついて行くのもきっとゆるさなかったでしょう』

「義父さんはなにをそんなに心配することがあるんだよ。母さんが葛西さんと別れて、どれくらい経《た》ってると思ってるんだ」

『そうね……だけど、お義父さんはわたしと葛西さんのいきさつを知っているから』

「いきさつって」

『葛西さんはね、ほかに好きな人がいたのよ』

「ほかに、好きな人……？」

『そう。高校生のときの初恋の相手だったそうよ』

母は抑揚のほとんどない声で、ぼくに淡々と語った。

『ずっとわたしが追いかけていたから、葛西さんは相手をしてくれただけ。子どもができたらわたしのほうを向いてくれるかと思ったのに、告げたら逆に遠ざかってしまった。そしてお義父さんは、そんなわたしをずっと好きでいてくれたの』

親同士の複雑な恋愛事情を聞かされて、ぼくは黙り込むしかない。

でも義父の激怒の理由、父の葛西がぼくとずっと離れて暮らしていた事情は、やっとそれで理解できた。母が容易に事情を口に出せなかった訳も。

『葛西さんは、あなたのことをないがしろにしていたわけじゃないのよ。毎月きちんとあなたの養育費を送りつづけてくれたわ。お義父さんと結婚して、もう要らないといっても欠かさなかった。収入が不安定だったんでしょうね、取り決めた額より少ないときもあったけれど、その分あとでかならず足されて振り込まれていたわ。そこまでするくらいなら結婚という形を取って、家族になってくれればよかったのにって……口には出さないけれど、わたしはずっと苦しかった。だからついあの人のことを辛辣に語ってしまったの』

ぼくは受話器を片手に借家の居間を見回した。

必要最低限の食器、衣類、寝具。なにもない冷蔵庫。

狭い四畳半の書斎に詰め込まれた父のすべて。質素な独り身の生活。

父はなにもかも切り詰めて、ぼくに渡せるすべてを送っていたのだ。

〝家族〟になれない代わりに。

『あなたを送り出すのが怖かったのは、葛西さんのもとにとどまることを選んだらどうしようって思ったからよ。いったん手元から放したら、あなたを失ってしまうんじゃないかって。でも、あなたは男の子だものね。そのほうがいいのかもしれない』

「母さん……麻衣が、一人にしないでくれっていうんだ」

父のもとにいる。この町にこのままいる。

陰鬱な空気をはらむ家を逃れ、東京での苦しさから逃れて。

それを考えると胸に光が差す心地だった。

でも、ぼくはそれを無理やり振り払い、きっぱりした声で告げた。

「いまの状態の家に麻衣一人を置いておけない。だから」

『東京に帰ってくるというの？　でもあなたは以前、いま帰ってもなにも変わらないといったわね。いまなら帰っても変わるの？』

「わからない」

母には見えないのにぼくは首を振って答えた。

「ここに来る前は、東京から出ないとなにも変わらないと思ってた。だけどいまは、帰ってみなければわからないと思ってる。なにか変わるのか、なにも変わらないのか」

受話器の向こうがなにか考えるように沈黙した。しばしして母は静かにいった。

『七月の終わりには夏休みに入るわ。その前に一度、わたしから先生にご相談しておきます。一年の半分と二年の一学期を取り戻すにはどうしたらいいか』

「それは……」

『だから、夏休みが終わる前に……東京に帰ってくるのは、どう』

思わずぼくは、強く受話器を握りしめた。

夏休みが終わる前。壁のカレンダーを見ると今日は六月の三十日。あと約二ヶ月。

あきらめて決めた別れが、ほんのわずかだが延ばされた。それを理解して、ぼくの心臓は躍るように大きくはずんだ。

まだアリスに会える。会って、顔を見て、言葉を交わせる。

この二ヶ月のあいだに彼女の正体を突き止め、離れても連絡できるようにすればいい。

それでも込みあげる喜びの一方で、ぼくには懸念があった。

「だけど麻衣を放っておくわけにはいかないよ。約束したんだ、帰るって。母さんだって昔、ぼくに妹を守りなさいって何度もいったじゃないか」

『え……そう？　そんなこといったかしら』

ぼくは拍子抜けした。暗示みたいに、くり返しくり返しいわれたはずなのに。

「小さいころ、あんなにぼくにいったこと覚えてないのか？　あんまり何度もいわれたから、ぼくはちょっと強迫観念にもなりかけたよ」

『覚えてないわ。むしろあなたのほうが麻衣に守られるタイプじゃない？』

なにかひどいことをいわれた気がするが、ぼくが抗議する前に、母は口調を改めた。

『それよりこちらのことは気にしなくてだいじょうぶ。もう、あんなひどいことにならないようにするから。麻衣は母さんが守ります』

「母さん……」

『だから安心なさい。あなたは東京に戻ってくるための気持ちを整えるのよ』

「わかった、ありがとう」

ぼくは安堵《あんど》とともに、はっきりとした声と言葉で母さんに約束した。


本が散乱する書斎へ再び足を踏み入れたのは、翌日のことだった。

もしもその日、麻衣が寝たあとすぐに片付けに入っていたなら、ぼくは母に電話などせず、借家を飛び出して廃線沿いの廃屋に走っただろう。

畳一面に散らばる本の中の一冊のアルバム。

そこに挟まれた二枚の写真を目にしていたなら、きっと。

〈二〉


夜が明けると、七月だった。

梅雨はまだ頑固に頭上に居座っているらしく、その日も濁った灰色の空模様だった。この町に来てから、ぼくはまだ雲を通さないで太陽を見た記憶がない。

麻衣は結局、半日以上眠り倒した。

そして早朝も早朝、五時に目が覚めて、居間でパンツ一枚のままタオルケットを巻き付けて寝ていたぼくを「お腹空いた！」と散々わめいてたたき起こした。

備蓄していたカップ麺とお菓子をぜんぶ食べ尽くしておきながら「相変わらずろくなもの食べてない」と減らず口をたたくと、麻衣は母から預かったお金をちゃぶ台に置いた。

「お義母さんからＩＭでメッセ来てた」

そっけない口調で麻衣はいった。

「夏休みが終わるまでここにいるんでしょ。無駄遣いはダメだからね」

「いいよ。帰るときの交通費だけで」

「なにいっちゃってるわけ。カップ麺しか食べてない生活しといて」

「葛西さんからも生活費を預かっているんだ」

「それって充分な額なの？　こんなつぶれそうな家に住んでる人のくれたお金なんて」

「ぼく一人なら充分すぎるくらいのお金だよ。ああ、それと、東京に帰ったら高校の教科書を送ってほしい。帰るまでに目を通しておくから」

「なにそれ。なんで急にやる気になってるわけ」

ぼくは小さく笑った。

「気が強くていつも皮肉と嫌味《いやみ》しかいわない義妹に、泣きつかれたから」

「あっ、うわっ」

カアッと麻衣の頬が赤くなった。

かと思うと、いきなりカップ麺を食べるのに使った割り箸が飛んできた。

「朗のくせに、そんないい方生意気」

「でも事実だからさ」

今度は空になったカップ麺の容器が飛んできて、ぼくの額に当たって頭に載った。

「変な格好。でも朗にはお似合いだし」

ぷいとそっぽを向く麻衣にぼくは必死になって笑いをこらえる。

「いまから麻衣を送って松山まで行くよ。そこで」

すこしだけためらった。でも決意したのに後戻りしたくはなかった。

「帰りの切符がいつから予約できるか、尋ねてみる」

上小湊《かみこみなと》の駅の乗客は、ぼくと麻衣だけだった。

一両だけの車両の横に長い座席で、麻衣はぼくの向かい側に腰掛けた。

麻衣の背後の窓から、海沿いに連なる山の緑が流れていくのをぼくは見つめていた。麻衣は座席に両手を置いて、自分の靴を見下ろしていた。

松山駅のみどりの窓口で麻衣の切符を買った。

行きと同じく飛行機にしたらと勧めたのに、麻衣は飛行機なんかいやだと聞かなかった。搭乗手続きがめんどくさい、着陸の車輪が滑走路につくどすんて響きが怖い、離陸のふわっとする感じは昇天するみたいでもっといやだ、と。

入場券を買うついでに尋ねると、新幹線の予約は一ヶ月前からだといわれた。

一ヶ月。七月の終わりには、帰るための支度を始めなければ。

「東京までは長いよ。飛行機より」

ぼくが行きに乗った特急しおかぜへ、麻衣は乗ることになった。

「そんなにあたしを早く追い払いたいの。なにいわれたって飛行機は絶対やだ」

「長時間だから退屈だってことさ」

「時間つぶしのアプリくらいあるし。朗はなにもなくてどうやってすごしてるわけ」

「だいたいは本だよ」

「やっぱり本の壁の中に閉じこもってるんじゃん」

麻衣はぎりぎりまで乗らなかった。スマホの路線案内アプリを見せて、次の特急でも東京に帰れるといった。もっともそれは夜中の十一時に着くものだったから、ぼくは有無をいわさずやってきたしおかぜ号に麻衣を押し込んだ。

麻衣は扉口に立って、泣きべそをかく三秒前のような顔でぼくにいった。

「あたしが泣いたからって、無理して帰ってこなくたっていいのに」

ぼくは笑って「八月三十一日に」とだけ答えた。

『ドアが閉まります。白線の内側までお下がりください』

ぼくは一歩下がった。発車のベルと同時に、

「朗のばか」

麻衣の悪態を残してドアは閉まった。オレンジの差し色の入った銀の列車がホームを離れ、すぐに加速していった。ドアのガラスに貼り付く少女の姿は一瞬で見えなくなる。

小さな台風のような義妹が去ったとたん、周囲の空間がやけに空っぽに思えた。

ぼくは本州に至る線路に背を向け、小海線のホームへとつづく階段を上る。

昼はとっくに過ぎていた。次の発車まであと一時間。

平日の真昼のだれもいないホームで、ぼくはベンチに座ってぼんやりと、屋根の向こうに見える曇り空を見上げる。

いつもより雲は薄くて、ときおり切れ間から鋭い日脚が射《さ》していた。かいま見えるだけの陽《ひ》の光は強烈で、雨雲の向こうはもうとっくに真夏なんだと告げている。

「いるかな、アリス」

麻衣がいなくなると、すぐさまぼくの脳裏は現実を追い出してアリスに占められる。

この時間なら、暗くなる前に廃屋に行って帰ってこられるはずだ。メモを残して、明日また来ると伝えられる。彼女の伝言も残っているかもしれない。

〝その人を失くしてから、わたしはずっと死んでいるようなものだった……〟

ふっと彼女の声が耳の奥で響いた。

あのとき、ぼくは初めて彼女の強く露《あら》わな感情に触れた。その激情に圧されて呑まれ、引き込まれて、ただただ彼女のそばにいたくて、深く追及することはできなかった。

けれど一人になったいま、いやでも考えてしまう。

失った人。それはアリスにとってどんな人間だったのか。

彼女の鼓動を奪い、現実感も奪って、死体と同じにするほど大切な人。

――恋人？

そう思ったとたん、鋭い炎をかざされたみたいに胸の奥が灼《や》けた。

ぼくはベンチでうつむき、ひざに両肘をついて組んだ指の中にあごを埋めて煩悶《はんもん》しつづけた。

電車が来たのも気づかず、発車のアナウンスに我に返って飛び乗るまでずっと。

上小湊の駅について、ぼくは廃線沿いの廃屋を目指す。

曇り空でも真昼の陽射しは耐え難い。野放図に生い茂る夏草のあいだから、熱せられた湿気が立ち上り、首筋に、前髪の下の額に、シャツの下の肌にまとわりついた。

雨のほうがまだましだった。アリスに会える可能性がなければ、絶対にこんなうっとうしい場所には近寄りもしなかったにちがいない。

やがて廃屋が見えたが、歌声は聞こえてこなかった。今日も会えないのかと沈む気持ちが、暑さに加えて徒労に拍車をかけた。

でも一応、伝言は残しておこうと廃屋をのぞき込んだとき、

「……？」

ぼくは意外な光景を目にしてしまった。

廃屋の縁側に面した暗い部屋の隅っこで、アリスがしゃがんでいる。置き去られた本や雑誌などが積んである場所だ。そこで彼女はなにやら一心に読みふけっている。

しゃがみ込んでいるから、セーラー服の上衣とスカートのあいだの背中がちらりとのぞいていた。無防備で、ちょっと危険なスタイル。

「あの、アリス」

声をかけるとはっと肩越しにアリスが振り返った。そこへぼくはいった。

「その、背中……見えてるんだけど」

一瞬、アリスの瞳が闇の中の猫のように大きく大きく開いた。

次の瞬間、ばっ！　とアリスは腰の辺りを押さえて飛び退《の》いた。

かと思ったら、にゃーとかひゃーなんて生まれたての子猫みたいな声を上げて、斜めに倒れる障子戸の陰にすごい勢いで隠れてしまった。

「ど、どこまで、見えてたの」

障子戸の後ろからか細い声がした。

「いや、ちらっと。ほんのちらっと。これくらい」

ぼくが人差し指と親指で幅を示すと、アリスの顔が半分だけ戸の後ろからのぞいた。

「し、下着、とか見えてたりしたら」

「みっ、見えてない見えてない！　ぜんぜん！」

あわててぼくが首を振ると、ほわー、という気の抜けた声でアリスはぺたんと床に座った。

なにか知れば知るほど世慣れていない彼女の性格がわかって、ぼくはおかしくなる。

「そんなに一生懸命、なにを読んでたんだ」

「あのね、そこに面白い本があって」

アリスはスカートをひるがえして部屋の隅に駆け戻った。ぼくは靴を脱いで上がり込む。ふと目の端に、コルクボードに貼られた紙切れもひらりとひるがえるのが映った。

「メモが増えてる」

　ぼくは立ち止まってメモに目を通す。

　もちろん、すべてアリスの字で書かれたアリスのメモだった。

〝ここに来るまでに三回雨に降られた　あきらめて歩いたら猫に追い抜かれた〟

　なんて他愛《たあい》もない内容かと思えば、

〝朗と並んで晴れた海を見られたらいいのに〟

　まっすぐで気恥ずかしくなるような言葉だったり、

〝沖合に船が増える　曇り空で水平線がなくて浮いているのか飛んでいるのか〟

　ポエムのようなつぶやきだったりした。

　コルクボードに葉っぱのようにちりばめられた言葉を、ぼくは丁寧に見ていく。彼女のメモは、すべてソフトクリームのピンで留められているのもおかしかった。

「アリス、ソフトクリーム好きなのか」

　うん、というアリスの小さな声が聞こえた。なんでもない肯定だったけれど、ぼくは心ひそかに小躍りしたくなる。スノーグース以外に初めて、彼女の好みがわかったのだ。

「ぼくも好きだ。牛乳の味が濃いのがいいな」

「わたしも。ふわっとした先端を舌ですくうと、ミルクの香りがいっぱいするの。甘くて冷たくて、夏に雪を食べるみたい。もちろん雪よりずっとなめらかだけど」

ぼくはアリスと一緒に夏の縁側でソフトクリームを食べる光景を想像した。

真っ白な雲が湧き上がる真夏の青い空を見上げながら、やっぱり真っ白な雲みたいに巻かれたコーン入りのソフトクリームを。

「ほかになにが好き。ああ、食べ物で」

「うーん、と……カメノテ」

かめのて。

「亀？　えっ、えっ？　亀の手？」

とっさにぼくの脳はアリスの言葉を認識できなかった。

「亀の手って、あの、亀の手を切って食べるのか!?」

「ちがう、ちがう」

ぷるぷる、と可愛らしくアリスは首を振る。

そして人差し指を立ててぼくにいい含めるようにいった。

「こうかくるい」

頭の中のＩＭＥが変換エラーを起こした。

「こうかくるい……って、ああ、甲殻類!?　蟹《かに》とか海老《えび》の？」

「美味しいよ」

さらりとした返答にぼくの混乱はいっそう加速する。

　この麗しい美少女が、切り取ったばかりの亀の手をお皿に山盛りにしてにこにこしている図しか浮かばなかった。夏にふさわしいホラーだけれど、残念ながらぼくはそんなの求めていない。第一、なぜ亀の手が甲殻類なのか。亀っては虫類じゃなかったのか。

「ど、どんな味なんだ？」

「貝と海老を足して二で割った感じ。皮を剥《む》いて食べる」

　もっとわからない。

「あー、うん、機会があったら食べてみる、よ」

「うん。きっと、朗も好きになると思う」

「好きになれるといいけどなあ……それより、面白い本ってなんだ」

「そうそう、これ見て」

　アリスは本や雑誌の山から取り除《の》けてあった一冊を取り上げる。

『小学校四年　国語』

　教科書だ。表紙は鉛筆の落書き跡で汚れているが、さほど古くはない。

「この家に住んでいた子の持ち物かな」

「きっとそう。住んでた人がここを離れたのはそんなに前じゃないのね」

　その教科書には、どのページの隅っこにも落書きがしてあった。

「お化けの絵」

アリスの言葉どおり、シーツをかぶったような足のない目だけ大きなお化けが、すこしずつすこしずつページをめくると変化していく。下がっていた両手が徐々に徐々に上がっていき、体も大きくなり、両目と口を大きく開いてあかんべえして、ふいにしゅっと消えた。

稚拙なアニメーションだが、なかなか面白い。

「このお化け、可愛い」

可愛い……。

アリスの感覚は、やっぱりちょっと独特だ。

「でも、朗。どうしてお化けなんだと思う」

「うーん……描いた子がお化けが好きだった、とか」

お化け——幽霊。

かすかにぼくは息を吸った。ことあるごとにその言葉は、ぼくとアリスについて回ってくる気がした。それこそ亡霊のように。

「どうしたの」

「なんでもない……そういえば義妹が使ってた教科書に、幽霊の話が載ってたな」

「どんなお話」

「たしか、二人の旅人の話だ」

ぼくはページをめくりながらかいつまんで語った。

運試しに旅立つ二人の男。一人は労をいとわぬ努力家で、もう一人は怠け者。

与えられる試練に、努力家は困難な回り道を選び、怠け者は知恵を絞って近道を選ぶ。

一つ目は川を渡ること。

努力家は必死になって泳いで渡り、怠け者は『月がほしい』という船頭にコップに汲《く》んだ水に月を映してみせて、無事に船を出してもらう。

二つ目は谷を渡ること。

努力家は回り道をして谷を越え、怠け者は難問に答えてワシの背に乗り飛び越える。

最後の試練は海を渡ること。

努力家は船を造り帆を上げて、苦難の末に海を越える。渡った先で彼は粉ひき屋になり、裕福にはならずともつつがなく人生を終える。

しかし怠け者は近道のために、『風をつかまえてこい』という魔法使いの要求を引き受けるが、そのまま風を追いかけて幽霊になってしまう……。

「不思議なお話。結局、二人は幸運をつかまえたのかそうじゃないのか、わからない」

アリスはそういってページをぱらぱらとめくる。彼女の手の下で、ぎこちない鉛筆描きのお化けは、あかんべえをして消えていった。

「朗、あなたはどっち。努力家か、怠け者か」

「どう考えても、困難な回り道をいとわずに突き進むような人間じゃない」

「じゃあ、怠け者のほうなの」

「知恵をめぐらせて進む質《たち》でもないな。でもどちらかといったら怠け者のほうだ。風を追いかけて空気に溶ける……どのみち、運試しで旅立てる人間じゃないけれど」

「でもあなたは一人でこの町に来た」

「ここに来る以外になかっただけだよ」

「それでも、いつもとちがう生活を選ぶのは勇気がいる」

膝を抱えてしゃがむアリスは、ぼくをまぶしいものを見るような目で見ていた。

薄い雨雲から陽が射して、ぼくの影が積み重なる本の山に伸びていく。きっとアリスは、ぼくの後ろに陽の光を見ているんだ。ぼくがまぶしいのではなく、陽の光がまぶしいだけだ。

「じゃあ、君はなんだろうか」

「わたしは人魚。そのお話のことじゃなくて、もしもなにかの物語の登場人物としたら」

「どうして人魚」

「思い出してもらうのを、ただひたすら待つだけの生き物だから」

儚《はかな》い笑みがアリスの美しい面に浮かぶ。

「だから、あなたと同じにどっちかといえば怠け者。最後は風を追いかけて幽霊になる」

「アリス……」

美しいのに哀《かな》しい彼女の笑みを見て、ぼくは胸が痛いほどに締め付けられる。

幽霊なのは、存在が儚いのは、お互いとも同じだ。

過去を打ち明けず自分も打ち明けず、なにもかも隠して想《おも》うこともはっきりといわないで、空をつかむような話でごまかして。

未来なんて行き先なんてまったくないみたいにして、ただ心地よさだけを求めて時間を過ごしている。そうしたら、自分の存在なんてないのと同じだ。

ぼくは、ここに来てなにかすこしでも変わっただろうか。

なにも変わらない。なにも変わらずに、だけどアリスに出会えた。

それはひとつの変化だ。でもそれ以上の変化を求めて、それ以上の進歩を望むなら、ぼくから踏み込まないといけないはずだ。

「見て、外が晴れてる」

ふっとアリスが立ち上がった。

目線を落とすぼくの前で、長い黒髪が流れ、白い靴下が畳を蹴って走っていく。ぼくは彼女がなびかせる黒髪に惹《ひ》かれるように、まぶしい縁側へ足を向ける。

「ほら、朗」

ぼくは彼女が示す指先へと視線を移した。とたん、小さく声を上げた。

空は晴れていた。

梅雨時の雲がほんの一時だけれど切れて、頭上は青天だった。

そして目の前には――ぼくの知らない海が広がっていた。

湧き上がる雲みたいなそのときの気持ちを、ぼくはいつまでも忘れられない。

海は濃紺だった。空は紺碧《こんぺき》だった。

空と海との境目に刻まれた水平線に、深い緑の島々が浮かんでいた。

その真上に、青を塗り忘れたみたいな真っ白な雲が浮かんでいた。まるで緑の島々は、アリスの好きなソフトクリームをかぶったようだった。

ぼくとアリスは突然、夏のまっただ中に立っていたのだ。

「朗、行ってみようよ」

ふいにアリスは靴下を脱ぎ捨て、素足で縁側から飛び降りてぼくを振り返った。

ぼくはなにも考えず、やっぱり靴下を脱いで彼女のあとを追った。

影を落とす軒先を出て、はびこる雑草を踏みつけ、錆《さ》びたレールも踏んで、ぼくはアリスを追いかけ、アリスは海へ向かって走っていく。

ぱたぱたと跳ねるセーラー服の襟。

海風にひるがえる黒髪とひだのついた紺のスカート。

白い上衣の袖からのぞくほっそりした二の腕。

きゃしゃな素足と足先が踏みつける、緑の夏草と打ち捨てられた赤いレール。

まぶしい夏の陽の下、いつまでも追いつけない永遠の少女。

アリスと二人で永遠にいられる季節を選べというのなら、ぼくはかならず、十七歳のあの夏を選ぶだろう——。


柵の手前でアリスは立ち止まった。その向こうは小さな砂浜のある波打ち際だ。

陸と海との境でアリスは立ち尽くす。ぼくはその隣に並び、同じ海を見つめる。

緑の島々と水平線の向こうには別の大陸がある……って、もちろんそれは本州であり広島であり、同じ日本で同じ国なのだけれど、まるで知らない国を臨むような気がした。

空と海の青さと、視界の広大さに、ただぼくは呑まれていた。

それまでずっと灰色の雨の世界に閉じ込められていて、いきなりすべてが夏になった。雨雲にどんな片鱗《へんりん》すらも隠していた夏が、とつぜん現れた。そんな気がした。

「こんな美しい海を初めて見たよ」

吐息しながらぼくがつぶやくと、アリスが応えた。

「でも、あなたには嵐の海も見せたい」

「嵐の海……」

「真夏の、どこまでも青くて胸が空くような光景がまるで見せかけみたいに、恐ろしいほど真っ黒で荒れ狂っているの」

アリスは声を落とし、ぼくだけにささやく小さな声でいった。

「わたしは、詩人が歌う美しい海が好き。でもそんな海を夢見るのは、嵐みたいな現実があってこそというのを、わかってる」

ぼくらの目の前にあるのは、夏の陽射しを浴びて輝かしい青に染まる海だった。

けれどアリスの言葉に、ふいに気づいてしまった。

この海を乱す嵐がどこかにあって、この海が秘める荒天の凶暴さがあるように、ぼくとアリスが抱える現実も、ぼくらの背後にあるのだと。

「……アリス」

語るつもりじゃなかったのに、ぼくの唇から我知らず言葉が落ちた。

「八月の終わりに、ぼくはこの町を離れるよ」

アリスがぼくを振り仰いだ。あまりに勢いよく振り返ったから、長い髪が風もないのに乱れて彼女の頬にかかった。

だめ、と彼女の唇が動いた気がした。それでもぼくは告げた。

本当の海を――本当の彼女を見つけるために。

「ずっと逃げてきた場所へ、戻るんだ」

第五章

廃線上のアリス

恋の行方

〈一〉


「ずっと逃げてきた場所へ、戻るんだ」

アリスは黙って、海に顔を向けてうつむいていた。

肌に触れて髪をかき乱す海風は心地いいのに、ぼくらのあいだに横たわる沈黙は重くて岩のようだった。

「あなたが」

その沈黙を押しやって、彼女はぼくを見ずに尋ねた。

「なにから、どうして逃げてきたか、訊《き》いてもいいの」

「気持ちいい話じゃないよ。それでも……」

のどの奥で言葉が詰まる。ほぼ一年、無言を貫いてきた話を人に語るのは、やはり勇気が要った。話さないでいることが、ぼくを守り長らえる方法だったからだ。

だけど、ぼくは話したかった。

相手がアリスだから。ぼくに深く踏み入ろうともせず、逆に深く踏み入らせようともしない彼女だからこそ、聞いてほしかった。

「……それでも、君が聞いてくれるなら話したい」

「いいよ。朗《ろう》が話してくれることなら聞きたい」

アリスはちょっと首をめぐらせると、指差した。

「あそこから波打ち際に下りられる」

そういって素足で歩き出す彼女をぼくも追った。

ぼくらは相前後してコンクリートの階段を下り、砂浜に足をつける。午前中に降った雨を含んで、砂は湿って温かかった。

アリスは砂の上にひだのきちんとついたスカートを広げて座った。その話がどれだけ長くてもかまわない、といった風に。海を見つめる彼女の横に、ぼくも腰掛ける。

どこから話せばいいんだろう、と迷って、結局最初から始めるしかなかった。

「ぼくが知ってる友だちのアドレスは、あんまり多くない。その中には、もういない友だちのものもある。その友だちは……圭《けい》って名前だ」

呼び慣れた名を口にした瞬間、胸が切り裂かれるような心地がした。

ぼくは必死にその痛みを押し込めて声を絞り出す。

「ある日、ぼくは通っていた高校に行けなくなった。物理的にじゃなくて、精神的に。それはいまから約一年前のことで、圭が……」

波の音にかき消されそうな声でぼくはいった。

「圭が亡くなってちょうど、一ヶ月後からだ」

アリスの肩がびくんと強張《こわば》る。だけどなにもいわず、ぼくの言葉の先を待ってくれた。

ぼくは深く息を吐いた。

陽射《ひざ》しは熱くなってきたけれど、夕暮れも間近だったから、目の前の海はおだやかな光を放っていた。なにもかも静かで、平穏だった。

「圭とぼくとは、中学時代からの友人だった。ぼくとちがって、彼は友人も知り合いも多くて、話上手で、いつもクラスの中心にいた」

圭の横顔を思い浮かべながら、ぼくは語った。

彼はとても快活で饒舌《じょうぜつ》で、よく笑い、人を笑わせるのも好きだった。背が高く、体育祭ではかならずリレーの選手で、成績も上位だった。

人付き合いも上手《うま》かった。気安くて打ち解けやすくて、だれにでも、どんな相手にでも躊躇《ちゅうちょ》せずに話しかけた。気遣いというよりも、自然に人を引き込むのが上手かった。

だれもかれもが彼の姿を探していた。彼が教室に入ったとたん輪ができた。

教室か校庭か、とにかく人の集まる場所がいつも彼の居場所だった。

彼は暖かい陽の光だった。光を求めて葉を伸ばす双葉のように、みんな彼を求めた。

もっともそういうタイプが苦手なごく少数の人間もいて、ぼくもその中の一人だった。とはいえ、ぼくはたいてい図書室か美術室にいて、圭との接点なんてなにもなかったけれど。

「だから美術室で声をかけられたとき、ぼくはイーゼルごとひっくり返りそうになったよ」

そのときぼくは新しいデッサン用紙をカルトン——二枚重ねの画板にクリップで留めていたところだった。

スマホで撮影してきた公園の画像を写真用紙にプリントアウトし、それをカルトンに用紙と一緒に留めてから、削った鉛筆の先端を紙に置こうとした瞬間だった。

「譲羽《ゆずりは》、一人か？　って声がしたときは、まさか圭だとは思わなかった」

美術室は校舎の北側の隅にあって、薄暗くてどことなく湿っていて、美術教師が描く油絵の絵の具の臭いがいつもただよっている、陰気な場所だった。

そんな場所に圭はとても不釣り合いだった。

地下室にハロゲンライトを放り込んだようなものだった。暗闇に慣れたネズミが陽の光に逃げまどうように、ぼくも彼の前から逃げたかったけれど、逆に好奇心もあった。

教えてほしいことがあるんだ、と圭はいった。

「いつもの圭らしくなかった。不安げで落ち着かなくて、恥ずかしがっていた」

思い出して、ぼくは懐かしさ以前の痛みに胸の奥を刺される。

「なにを教えてほしかったの、彼は？」

「とある本についてだよ。それもとても意外だった」

「なんていう本なの」

「タイトルは……『月と六ペンス』」

★☆★

「……サマセット・モームだね」

ぼくは圭にそう答えた。

古典文学の名作。画家のゴーギャンをモデルにしたその本がどうかしたのかと訊くと、圭はとてもしゃくにさわったような顔で吐き捨てた。

「なんでそんなにすぐわかるんだ」

「ぼくも絵を描くからだよ。それと最近読んだばかりだったから」

「おれもみんなも本なんか読まない」

圭は普段の人好きのする態度とは別人の口調で、乱暴に吐き捨てた。

読書なんか退屈だ。教科書以外の本なんて目に入れたくもない。どうしておまえは本を読むんだ。暇つぶしならテレビだってゲームだってなんだってある。テレビならずっと流しても邪魔にならない。わざわざページをめくって文字を一つ一つ拾って、長い文章を頭に入れて意味を汲《く》み取って、そんな手間をかけて時間をつぎ込む価値なんてあるのか。

「性に合っているだけだよ」

彼の言葉の長さに比べてぼくの答えは短かった。

あることのなにがどうして〝好き〟なのか、いまもそのときもぼくは相手も自分も納得させられるように答えられた試しがない。

だから逃げるために逆に問いを返した。

「本に興味のない君がなぜ、『月と六ペンス』について知りたいんだ」

急に圭は顔を赤くし、乱暴な口調で答えた。

「なんでもない。ただちょっと興味が湧いただけだ」

「本が苦手なのに?」

「苦手でも嫌いでも、興味が湧くことはあるだろ」

「苦手なら近寄らない。嫌いなら嫌いということ自体がすでに興味があるってことだよ」

「譲羽。おまえっていつもそんなわかったようなことというの?」

「君の質問にどう答えていいかはわからないよ」

圭は変に苛立《いらだ》っていた。だから彼からの質問を最初に戻した。

「月と六ペンスの、なにをどう教えてほしいんだ」

「ストーリー。内容。できるだけくわしく」

「読んだほうが早い」

「そんなことに時間を使いたくない。おまえから聞いたほうが早いだろ」

「ぼくはスケッチを始めるところなんだ」

　圭の態度に呆《あき》れつつ、ぼくは床の鉛筆を拾い上げた。圭に声をかけられて驚いて取り落としてしまったのだ。光るほど尖《とが》らせた芯は、落ちた拍子にあっさりと折れていた。

「できればもう邪魔しないでほしい」

「おまえとあんまり話したことなかったけど、ずいぶん不親切なやつだったんだな」

　むっとした声音で圭がいった。ぼくはますます呆れていささか辛辣な口調になった。

「ろくに話したこともない人間のわけのわからない、しかも上から目線の頼みに、ぼくの時間を使いたくないだけだよ」

「おまえ、喧嘩《けんか》売ってる?」

「ぼくが君に喧嘩を売って勝てると思うか」

　イーゼルに置いておいたカッターを手にしてゴミ箱を引き寄せると、ぼくは圭を無視して鉛筆を削り始めた。圭は近くの椅子にまたがると、背もたれに両腕を載せて、さらにそこにあごを載せた。

　どうやらぼくのそっけない受け答えにもかかわらず、居座る気らしかった。

「鉛筆削り使えよ。それとも、そういうのも性に合ってるのか」

「自分でやるほうがいい具合に削れるんだ。それで?」

　カッターを動かしながらぼくは尋ねる。

「どうしてここに。本好きならほかにもいる」

「放課後の居場所が決まってて、その場所がわかるのがおまえしかいなかった」

「図書室に行けばいい」

「静かすぎる。ひそひそ話は好かない。ほかにも人がいるし、詮索好きの司書がいて目を光らせてるし。美術教師は研修で留守だって聞いたから」

「そこまで内緒にしたい話なのか」

「……どうだっていいだろ」

手元のカッターから目を上げると、圭は窓のほうを見ていた。何気ない風にまぶしい外を見ていて、顔色も表情も特に変わった様子はないのに、耳だけが赤い。

「どうでもいいってことはないと思うな」

「なんでだよ」

「理由を知れば、ただ内容を伝えるよりもっと有効な教え方ができる」

圭はしかめっ面をした。かと思うと、困ったようにぐしゃぐしゃと髪の毛を片手でかき回した。そのあいだもぼくは彼の赤い耳を見つめていた。

ふいに脳内で、カチリ、となにかがはまる音が響いた。

「君は、だれかとその本について話したいわけか？」

「なっ」

がたん！　と圭は椅子から腰を浮かせた。

「なんか知ってるのか、おまえ」

「知ってるのかって、なにを。君との接点はなにもないのに。相手は女の子か？」

圭は目に見えてうろたえた。

なんでわかるんだ、やっぱりなにか見たのか、なんでおまえなんかに。

矢継ぎ早にまくし立てる圭を、ぼくは冷静に見上げていた。

圭がぼくを下に見ていたのはわかっていた。教室内のカースト制において彼は頂点のグループだし、ぼくは下位で、もっといえばその制度からの外れ者だ。

そのぼくに見破られたのは、屈辱だったはずだ。恥ずかしさと怒りのあまり、椅子を蹴倒して出て行ってもおかしくなかった。

だけど感心したことに、彼は出て行かなかった。しばらくわめき立てたあと、ぼくが無表情で見ているのに気づいて、息を吐いて腰を下ろした。こちらの冷静さに挑戦したかったのかもしれないが、一方でその瞳には隠しきれない好奇の色が輝いていた。

「おまえを選んだのは悪くなかったたってことだな」

「選ばれたつもりはないんだけど」

「わかってるっての。こっちが勝手に選んだんだ」

それから、圭は流れるように話し出した。

「三年の女子。演劇部だ」

そのときぼくらは中学二年の初夏だった。十四歳になるかならないかの歳だった。先輩だと知っても、ぼくは特に驚かなかった。

圭は年上だろうが年下だろうが、先生であろうが、おかまいなしの人間だった。目上には多少言葉遣いが丁寧になったが、それも「～だよな」から「～っすよね」になる程度。相手が無意識に張り巡らす心理的垣根など、長い足でひょいとまたぐように乗り越えて、ずかずかと懐に入っていくタイプだった。

「目立たなくて地味で、あー、眼鏡をかけてる」

「ふうん、意外な相手だな。どこで出会ったんだ」

ぼくは凡庸な出会いを思い浮かべた。彼女が落とした本でも拾ったのか。演劇部は先日区のコンクールに出たばかりだったから、舞台で彼女の演技を見て惹《ひ》かれたのかとか。

「コスプレダンパ」

「……は？」

しかし返ってきたのは予想外の答えで、ぼくは思わずゴミ箱から顔を上げた。

「そんな妙な顔すんなよ」

「君が派手な場所に出入りするのは理解できるけど」

「おまえさ、おれのことどう認識してんの」

ハロゲンライト、と答えないだけの自制心はあった。

「コスプレとかダンパとかよくわからないけれど、地味で目立たない女子が出入りする場所とも思えないからさ。実はすごいオタクなのか」

「そんなんでもない。まあ聞けよ」

　圭は歳をごまかして色々なクラブイベントに行っていたと語った。しかしチェックの目をすり抜けるのが面倒になってきたとき、未成年ＯＫなコスプレダンパへ誘われたという。

「知り合いがレイヤーで、衣装とか都合してくれるっていわれてさ。正直オタ系に偏見あったけど行ったら楽しくて。ノリいい曲もたくさんかかるし、女の子も可愛《かわい》いし」

「最後のが本音か」

「うるせー」

　初めて会話したとは思えないほど、圭は話しやすかった。気安くしてもゆるされて受け入れられる雰囲気に引き込まれ、ぼくは鉛筆を尖らせる手を止め会話に身を入れた。

「でもそれも何度か行って飽きた。おれはアニメも見ないし、ゲームもあんまりやらないし、漫画もメジャー系の一部しか読まないから、みんながなんの真似《まね》をしてどうしてそんな格好してるのかわからなくてさー。最初は新鮮だったけどな、ああいう場違い感は」

「手持ちぶさただっただけだろ」

「ああ。仲間内なら通じる話題もぜんぜん盛り上がらないし、なんつうか話の焦点がちがうっていうか。適当に合わせて適当に踊ってればそこそこ楽しかったから行ってたけどな」

「みんなが見てる作品に触れようとか思わなかったのか」

「努力すんの嫌いなんだよ」

「それもそうだね。人に本の内容を聞いて済ませようとするくらいだし」

「譲羽さあ、おれが寛大だからってけっこう遠慮なくいうよな」

「遠慮なくいわないと通じないだろ。それで」

　ぼくがうながすと圭はぶつぶつ文句をつぶやいて、それからつづきを口にした。

「これで最後にしようって行ったオールのダンパで……彼女に会ったんだよ」

　圭は椅子の背もたれに肘をつき、また窓のほうを見やった。

「彼女は壁際で、フロアで踊るみんなを見てるだけだった。メイクもほとんどしてなくて、衣装も普通で、白いブラウスに黒いスカートだったから、離れたところから見ると暗い中で上半身だけ浮いてるみたいに見えなくもなくて、最初に気づいたとき、すげえぎょっとした。デビルの角のついた赤いカチューシャだけしてて、それがコスプレのつもりらしかった」

「なんで彼女に気づいたんだ」

「なんでだろう。その場に飽きてたからかな。そんで終電も終わって日付が変わって、俺が何度か踊って壁際に戻ったとき、彼女が外に出てった。地下の店だったから、彼女が外に出るタラップみたいな階段を上ってくのが見えて、黒いスカートが揺れてて……」

　ふーっと圭は息をついた。

「気づいたらおれも外に出てた。電車終わってるし、繁華街で酔っぱらいもいるしで、心配する義理もないんだけどなんか気になって。だけど追いついて声をかけたら、すっげえびくっとされたよ。ま、そんとき着替えもしないで出てきたからな。真緑の髪に金属のアクセいっぱいつけた真っ赤な衣装の男にいきなり話しかけられたら、びびるのも当然か」

「そりゃ怖いな。変質者だと思われてもおかしくない」

「けどダンパでは格好《かっこ》いいって写真撮られまくってたんだぜ」

　ふん、と圭は鼻を鳴らした。

「おれがウィッグ取ったら、彼女はちょっと顔をしかめてから、胸元に引っかけてた眼鏡をかけて『圭くん、だよね』って。おれはびっくりして、どっかで会ったか訊いたら有名人でしょって。たしかにダンパで目立つグループにいたけど、適当なコスネーム名乗ってたから本名を知ってるのが不思議で、訊いたら同じ学校って答えでもっと驚きだったよ」

　圭は苦笑した。先輩ではなく、自分に呆れるように。

「メイクしてないと思ったけど、よく見たら目の下に涙みたいな形の赤いタトゥーシールを貼ってた。野暮《やぼ》ったい眼鏡に似合ってなくて変で、笑えてきた。もう電車はないから、二十四時間営業のファストフードで始発まで一緒に時間つぶした。あんまりああいうダンパ行くような感じでもなかったから、なんで？　って訊いたら、参考になるかもしれないからってな。なんの参考かわからなくて、そっからいろいろ訊いたんだけど……」

〝彼女〟――芙美《ふみ》先輩は、同じ学校ということは明かしたが、名前も学年もいわなかった。風紀の先生にバレたらまずいから、どこでどう出会ったかは、秘密にしてくれと。

始発の時間が近づいて、窓の外が明るくなったとき、先輩のほうが先に立ち上がった。

「ありがとう、朝まで一緒にいてくれて」

彼女は圭を、眼鏡の奥の瞳でまっすぐに見つめてから、

「……寂しくなかった」

優しい声でそう告げた。

その出会いが内緒だということは、圭も理解していた。いくら未成年ＯＫでも、オールナイトのイベントで一緒だったなんてやはり聞こえはよくない。

だが、圭はどうしても彼女のことが忘れられなかったのだといった。

喧噪《けんそう》のダンスフロアの壁際に独り立つ姿、涙のタトゥーと、去り際の優しい声……。

それで週明けから彼女を捜し始めた。

ぼくらが通った公立中学は区で一番大きい。生徒数も最大だ。顔がわかっていても、たった一人の女子生徒を捜し出すのは簡単じゃない。圭のいうとおり、芙美先輩は地味で目立たなかったから、十日過ぎても一ヶ月過ぎても一向に見つからなかった。

行かないと決めたダンパも行ったが、どれだけ行っても再会できなかった。デビルの角に涙のシールを貼った少女を知る者も、だれ一人としていなかった。

「一ヶ月経《た》って、あきらめた。実は同じ学校じゃなかったんだろうなって。おれを知ってたのもただ本当にこっちが目立ってただけだったんだろうって……でも」

息をためるように圭は言葉を区切った。

「おかしいことに、あきらめた翌々日に彼女を見つけた、いや、見かけたんだ」

駅前のファミレスで、夕暮れ前だった、と圭はいった。

ソファ席の一つに、圭は仲間と一緒に沈み込んでいた。ずっとつづけていた捜索をあきらめたからか、なにか空っぽな心地で、仲間が話しかける言葉も上の空だった。

「……お願い。あの本を脚本化させて」

背後から聞こえた声に、圭は何気なく肩越しに振り返った。

仲間の言葉なんてぜんぶ聞き流していたのに、その声だけはどういうわけか、尖ったピンを知らずに踏みつけたみたいに、鋭く耳に飛び込んできた。

そして振り向いたとたん、圭はそのまま動けなくなった。

すこし離れた四人掛けのテーブル席に座っていたのは、〝彼女〟だった。

あの夜見たのと同じ顔だが、制服姿でもちろんノーメイク。

照明の落ちた壁際で、眼鏡の奥の黒い瞳が静かな光をたたえて輝いていた。

同席は二人。一人は彼女の隣に座る眼鏡の男子。三年生の生徒会委員で、たしか演劇部の副部長だ、というのは圭も知っていた。もう一人は対面で頬杖《ほおづえ》をついている女子。

「ほんと、芙美ったら取り憑《つ》かれてるよね、あの本に」

背中を向けた女子が笑いながらいった。声が大きくて張りがあって、きっと同じく演劇部なんだろう、と圭は推測した。ということは〝彼女〟も演劇部なのか。

「名作古典の長編を一時間の脚本になんて無理だ。芙美もわかってるだろ」

眼鏡男がため息をついていった。

「しかも現代物にリメイク？　間に合いっこない」

「間に合わせる」

〝彼女〟——芙美先輩は、はっきりとした声でいった。

だがほかの二人は、呆れたように首を振っただけだった。

「脚本だけならな。演技する人間の都合を考えてくれ。芙美だけの部じゃない」

「っていうか、あの本のなにがいいわけ？　えっと……月と……はんぺん？」

「月と六ペンス！」

芙美先輩が訂正し、三人は声を上げて笑った。それから先輩は申し訳なさそうにいった。

「わかってる。ただのわたしのわがままだって」

「そりゃーさ、いつもきっちりこっちの要望に応えてくれる芙美のわがままくらい、聞いてあげたいけど。夏のコンクールであたしらの活動も最後だしね」

「最後だからこそ、だ」

「まーた、副部長お固いし」

「そろそろいいだろ、ここを出よう。芙美の説得も完了したし」

眼鏡男と女子が腰を上げた。二人に一歩遅れて芙美先輩も立ち上がった。

圭はソファの背に隠れることもせずに見送った。気づいていないと思っていたのだ。芙美先輩は、まったくといっていいほど圭に注意を払わなかったから。

「……と思ってたら、通りすがりにおれに目を向けた」

驚いて圭が固まっていると、芙美先輩は眼鏡の奥からふわっと嬉《うれ》しそうに笑いかけ、体の陰で小さく手を振った。そしてすっと歩いていってしまった。

その一瞬だけで、あとは振り向かずに。

「なんか、もうそこでおれ、頭ン中がごちゃごちゃしてきて」

背もたれの上に置いた手を、圭はぎゅっと握りしめた。

「出会った最初から、彼女はおれのことを知ってた。おれのことをちゃんと覚えてもいた。なのにおれが必死になって捜してるあいだ、まったく近づいてこようとしなかったんだぜ。たしかに出会ったのは内緒にしてくれって話だった。だったけどさ、それにしたって」

「圭……」

「ぜんぜんこっちに興味がないってことなら納得する。だけどあんな風に嬉しそうに笑いかけてくるくらいなら、どうしてずっとおれのこと無視してたんだよ」

椅子の背に額をつけ、圭は片手でぐしゃぐしゃと後頭部をかき回した。

「美人でもなんでもない、眼鏡で地味で、背も小さいし、ぱっと見でなにか惹かれるものがあるわけでもないし、ほんと、なんでこんなに気になるのか、ぜんぜんわかんねえ」

圭の言葉は混乱していた。同じことを何度も口にしていた。

ぼくも彼も、まだ中学二年生だった。女の子のことも、ましてや〝恋〟のことなんか、まったくわからなかった。圭が混乱するのと同じくぼくも混乱して、どう返事をしてどう言葉をかけていいのか、さっぱり思いつかなかった。

困り果てて、ぼくは無理やり無駄なアドバイスを口にした。

「それで……彼女に近づくために月と六ペンスのことを知りたかったのか。君がいつもクラスの女子と話してるように、気軽に気安く話しかければいいのに」

突如、圭はバッと頭を上げてこちらをにらんだ。

「おれを笑うつもりか」

「笑う？　どうして。君を笑えるほど、ぼくがなにか知ってると思うのか」

しばらく圭はぼくを見据えていたが、やがて息をついて窓へ顔をそむけた。

放課後の外は明るくて、暗い美術室に射し込む陽の光はまぶしいのにやわらかくて、それを見つめる圭のまなざしはひどく遠く、切なかった。

ふとそのとき、ぼくは彼に対する認識を改めた。

圭は明るくて快活なやつだった。

その明るさが、逆に軽薄で即物的に見えていた。上っ面だけで生きていて、他人の細やかな感情や心のひだを汲み取れるような人間じゃないんだと。

だけど、そんな彼の中にも、壊れやすい繊細さがある。

傷ついて、困惑して、苦しんで、もがかずにはいられないような。

ぼくは勝手な思い込みをした自分を恥じた。だから努めて温かい声でいった。

「他人なんかに訊かず、直接尋ねればいいんだよ。月と六ペンスについて教えてくれって」

「彼女に？　そんなみっともないことができるか」

カッとした顔で圭が振り返った。それをなだめるようにぼくは言葉を継いだ。

「あのさ、ぼくがどう教えたって、読んでいない君にはしょせん付け焼き刃だ。彼女は部員の反対を押し切っても台本にしたいほど、その本を気に入ってるんだよ。知ったかぶりなんかすぐに見抜かれて恥をかくだけじゃないか」

「そりゃ……そうだけど」

「恥をかくだけならまだいい、馬鹿にされたって怒るかもしれない。そうしたらみっともないどころじゃないぞ。それくらいなら素直に興味があるから教えてくれっていえばいい」

「簡単にいうなよ」

「簡単だからいうんだよ」

「間抜けづらして教えてくれなんて、できっこない。よこしまな気持ちで教えてくれっていったって、それも見破られたら嫌われる」

「だけどきっかけにしたいくらいには気になるんだろ。いいじゃないか、気になったんだってことを伝えろよ。ぼくは人との付き合い方も、ましてや女の子との付き合い方もよくわからないけどさ、自分が興味を持つものに興味を示されて嬉しくないはずがない」

「そう、かな」

「そうさ。いつもみたいな自信ありげな態度で話しかけたらいいんだよ」

「おまえって意外に口が悪いよな」

「悪口をいったつもりはないよ。正直なだけだ」

「譲羽、おれ以外に正直になるなよ。喧嘩になるぞ」

ぼくらは同時に笑った。二人の低い笑い声が傾く陽が射し込む美術室に響いた。

ひとしきり笑ったあと、圭はちょっと真顔になった。

「……ありがと、な。譲羽」


なぜ彼は、自分のグループのだれかに話さなかったのか。たぶん、ぼくが数少ない交友関係に満足し、そこに閉じこもる性質だったからだろう。

口が堅くて社交的でないぼくは、圭にとって深い井戸か穴だった。

どれだけ好き勝手にしゃべっても流れ出ることはない。王様の耳の秘密は保たれる。

そう思うと、圭が本当に友人と呼べるかは疑わしい。ぼくが圭に利用されただけだと見なされても当然だ。

だが友人の定義とはなにか。顔見知りと友人の線引きはどこで行うのか。

相互認識が必要だというなら、圭は間違いなくぼくを「友人」と呼んでくれた。

そしてぼくも、彼をいまでも「友人」だと思っている。

共通点などなにもないぼくらだったけれど、それでも彼は陽の光でありつつみんなと同じく双葉であり、ぼくはネズミでしかなかったがやっぱり同じく光を求める若木だった。

その相談以降、しばらく圭との接触はなかった。

相変わらず彼はクラスの中心にいて、ぼくは教室の隅が定位置だった。

元々属するグループがべつだったとはいえ、そういう距離を残念に思う気持ちがあったのは正直に認める。気の合う友人に恵まれなかったわけではないけれど、まぶしい陽の光のような圭との交流は、一瞬といえどやはり心地よかったからだ。

とはいえ、ぼくから近づくことはしなかった。

あきらかにあの相談は、圭がだれにも知られたくないことだった。接点のないぼくが近づけば、その秘密をばらすも同然だ。だからぼくはあえて圭を無視した。

その距離が一転したのは、夏休みに入る直前のことだった。

「すみません。先生おられますか」

その日もぼくは美術室にいた。

期末考査も終わり夏休みも目前で、部活動は一段落。美術室にいる部員はわずかで、気の抜けた空気の中、だらだらと与えられた課題をこなしているだけだった。ぼくは風景スケッチの仕上げに取りかかっていて、戸口からの声にあまり注意を払っていなかった。

「すみません」

また声がした。ほかの部員も顔を向けるが、だれも立とうとしない。

戸口に一番近いのはぼくだった。無意識にうながす視線のプレッシャーに負け、ぼくは吐息してイーゼルの前から腰を上げると、戸口に向かった。

「はい」

ひょいと戸口から顔を出したとたん、ぼくの視線は相手に釘《くぎ》付けになった。

知らない顔だった。だけどなにかの直感がぼくを凍り付かせた。

目の前に立っていたのは——一人の眼鏡の女子。

「演劇部三年の芙美です」

それが、芙美先輩と言葉を交わした最初だった。

〈二〉


「演劇部三年の芙美です」

落ち着いた声で芙美先輩は名乗った。ぼくはとっさに反応に困った。

「え……っと、美術部二年の、譲羽です」

「二年生」

先輩はぼくを見上げてほほ笑んだ。

はっとするような、綺麗《きれい》な笑みだった。

「背が高いんですね」

「いえ、そんなこと」

聞き覚えのある名前と容姿、三年生、そして演劇部。

間違いない。圭のいっていた〝芙美先輩〟だ。

「顧問の先生はお見えですか」

芙美先輩の大人びた口調に、あわててぼくは我に返った。

「あの、今日は課題だけ出して帰られました。どんなご用ですか」

「舞台のセットでご相談したいことがあって。明日は」

「わかんないです。職員室で捕まえたほうがきっと早いですよ」

会話しながら、ぼくはそっと先輩を観察した。

地味で目立たない、と何度も圭はくり返していた。

たしかに派手なタイプではなかった。

背が低くて黒縁眼鏡をかけていて、制服はきっちりとして汚れも崩れたところもなく、折り返した靴下は真っ白、まっすぐで真っ黒な髪は綺麗に切りそろえたボブカット。いかにも真面目な優等生だった。生徒手帳に「校則のお手本」として載っていてもおかしくない。圭がクラスで親しく話す、明るくて派手めな女子たちとはまったくちがった。

でも……目立たない、なんてことはなかった。

芙美先輩は、静かな存在感のあるひとだった。

肌が綺麗で、顔立ちが整っていて、動作のひとつひとつが美しくて、それがとても知的で品がよかった。

気づかない人間は最後まで気づかないかもしれないけれど、いったん目に入ったら、ずっと追いかけてしまいたくなる印象があった。

圭が一目で彼女に惹きつけられたのも、よくわかる気がした。

——そうだ、どことなくアリスと似ていた。その静かな存在感が。

「二年の何組ですか？」

「え……と、ぼくですか。Ｂ組です」

眼鏡の奥で芙美先輩の瞳がふっと開いた。

「Ｂ組。じゃあ、圭くん、って知ってますか？」

「……知ってます」

平静を装って答えたけれど、心臓はばくばくと音を立てて鳴っていた。

「圭が、なにか」

「あなたから見て、どういうひと」

先輩は眼鏡越しに黒目がちな瞳でぼくを見つめてまた尋ねた。緊張にぼくは口の中が乾いた。舌が上あごに貼り付く気がした。

「明るくて、その、いいやつだと思いますけど」

ぼくは答えたが、芙美先輩は黙って見つめるだけだった。

鋭くもきつくもないのに、見透かされるようなまなざしだった。その視線の意味は理解できなかったが、どうやら先輩が求めていた答えじゃないのはたしかだった。

「上辺だけじゃなくて」

先輩はおだやかな声音でいった。

「あなたの本音で、彼はどういうひとだと思っているんですか」

「……どうして、そんなことを訊くんですか」

「わたしを見たとき、あなたは驚いていたでしょう、初対面なのに。ここに来る途中、二年生の教室の前を通ったけれど、わたしに注目した人は一人もいませんでした」

芙美先輩は綺麗なあごを上げて、ぼくの目を見た。

「あなた以外は」

思わずぼくはたじろいだ。戸惑うぼくに、先輩はふっと目を落とした。

「わたしは下級生に名前を知られるようなタイプじゃありません。だから圭くんから聞いているのかなと思ったんです」

「……そうです」

「やっぱり」

ふふっ、と先輩は笑った。その笑みはぼくを許すように優しかった。

「圭くんは目立つし、上級生でも知っているひとが大勢います。傍《はた》から見て、彼はわたしとは正反対のタイプだから、どうしてなのかなって」

その「どうして」の意味を量りかね、ぼくは答えに迷った。

廊下にはぼくと先輩以外はだれもいなかった。ひっそりと薄暗い廊下で向き合うと、先輩の整った顔がすぐ間近に見えて、ぼくはドキドキした。

「あいつは……たしかにすごくにぎやかなタイプで、下手をすると軽薄に見えますけど」

鼓動を抑えつけながら、ぼくは自分の中に的確な言葉を探した。

「でも、繊細な一面があるんです」

「繊細……」

「はい。思い悩んだり、傷ついたり、夢みたいななにかに憧れたり……そういう性格だから先輩に惹きつけられたんだと、ぼくは思ってます」

先輩はじっとぼくを見上げていた。ひどく長い時間のように感じられた。

それから、ほうっと小さな息をついた。

胸が苦しくなるような、切なくて切なくてたまらない吐息だった。

抑えきれない痛みが思わずこぼれ出てしまったみたいな。それが〝恋〟の痛みだと、そのときのぼくにはわからなかったけれど。

「ありがとう。あなたの言葉がなかったら、わたしは大切なものを見逃すところでした」

芙美先輩は頭を下げた。真っ黒なボブカットの髪がさらりと揺れた。

そしてぼくがなにかをいう前に、すいと背を向けて歩き去っていった。


「圭のやつ、三年と付き合ってるって」

夏休み明けて早々、ぼくは圭の噂《うわさ》を耳にした。

クラスのにぎやかなグループと遠ざかっているぼくなのに、それでも伝わってくるくらい、みんなにとって衝撃的なできごとだったらしい。

だれもが声をひそめて圭について語り合った。

演劇部のひとだって、眼鏡の。知らない、だれそれ。あたし知ってる、すごい地味なひとだよね。頭はかなりいいって聞いたけど。でも見るからに似合ってないじゃん。

悪意混じりの噂をするのは、もっぱら女子だった。

男子は単純に「女子との付き合い」「しかも年上の」に興味津々だった。

仲がよくて気安い間柄の男子は圭を囲んでからかったり、こづいたり、堂々と尋ねたりして、どうにかしてくわしいことを聞き出そうとしていた。

圭はどんな噂話もからかいも、正面から受けとめずに流していた。にやにや笑いやさりげない言葉で、ひょいとかわすだけだった。

ぼくはずっと無言を貫いた。もちろん興味はあったが、二人の真剣さを思い返すと、噂するのもからかうのもひどく下世話な気がしたのだ。

けれどある日の放課後、部活に向かうために廊下に出たとき、

「譲羽」

だれかに呼び止められた。振り返ると圭だった。

「ありがとな、おまえのおかげだ」

「なにが？」

「や、知らんぷりされると照れるんだけど」

「先輩のことか」

ぼくがいうと、圭は小さくうなずいた。

しばらく無言で一緒に歩いた。圭は通りすがった同級生たちにあいさつしていた。みんなは珍しい相手と一緒だなという目を向けたが、彼は気にしない様子だった。

人気のない廊下に入ったとき、圭が口を開いた。

「夏休みに入る前に、告白したんだ」

ぼくは圭の相談の時期を思い返す。

七月に入って間もなくだった。あのとき圭は芙美先輩との距離を測りかねていた。そして、美術室にやってきた芙美先輩と話をしたのは夏休みに入る直前だった。

ということは、芙美先輩が美術室に来たのは、圭の告白を受けたあとだったのか。

「じゃあ、けっこうすぐに上手く行ったんだな」

「そうでもない。用もないのに三年の教室には行けないし、演劇部の練習も邪魔できないしで、無駄に二週間くらい時間が経《た》った。だけどやっと部活が終わって、彼女が……」

〝彼女が〟という単語に、圭は特別な響きを込めて発音した。

「彼女が一人で出てきたところを、偶然を装って捕まえて、久しぶりって話しかけた。向こうも久しぶりって笑って答えてくれたから、ちょっとほっとして、その勢いであの本のことを教えてくれっていってみたんだ」

「へえ、先輩の反応は？」

「けげんそうな顔されたけど、なんだか嬉しそうだったな。けど、どうして知りたいのかってまっすぐに訊かれて……もう、そうしたら」

そこで圭は肩をすくめた。自分に呆れているように。

「なんか頭ん中が混乱しまくってさ。気づいたら本よりもむしろ彼女に興味があったからって口にしちまって。どうしてわたしに興味があるんだってまた訊かれて、ますますパニックになって、もうほんと、それで」

圭の顔が真っ赤になった。あまりにわかりやすくて面食らうくらいに。

「付き合ってくれって、口走ってた」

ぼくはちょっとぽかんとして彼の様子を眺めたあと、ふっとつぶやいた。

「意外だね」

「意外？」

「もっと、だれかとの会話というか、人間関係を上手くやれる人間だと思ってたから」

「おれってそんなに器用に見えるか？」

「少なくともぼくよりはずっと」

「そりゃ、気安く口をたたけるやつはいっぱいいるけどな」

圭は壁にどん、と背を預けた。

「彼女を前にすると、そういうのみんな嘘《うそ》みたいに思えてくるんだよ。薄っぺらで、適当な会話しかしてないっつうか。なんか、あの目でまっすぐに見られるとさ」

ぼくは芙美先輩のまなざしを思い出す。すべてを見透かして、嘘もごまかしも許さないような、ただ静かで一途《いちず》でまっすぐな瞳。

それは責められるよりもむしろずっと胸に応《こた》える気がした。

「でも結局、先輩にはOKしてもらったんだろ」

「いったん保留にされて、一週間は待たされたけどな」

照れくさげに圭は答えた。

「終業式の前の日に呼び出されて、よろしくお願いしますって、馬鹿丁寧に頭下げられた。そういう彼女も顔が真っ赤だったから、あ、本気なのかって……」

ふうっと圭は肩の力を抜くと、天井を見上げてほほ笑んだ。

「すごく、安心した」

彼の表情に、ぼくはなんだか胸を打たれた。

見るからに嬉しそうで、いかにも満足そうで、そしてとても……幸せそうだったから。

「よかったじゃないか」

「ああ。大げさだけど、待たされた一週間、生きた心地がしなかったからな。そうだ、譲羽。IMのID交換してくれよ」

「え……っと、いきなりだな。いいけど」

「なんかとち狂ったメッセ送るかもしれない」

「ノロケはやめろよ」

「や、まあそれは控える。ていうか」

圭は、はにかんだような顔でいった。

「ほかのやつらはみんな、興味本位でからかったり、ちらちらこっちを見て聞こえよがしにひそひそするけど、おまえだけは態度が変わらなかっただろ」

変わるほど接触があったわけじゃない、と思ったがそれは胸の中にとどめた。

「おれの相談のことも、ほんとにだれにもいわなかったんだな。事情を知ってて、吹聴《ふいちょう》して回ったっておかしくなかったのに」

「そんなことしたってメリットはないよ」

「メリットなんかなくたって、目立つおれの秘密をいいふらしたいやつはたくさんいる。単に自分が注目されたいってだけでな。特に彼女とおれは……タイプがちがうから。現におれが彼女と一緒にどこそこを歩いてたって話が、夏休み明けにどこまで広がってたと思う？　でもおまえはそんなことしなかった。正直おれは、ずっとおまえのことを見くびってた。本好きではあるけど、人嫌いで根暗なやつって」

「いいよ。ぼくも君が人気者だけど軽薄なやつだと思ってたから」

「正直だなあ、おまえ」

「お互いさまだろ」

　ぼくらは笑い合った。それから圭は表情を改めた。

「実はさ、彼女がおれの告白を受けたのは、おまえが誉《ほ》めてたからだっていわれたんだ」

「えっ」

「まともに話したのはあれだけだったのに、おまえはちゃんとおれを評価してくれた。彼女から聞いたけど、なんかすごく照れくさかった。おまえの目にはそう映っているんだなって。上辺じゃない部分を、おまえは彼女にいってくれた。だからおれ、思ったんだ」

　そういって、圭はぼくをまぶしいものを見るようなまなざしで見つめた。

「おまえの中には、真実があるんだな……ってさ」

　圭から真顔で、重みのある声でいわれ、ぼくは知らず耳が熱くなってしまった。

「買いかぶりだ」

「買いかぶりじゃないって。おまえが気づいていないだけだ」

　苦笑みたいな笑いを浮かべて、それから彼は真摯な目になった。

「おれはいま、おまえ以外に本音をいえる相手がいない。彼女とのいきさつを知っているのも、その上で信頼できるのも、おまえだけだ。迷惑で悪いけど……おれの相談とか、また、聞いてくれたら助かる」

「力になれるかわからないけど」

「いいんだよ。聞いてくれるだけで」

　ぼくは考え込んだ。

　圭にとって都合のいい愚痴の吐き捨て場にされるかもしれないという懸念はあった。だが、結局ぼくは断らなかった。最初の相談に乗った時点で、もう圭と芙美先輩には充分に関わっている。その関わりを断つには二人を好ましく思いすぎていた。

「何度もいうけど、ノロケはやめてくれよ」

　学校に携帯を持ってくるのは禁止だったから、ぼくは生徒手帳にＩＤとメールアドレスを書いて破って渡した。圭は彼らしいことに、生徒手帳は持っていなくてもスマホは隠し持っていて、すぐにその二つを登録し、満足そうにニカッと大きく笑った。

「ありがとな、譲羽」

　ぼくと圭との交友はしだいに密になっていった。

　親しく付き合ううちに、お互いとことん趣味が合わないのを知った。

　本当にぼくたちは、なにかもが正反対だったのだ。

　休日に静かに過ごすのがぼくで、なにもなくても外に出るのが彼だった。

　スポーツを観るのもするのも好きなのが彼なら、根底から興味がないのがぼくだった。

ぼくはごく数名の気の合う人間と親しみのこもった時間を共有したいタイプで、彼は親しかろうとそうでなかろうと、大勢と話してさわぎたいタイプだった。

その対比が一番役立ったのは、試験前だ。

圭は直感と閃《ひらめ》きで問題を解く性で、数学が得意だった。

ぼくはコツコツと積み上げて暗記していく性で、国語や社会が得意だった。

得意分野も苦手分野もちがったから、それぞれ教え合って、特にぼくは伸び悩んでいた数学の点数が一気に上昇し、教師や家族を驚かせた。

圭は、ぼくを無理やりサッカー観戦に連れ出したりもした。

ルールもよく知らないぼくだから、楽しんだとはいい難いけれど、初めて触れるスタジアムの雰囲気や観客の熱狂ぶりは面白く感じた。

お返しに、ぼくも圭に手持ちの本を貸した。彼がまともに読むかどうか正直危ぶんでいたが、驚くことにとりあえずでも読んで芙美先輩との話題に役立てていたようだ。

そうやってぼくが圭と仲良くなるにつれ、クラスのみなの反応も変わってきた。

以前は風変わりで親しみにくいやつ、という扱いだったのに、圭とともにいるようになってからは、会話に交ざることがごく自然になっていった。

にぎやかな人間関係が苦手なのは変わらなかったけれど、それでも思春期のぼくにとって、美術室以外に〝居場所がある〟というのは、とても安心できることだったのだ。

一方、圭と芙美先輩の交際は、順調な滑り出しだった。

圭は夏休みに演劇部が参加する区大会を観に行った話をしてくれた。芙美先輩のオリジナル脚本だったそうだ。青春物で、登場人物は多いのにけっして混乱することもなく、なによりコミカルで楽しくて、会場からは何度も笑いが上がったという。

「意外だった。彼女、いかにも品行方正で優等生だろ。だからひどいシリアスな話かと予想してたら、もう笑った笑った」

結果は惜しくも準優勝だったそうだが、好成績を収めた三年生は有終の美を飾って引退し、受験勉強に本腰を入れることになった。そうして三年生が本格的に余裕がなくなる前の夏休み、圭と芙美先輩は、暇を見つけてできるかぎり会ったのだという。

「海に行ったんだ。鎌倉の」

ぼくが釘《くぎ》を刺したにもかかわらず、結局圭の話はノロケに近いものばかりだった。

そのときの圭の顔は、聞いているこっちが照れくさくなるほどだった。喜びが光となってあふれ出ているみたいで、まともに見たら灼《や》かれてしまいそうだった。

圭は、夢を見るような表情でこう語った。

最初は映画館に行くつもりだったんだ。なのに気づいたら神奈川行きの電車に乗ってた。

海水浴場はそこそこ人がいたから、ちょっと離れた場所にあるだれもいない岩場に行って、そこで二人だけで海に入った。

水着もなにもなくて、波打ち際で遊ぶだけだったけど、だれもいない海は水がすごく澄んで綺麗で、おれたちはだんだん楽しくなって、ずぶ濡《ぬ》れになるほど夢中になった。

人のいない海で遊ぶのは、もしかしたらまずいことだったかもしれない。

でも彼女はなにもいわなかった。優等生ぶったことは、なんにも。

ずっと笑ってて、ずっとはしゃいでた。彼女があんな風に笑うなんて思ってもみなくて、それがおれと一緒にいるからだってことが、なんか幸せだった。

楽しかった。嬉しかった。おれは初めて、生まれて初めて、自分が楽しいからじゃなくて、自分以外の人間が嬉しそうだから嬉しいって、心から感じたんだよ……。

芙美先輩との夏を、圭は折りに触れてくり返し語った。

その夏が彼にとって、どんなに楽しくて、どんなに大切で、どんなに輝かしかったか。

アリスと出会ったいまなら、ぼくも痛いまでにわかる。

恋した少女と過ごした季節は、思い出に刻まれて永遠の輝きを放つ。なににも替えられない大切なひと時になる——いまのぼくより、もっとずっと子どもだった圭にとっては、特に。

圭が受験生の芙美先輩と会う時間は、冬に近づくにつれてどんどん減っていった。

学校で会うときはいつもと変わらない態度だったが、圭から送られてくるメッセージは、苛立ち混じりだったり、不安そうだったり、しまいには投げやりにもなっていった。

この時期が受験生にとってどれだけ大事かわからないほど、圭は子どもではなかった。しかし、会いたい気持ちを抑えて春を静かに待てるほど、大人でもなかった。

そんな圭と比べ、芙美先輩はまだ辛抱強かった。

頭がよく、理性的だったから、受験勉強をしながらも年下の圭の不安をなだめられるほどの忍耐力や、あるいは深い情愛があったのだと思う。

それでもなだめきれずに、あるいはいくら芙美先輩が理性的とはいえ十五歳の少女で、忍耐にも限界があったのか、二人はたまにぶつかることがあった。

そういうときには、たいてい圭からひどく落ち込んだメッセージが入った。

ぼくは内心呆れながらも、拙い言葉で圭をなだめたものだ。

やがて夏の輝きが遠くなり、うっとうしい残暑だけが残り、ある日ふっと涼しくなってすとんと気温が落っこちて、気づけば分厚い上着に手が伸びる冬になった。

「……早く春が来ねえかな」

冬期試験前、ファストフード店でぼくと向かい合う圭がそうつぶやいた。

ぼくらのあいだには広げたノートと参考書があった。

シャーペンをノートの上に放り出したまま、圭は外を眺めていた。

「春が来たらぼくらが受験する番だよ」

ぼくは参考書の問題を見つつ応えた。すると圭が何気ない口調で訊いてきた。

「志望校ってもう決めてるのか、譲羽」

「まだちょっと迷ってる。君は？　芙美先輩と一緒の学校にするつもりとか？」

「彼女が受かったらな。でも偏差値かなり高いんだよなあ」

「圭の成績ならだいじょうぶだよ」

「おまえも一緒の高校にしようぜ」

「ぼくも？　たしかにいい高校だし……でもな、数学がちょっと」

「教えてやるから」

ノートから目を上げると、圭は窓の外の通りをぼんやりと眺めていた。

どこかの高校の制服女子たちが、歩道いっぱいに広がって、笑いながら歩いていった。圭の焦点の遠い目が、それをずっと追いかけていった。

まるで、そこにいない芙美先輩の姿を探し求めるように。

「なんでだろうな」

ぽつん、と圭の声が、ファストフード店のがたつくテーブルの上に落っこちた。

「なんで夏って、あんなに暑くて熱くて腹が立つのに……行っちまうと寂しいのかな」

それでもそういう不安定な時期を、圭も芙美先輩もなんとか乗り越えた。

芙美先輩が志望校に合格し、心おきなく圭と会えるようになったのだ。

圭から入る浮かれたメッセージに呆れつつも、ぼくはほっとしたのを覚えている。

春休みに入って一度だけ、街中で歩く二人に出会ったことがあった。

ぼくに気づく前、圭と芙美先輩は体の陰で手をつなぎ、相手を見つめて笑いながら語らっていた。二人の全身からは、泉が湧くように喜びが湧き出していた。

彼らの喜びを浴びつつ、不思議な想《おも》いでぼくは考えていた。

芙美先輩を見る嬉しそうな圭のまなざし。圭を見上げる芙美先輩の優しい瞳。

あんな風に、世界にお互いしかいないようにだれかを見つめるのはどんな気持ちだろう。

それはどれだけ幸福なことなんだろう――と。


芙美先輩の合格を機に、圭もぼくも同じ志望校に決めた。

ぼくは圭のおかげで高得点の成績を安定して収められるようになっていた。塾の模試でも圭と同じく合格間違いなしとの判定をもらい、二人で肩をたたき合って喜び合った。

……なのに、翌年の三月。

ぼくは受かって、圭は落ちた。

なにかの間違いだとしか思えなかったけれど、後のことを考えれば間違いであってほしかったけれど、間違いじゃなかった。

そしてそれが、終わりの発端だった。

第六章

溺れるもの

〈一〉


芙美《ふみ》先輩と再会したのは、入学式の日だった。

ぼくが合格した私立高校は、皇居の近くの都心にある。

表通りから一本裏手に入った場所で、首都高につづく幹線道路がすぐ近くにあるとは思えないくらい、静かだった。

校門を入ると古い桜の大木が薄紅色の花びらを降らせていた。喜びと期待と、一抹の不安と、そしてとある寂しさを抱えてぼくは昇降口をくぐった。

「合格おめでとう、譲羽《ゆずりは》くん」

昇降口を入ったところの入学生受付に立っていたのは、芙美先輩だった。

中学時代の上品ではっとするような雰囲気はそのままで、もっと洗練された気がした。端的にいって……綺麗《きれい》になっていた。

髪型だって黒縁の眼鏡だって同じで、背が伸びたわけでもないのに。

「お知り合いなの、朗《ろう》」

付き添いの母がにこやかに頭を下げつつ、探るようにぼくに訊《き》いた。

「ああ、その、同じ中学だった先輩」

芙美先輩は母に丁寧に頭を下げると、ぼくに入学書類の詰まった封筒を渡してくれた。

母がその封筒の口を開いて中身をチェックする隙に、

「圭《けい》くんが」

芙美先輩は、そっとぼくにささやいた。

「……あなたを、よろしくって」

圭——あいつも一緒に入学できたらよかったのに。

という言葉は呑《の》み込んだ。そんなことをわざわざ口にしなくたって、ぼくも芙美先輩も同じ気持ちだというのは、わかりすぎるほどわかっていたから。

「よろしくお願いします、先輩」

「こちらこそ。わたしは二年A組だから、なにかあったらいつでも来てください」

生徒たちや保護者でごった返す昇降口では、それ以上の会話はできなかった。

ぼくらは互いに一礼して、その場は別れた。


『芙美先輩に会ったよ』

帰宅後、ぼくはＩＭで圭にメッセージを送った。

『ああ。譲羽をよろしくっていっといた』

圭の返事は平然としていた。

不合格を知った当日、彼は呆然《ぼうぜん》としていた。でも、なんといっていいかわからなかったぼくに、彼はその夜お祝いのメッセージをくれた。

残り少ない登校の日々でも、卒業式でも、彼の態度はいつもと変わらなかった。陽気でにぎやかで、むしろふざけていた。悔しさがあったとしても、絶対に表に出さなかった。

卒業後の春休みのあいだ、彼とはほとんどＩＭでやり取りをしなかった。去年にはあったノロケ話も一切なかった。入学準備で忙しいんだろう、とぼくは考えていた。

『うちの学校の女子、制服がいいんだよな』

圭からピースしている女子たちの画像が送られてきた。

どれも見覚えのある顔だった。クラスは違ったが同じ中学だった子たちだ。

『知ってるやつかなり多いし、ここに決めて良かったぜ』

『いいね。ぼくは芙美先輩以外は二人くらいだ』

『そっちは進学校だからな』

『圭の学校だって同じだろ』

『大したことない。そろそろ寝るわ』

『おやすみ』

ぼくは会話の締めに手を振るアヒルのスタンプを送った。しかし既読にはならなかった。

アヒルの画像を眺めるうち、ふいにぼくは、彼との開きゆく距離を感じた。

中学時代は、下らない他愛《たあい》もないやり取りを飽きるほどつづけた。受験が追い込みになるにつれ、放課後は常に誘い合って勉強した。合格発表までのわずかな解放時間は、圭が芙美先輩とデートするとき以外は、ほとんど一緒に遊んだのに。

ぼくは吐息してホームボタンを押した。アプリの画面がアイコンに吸い込まれて消えた。

圭との連絡は、それから間遠になった。

「圭くんと連絡取っていますか？」

入学してから二ヶ月が過ぎた六月初めのとある日。

芙美先輩とともに下校していた際、なんの前触れもなくそう尋ねられた。

入学して間もなく、ぼくと先輩はメールアドレスを交換していた。

特に意図があったり、必要があったりするわけではなかったけれど、先輩から「なにかあったときのために」という名目で申し出があったのだ。

ＩＭのＩＤを尋ねたが、圭が女子以外と交換するのを嫌がるからと断られた。

ぼくは驚いた。あの圭が嫉妬なんて、そういう感情とは無縁かと思っていたのに。でもぼくに見せない面も先輩には見せているのかもしれないと、そのときは素直に納得した。

「いえ、あんまり。というか最近は皆無です」

歩きながらぼくは答えた。芙美先輩はうつむいて返事をしなかった。

先輩がいつまでも黙っているので、ぼくも黙って一緒に歩いた。

どこに行くつもりか、あるいはなにを聞きたいのかわからなくて、自然と先輩に一歩遅れてついて歩く形になった。目を落とすと、先輩のよく磨いた革靴のかかとが見えた。

ずいぶん歩いた気がした。気づけば深い木立の近くを歩いていた。

やがて小さな鳥居が見えてきた。木立は神社の鎮守の森だった。一歩敷地内に入ると、ふいになにもかもがしんと静まりかえった。

「学校の近くだと、だれに聞かれるかわかりませんから。ここなら静かに話せます」

ぼくらは木陰で向かい合った。たまに校内で先輩の姿は見かけていたが、改めて向き合うのは入学式以来で、本当に久し振りだった。

あのときの「綺麗になった」という印象は変わらなかった。

でも中学のときの〝静かな存在感〟は薄れていた。むしろいまにも木立が落とす影の中に消えてしまいそうなくらい、儚《はかな》げだった。

「圭くんと、本当になにも連絡を取っていないんですか」

先輩はぼくを見上げ、どこか哀願するような表情で尋ねてきた。

「卒業以来、一度も会ってません。ＩＭで時々メッセ送ってますが、返事はないですね。なんかお役御免、って気分ですよ。先輩は会ってるんですよね。圭は元気ですか」

「わたしも、あまり会えてなくて」

え、とぼくは目を見開いた。先輩はぼくから地面へと目をそらした。

「春休みは二回くらい会えました。でも新学期になって、彼が高校に入学してからは、まだ一度も会えていないんです。通学路が離れすぎているせいもありますけれど」

圭の進学先は都内だったが、ぼくらの高校とはだいぶ離れた場所にあった。

でも、付き合い始めの圭の嬉《うれ》しそうな様子を思い返すと、たとえどれだけ物理的距離があったとしても、物ともせずに会おうとするはずだった。

「なんとなく、圭くんから避けられている気もして」

「まさか」

ぼくは芙美先輩の不安を打ち消すように声に力を込めた。

「あいつがどれだけ先輩を想《おも》ってるか、ぼくは知ってます。先輩とつきあい始めた年のＩＭのトーク履歴を見せたいくらいですよ。先輩とどこに行ってなにを話して楽しかったとか、先輩と一緒にいるのがどれだけ嬉しいかとか。腹が立つくらいでしたよ」

「だけどほかにも、彼の高校にいる友だちから……気になることを聞いているんです」

「なんですか」

ぼくの問いに、先輩は声を詰まらせた。

「彼が……女の子たちを交えたグループで頻繁に遊びに行っているって」

嘘《うそ》だ。

と反射的に口走りかけたとき、入学式の日に送られてきた画像を思い出した。そろってピースして笑う女子たち。

圭に向けられたその笑顔には、入学の喜び以上の感情があったように感じた。

「彼がどういうつもりなのか、わからないいんです」

かすかに芙美先輩の声は震えていた。

「ＩＭの返事がだんだん遠のいて、電話の回数も減って、時間が合わなくて会うこともできない。まだ、高校と中学で離れていたときのほうが気持ちの距離が近かった」

「先輩……」

「だから譲羽くんから、彼がどんな様子か知ることができたら、安心できるかと思ったんです。でも、あなたも知らないんですね」

芙美先輩は吐息をついた。

それは以前、美術室にやってきたときについた切ない吐息と似ていたが、でもそこには恋の喜びはなく、不安と苦悩しか感じられなかった。

「ごめんなさい、こんなところまで来てもらったのに」

小さく頭を下げる先輩が痛々しくて見ていられなくて、ぼくは思わず口走った。

「ぼくから圭に訊いてみますよ」

「え……」

「先輩じゃいいにくいでしょう。あいつどうかしてる」

「いいえ、だいじょうぶ。弱気になって変なことを相談してしまいました。圭くんに尋ねるなら、わたしから訊かなきゃいけないことです」

先輩はほほ笑んだが、それはとてもかすかで弱々しい笑みだった。

「ありがとう……ごめんなさい。わたしと圭くんをつないでくれたのはあなただから、つい恥ずかしいところを見せてしまいました。もう、行きましょう」

ぼくらはそこから最寄りの駅まで歩いた。

芙美先輩は駅に着くと、用事があるといってぼくとは正反対に行く電車に乗った。それが嘘だというのはなんとなく察しがついた。たぶん先輩は一人になりたかったのだ。

電車に揺られる帰路、ぼくはずっと圭と芙美先輩のことを考えていた。

先輩はああいったが、ぼくの中には強い義憤がうずまいていた。

いや、義憤ではなかった。ぼく自身の怒りでもあった。

あれだけ愚痴だのノロケだの散々寄越《よこ》しておきながら、学校がべつになったとたん、そっけなくなるなんて。お役御免と自嘲したけれど、ぼくの失意は本物だった。

一緒の学校になれなかったことに、圭はぼくが思った以上に傷ついていたのだろう。月と六ペンスについて相談されて、素直に先輩に教えてくれといえばいいと忠告したとき、「そんなみっともないことができるか」と彼は怒鳴った。

ぼくには無知を知られてもかまわないが、先輩に知られるのは恥だというなら、それはプライドが高い証拠だ。志望校に落ちたのも、よほど屈辱で、傷心だったはずだ。

同じ高校に通いたいとまで思っていた先輩と、引き離されたことにも。

だけど知るか。

どんなに傷ついたとしたって、親しい人間をないがしろにしていいはずがない。

特に、一番大切に想っていたはずの芙美先輩を。

怒りで頭をいっぱいにしたまま、ぼくは圭の家に向かうルートへ足を向けた。

圭の家は同じ区内だ。何度か勉強のために訪ねたこともある。その日は平日で夕方近かった。もう帰宅しているはずだと考えた。

不意打ちを食らわせるために、ぼくは訪問を告げなかった。

いきなり行って、逃げないようにつかまえて、真正面から話をしようと。

梅雨間近の街中を、ぼくは憤りに突き動かされて突き進んでいった。


圭を失って以降、ぼくはずっと考えていた。

あの日、もしも圭のもとに向かわなかったら。まっすぐ家に帰っていたら。

芙美先輩のいうとおり二人に任せ、成り行きを見守るだけにしていたら。

ぼくさえ、要らないことをしなければ。

あの日のできごとは、ぼくらの前に延びていたレールの切り替えスイッチだった。スイッチを押さずにいたら、べつの道、べつの未来があったんじゃないか。たとえ圭と芙美先輩が別れてしまったのだとしても、ぼくらのレールの先には、彼が——圭が生きている未来があったのではないか。

何度も何度もそう考えた。戻れるならあの日に戻り、自分を止めたかった。だけど結局いまへとレールはつながって、ぼくはアリスと出会ったのだ。

「……圭」

ぼくが声をかけると、自宅の門扉に手をかけた圭が、その姿勢のまま振り返った。振り返った顔には驚きが貼り付いていた。ほんのわずか、ひるむような色も。

「譲羽、なんでここに」

「話があるんだ」

ぼくは低い声でいった。圭は肩をすくめると、門扉を引いて開いた。

「わかった。入れよ」

「ここでいい」

「なに怒ってんだよ」

「芙美先輩のことだ」

圭の顔が強張《こわば》った。その顔を見てぼくは確信した。

彼はやましいことをしている。その自覚があるんだと。

そう気づいて怒りはますますかき立てられた。

「ぼくとぜんぜん連絡取らないのは、腹が立つけどまだいい。だけど芙美先輩を放っておくってひどいだろ。ＩＭの返事もしない、会ってもいないって、どういうことだよ」

「彼女がそういったのか」

圭は硬い表情でいった。その顔がひどく険しくなっていることに、憤りにかられていたぼくは気づかなかった。

「ああ。話があるからって会ったら、圭と連絡取ってるかって訊かれたんだ」

「おまえにそう訊いたのか？　おれのことを？」

「そうだよ。ぼくも疎遠にされてるんだと答えたら、芙美先輩も同じだっていうじゃないか。すごく不安そうだったぞ。しかもだ、先輩と会わないのに同じ学校の女の子たちとは遊びに行ってるって、なにを考えてるんだよ」

「うるさい」

「うるさい？　耳が痛いって証拠だな。だったらもっといってやる」

圭が強い怒りで顔を赤くしているのには気づいていた。だけどぼくも負けず劣らず憤っていたから、言葉は止めようがなかった。

「そんなに誠意がない、薄情なひどい人間だとは思ってもみなかった。あんなに悩んで、ぼくにまで相談して、やっと付き合えた相手を、たかが学校が別々になっただけで、なんでそんなに簡単に無視して放置できるんだよ」

「うるさいっていってるだろ」

「なにがうるさいだよ。そうさ、友人も知り合いも多い君なら、たかが一人や二人切り捨てたって気にもしないんだろうな。だけどぼくらには感情があるんだ。興味がなくなったからって飽きて捨てられてなにも感じないモノじゃないんだ。必要なときだけ求められて用がなくなれば使い捨てられて、それでいいと思えるわけがないだろ。ひどい扱いを受けたら腹が立つ。ないがしろにされたら怒りが湧く。文句もいいたくなる。非難だってするさ！」

圭は門扉に置いていた手を固く握りしめ、ぼくを見据えていた。

でも殴られてもかまわなかった。ぼくの怒りはもう止めようがなかった。どうしても吐き出さずにはいられなかったのだ。

「君のこと、心あるやつだと思ってたのに、最低だよ。芙美先輩が可哀想《かわいそう》だ。こんな薄情でひどい最低なやつと付き合ってたなんて——」

ガシャン！

いきなり圭が門扉をたたきつけて閉めた。まくし立てるぼくの舌が凍り付いた。

「黙れ」

　圭は怒りで燃える瞳でぼくをにらみ、吐き捨てた。

「なんにもわからないくせに、勝手なことばっかりいいやがって」

「圭……!?」

「なんの権利とか資格があって、おれと彼女のことに口出しするんだ。ああ、そうか」

　鉄柵の門扉を握りしめ、圭は苦々しげに顔を歪《ゆが》めた。

「おまえが、おれの居場所を奪ったからだな」

「は!?」

　意味がわからなかった。理解できなかった。

　圭は、いったいなにをいっているんだ。

「なんでおまえがそこにいて、おれがここにいるんだ」

　火のような言葉が、彼の口から次々に吐き出された。

「おれが教えてやったから、おまえは合格できたんだろ。本当なら、いまでも彼女のそばにいるのはおれだったはずなんだ。間違いなくそのはずだったんだ。だけど……だけど、おれは不合格でおまえだけが合格した。おまえなんかに関わらなきゃよかった。おまえがおれの幸運を横取りしたんだ。おれの居場所を奪ったんだ！」

　ぐいと圭が踏み込んだ。ぼくは思わず一歩下がった。

「そんなに彼女が心配なら、おまえが付き合ったらどうなんだよ」

「圭!?」

思ってもみないことをいわれ、ぼくは背筋の毛が逆立った。

圭はもはや激昂《げっこう》していた。ぼくの怒りが注がれて、彼がずっと抑えつけていた怒りが引き出されたのだ。

「おれの居場所を奪ったのと同じに、彼女を奪ったらいいだろ。そうだよな、最初から間違ってたんだ。おれと彼女はまったく似通ったところなんかなかった。趣味だって好みだって、人付き合いだって性格だって、なにもかもちがった。似ていたのは」

強く息を吸うと、圭は一気に吐き捨てた。

「おまえとだ」

今度こそぼくは驚愕《きょうがく》で声を失った。

だれが？　だれと似ている？　まさか、芙美先輩とぼくが？

「彼女とおまえはそっくりだ。本好きで、静かで、いつもおだやかで、人から離れていて、だけど上辺じゃない真実を見る。おれとはぜんぜんちがう」

似てなんかいない。ぼくは心の底から、強くそういいたかった。

だけど圭が、ぼくの抗弁なんて聞くはずがないのはわかっていた。

ぼくが圭の言葉なんかかまわずいい募ったのと同じく、彼も憤りにかられていた。いいきって、ぜんぶいいきって、なにかを壊すか変えるまで止められないのだ。

「傷ついたふりも怒ったふりもやめろよ。人の本質を見抜く力があるおまえだ。おれと彼女が合わないなんて最初っからわかってたはずだ。そうして笑ってたんだろ、ざまみろって思ってたんだろ、そうだろう！　おれがみっともなく失敗して彼女から離れていくのを!!」

「圭……」

圭の怒りが燃え盛るのと逆に、ぼくの怒りは弱くなり、消えていった。

波が引いたあとに濡《ぬ》れた黒い砂が現れるように、怒りが引いたあとには哀しみが浮かび上がった。友人に理解されず、拒絶される哀しみが。

「君が思っているようなことはなにもない。それこそ誤解だ」

「誤解じゃない。おまえは彼女のためにここに来たんだろ。それが真実だ！」

ちがう、とぼくはいいかけた。けれどふいに空《むな》しさに襲われた。

なにをどういっても彼には届かない。それを理解したからだ。

怒りに燃える圭からぼくは目を落とした。ぼくと圭の靴先が視界に入った。

学校指定のまだ新しい革靴と、新しいけれど爪先に汚れのついた厳《いか》ついスニーカー。ぼくは芙美先輩の、手入れされた綺麗な革靴のかかとを思い出した。

こんなところまでちがう。ぼくと圭は。ぼくと、圭と……芙美先輩は。

ほんの一年前まで、その相違がぼくらを引き寄せていたのに。

「よけいなことをした。ごめん」

ぼくは背を向けた。徒労と悔しさと、哀しみに打ち据えられながら。

「もう来るな」

礫《つぶて》のような鋭く強い圭の声が背中に当たった。

それからぼくと圭はまったくの没交渉になった。

ＩＭの友だち登録はそのままだったが、彼からもぼくからも、ほんの一言のメッセージか気持ちを表すスタンプ画像一つだって、送り合わなかった。

数少ない他の友人との会話記録は増えていくのに、圭だけは何ヶ月も前に送った間抜けなアヒルの画像以降、ぼくからの数個のメッセージで止まっていた。

こちらからなにか送ろうか、でも圭にとってはもう終わった親交だったなら？

アプリを開くたび、後悔と哀しみと煩悶《はんもん》と憤りの名残りをぼくは感じていた。

けれど、二ヶ月後の八月初めの夏休み。

芙美先輩から連絡があった。圭から都内の花火大会に誘われたと——三人で。

それが最後の、決定的な事件だった。

〈二〉


花火大会当日の夕方、ぼくは芙美先輩と、自宅からほど近い地下鉄の駅で待ち合わせた。

現れた先輩は、古風な赤の市松模様の浴衣だった。

切りそろえた黒髪にとても似合っていた。

「祖母から借りたんです」

先輩はすこし恥ずかしそうにそう答えた。

「圭はどうしたんですか。一緒かと思ってた」

「譲羽くんを案内してくれって。わたしは去年、彼と行ったことがありますから」

答えのようで答えになっていない気がした。ぼくら三人の家はさほど離れていない。一緒に待ち合わせたっておかしくなかったのに。

「彼は現地の駅の改札口で待っているそうです。行きましょう」

気まずい気持ちを抱え、ぼくは先輩と並んで電車に乗り込んだ。

六月のあのとき以来、ぼくと芙美先輩の交流はいっそう増えていた。

先輩は海外の古典文学が好きで、ぼくも似たようなもので、話題はたいてい最近読んだ本の話が多かった。

といっても先輩は幅広く様々な本を読んでいたから、ぼくはよく先輩が紹介してくれるものを追いかけて読みあさっていたのだが。

ぼくらのあいだにある種の親密さが生まれていったのは間違いない。でもそれは、けっして甘くも満たされるものでもなく、傷を共有するようなものだった。

お互い、圭の話を避けていたから。

芙美先輩が、ぼくとの日常の会話で圭に触れないようにしていたのと同じく、ぼくも先輩に圭について尋ねることは絶対にしなかった。

そして圭とは、六月の一件以来、ますます距離が生まれていた。

中学時代の親密さが嘘のように、会うのはおろか会話もなかった。ＩＭの〝友だち〟のリストにかろうじてあるだけで、それがぼくらをつなぐか細い〝線〟だった。

混み合う電車の中、芙美先輩との話題が見つけられず、ぼくは黙って吊革《つりかわ》につかまって揺れをこらえるしかなかった。

芙美先輩もずっと口を閉ざしていた。

目的地の駅に近づいたときスマホを操作して、「いま圭くんに、もうすぐ着きますって送りました」といっただけだった。

「あっ、来た来た。二ヶ月ぶりだな、譲羽」

会場近くの私鉄駅の改札口から出て圭を見たとたん、ぼくは呆気《あっけ》に取られた。彼の態度が、あの衝突がなかったように陽気だったから、という理由だけじゃない。ぼくらを出迎えたのが、一人ではなかったからだ。

渋い柄の浴衣を着た圭の周りには、たくさんの男子や女子がいた。総勢十数名はいただろう。中学の同級生だった顔もあれば、初対面の相手もいた。

女子は全員、思わず瞬《まばた》きするほど華やかで色鮮やかな浴衣姿だった。圭の周りに、わっと花が咲いたようだった。

「おっしゃー、全員集まったし、会場行こうぜ」

圭の言葉に、みんなはにぎやかにきびすを返した。

ぼくは気後れして、圭たちから遅れてついていった。芙美先輩もそうだった。

「なんだよ、圭。浴衣とかカッコつけやがって」

男子の一人が圭をこづいた。

「だって花火ったらやっぱ浴衣だしな」「なんで下駄《げた》じゃねーんだよ」「おまえ下駄履いたことないだろ。あれ歩きにくいんだぜ。爪先血だらけになったりするし」「やだ、痛そう」「圭くん、浴衣似合ってる」「だろー？　おれが着たらなんでも格好《かっこう》いいんだよ」

どっと笑いが上がった。

圭を取り巻く気安さと親密さは、まるでバリアのようにぼくらを拒んでいた。

ぼくも芙美先輩もそのバリアに圧されたみたいに無言だった。

夕闇も深まる中、圭たちだけでなく、たくさんの人々が土手の道に沿って歩いていた。その中でぼくと先輩だけが、たった独りで歩いているように感じていた。

「ねえねえ。あの二人、圭くんのどういう知り合い？」

見知らぬ女子の一人がちらりと振り返って圭に尋ねた。

圭は振り返りもせず言葉少なに答えた。

「一緒の中学だったやつ」

彼のそっけなさにぼくは心が冷える気がした。

強張るぼくに気づいたそぶりもなく、べつの女子が横から口を挟んだ。

「初対面だっけ。あの人たちね、D高校なんだよ」「えー、あったまいい！」

きゃあっと笑う声がした。ちらちらと興味本位な視線を投げる者もいた。圭はまったくこちらを見ずに、他の男子や女子たちと浮かれ笑いながら歩いていた。

ぼくはそっと隣の芙美先輩をうかがう。

先輩はうつむいていた。周りにひしめく人の波に埋もれてしまいそうに見えた。ぼくの目を奪ったあの静かな存在感は、どこにもなかった。

見ていられなかった。見ていると胸が苦しくて息もできなくなりそうだった。

芙美先輩が沈み込む一方で、陽気にはしゃぐ圭は背後をすこしも顧みなかった。

遠慮のない男子たちだけでなく、馴《な》れ馴れしく話しかける女子たちと盛り上がり、気安い笑顔を彼女らに向けていた。

それなのに、ぼくや先輩なんていないものみたいに無視していた。

振り返らない彼の背中と、先輩の悄然《しょうぜん》とした姿を見比べるうち、怒りが込み上げた。ぼくは体の陰でこぶしを握りしめ、その怒りを懸命になだめるしかなかった。

「あっ」

突然、隣を歩いていた芙美先輩がつんのめった。

あわててぼくは手を差し伸べて、先輩が歩道に膝をつく寸前で抱き留めた。周囲の人々がぼくらを避けて両側に分かれて歩いていく。

「だいじょうぶですか、先輩」

「すみません。あ……」

先輩は片足を引きずった。見ると片方の草履の鼻緒が取れている。

「祖母の古い草履だったから」

「歩けますか」

先輩はちょっと唇を噛《か》み、ふるふると小さく首を振った。ぼくは先輩を支えて道の端に移動すると圭を探した。しかし人の背中と頭で視界はいっぱいだった。

「圭！　おい、圭！」

聞こえないだろうか、と思ったとき、圭の声が耳に入った。

「譲羽、どこだ」

「こっちだ。圭！」

「おい、なんで遅れてるんだ。どうし……」

人をかき分けて現れた圭は、芙美先輩の手を握ったぼくと、ぼくに寄りかかる先輩の姿を見て、大きく目を剥《む》いて押し黙った。

会場へ向かう人々が、立ち止まる圭の肩にどんと突き当たった。悪態をつく人間もいれば、呆《あき》れたように首を振っていく者もいた。でもそんなことにも気づかないように、圭はただぼくらを思い詰めた顔で見つめていた。

「先輩の草履が壊れたんだ、圭。この人混みじゃ歩くのは難しいよ」

おかしな様子にいぶかしく思いながらも、ぼくは圭に訴えた。

彼は唇を引き結んでいたが、ふいに冷笑を浮かべて答えた。

「やっぱりそうだったんじゃないか」

「そうだったって、圭。なんのことだよ」

「二ヶ月前のことだよ」

ぼくは考え込み、次の瞬間思い当たった。同時に激しい怒りと困惑が込み上げた。

「おまえ、まだそんな誤解を……！」

「誤解？　なにが。見てのとおり誤解する余地なんかどこにもない」

「今日のこの誘いも、ぼくを試すためだったってことか」

「なんのことだよ。それより草履だろ、草履」

圭は薄笑いではぐらかした。とても嫌な、卑屈な笑みだった。

「壊れたんならしょうがないじゃないか。帰れよ」

「圭!?」

ぼくは思わず大きな声を上げた。ぼくの腕にすがっていた先輩がびくりと体を震わせた。圭は冷たい笑みのまま、追い打ちのようにいった。

「このまま行ったって足手まといだし、花火なんて楽しめやしないからな。送ってってやれよ、譲羽。どうせ帰りも一緒なんだからな」

「な……」

圭のひどい言葉にぼくは体が震えた。

そっちから誘っておいて、いるのにいないみたいに無視をして、こちらのいい分も聞かず誤解して、試すような仕打ちをしたあげく勝手に帰れだなんて。

あまりの怒りにぼくは声が出てこなかった。ただ体をわななかせるしかできなかった。

芙美先輩はうつむいていた。唇を噛み、圭を見ようともせずに。

しかしふいにぼくの手を支えに身を起こすと、先輩は圭を真正面から見据えた。

「そうですね」

その声音にはっとして、ぼくは先輩を見つめた。

芙美先輩はこの場に圭と二人きりしかいないように、まっすぐに彼を見つめていた。

「わたしもすこしも楽しくありません。それに」

圭の冷笑よりもっと冷ややかな声と表情で、先輩はいった。

「たとえ草履が壊れていなくても、あなたといたら、楽しいなんて思えませんから」

静かなのに、力の限りたたきつけるような口調だった。

圭は完全に黙り込んだ。言葉も、魂も、一言で切り捨てられたみたいに。

「帰ります。さようなら」

先輩は身を屈《かが》めて草履を脱ぐと、それを手に裸足《はだし》で駅の方角へと歩き出した。

立ち尽くす圭に背を向けて。一瞥《いちべつ》もしないで。

ぼくはぐっと唇を強く引き結ぶと、圭に向き直った。先輩を追う前に、なにか一言でも非難の言葉を投げつけてやろうと思ったのだ。

……だけど、止めた。

ぼくがどんな非難をしようと、芙美先輩が与えた以上のダメージにはならない。

圭の呆然とした、そして深く傷ついた顔を見て、ぼくはそう悟った。

ふいに哀しみが胸の奥からせり上がってきた。

なんでそんなことしたんだよ。なんで大事な人を傷つけようとしたんだよ。

そんな風に、世界が終わったみたいな顔をするほど自分が傷つくくらいなら。

〝……おれは初めて、生まれて初めて、自分が楽しいからじゃなくて〟

優しい声で圭が語る姿を、ぼくは思い出す。

〝自分以外の人間が嬉しそうだから嬉しいって、心から感じたんだよ……〟

どうして、どこで、こんな風に行き違ってしまったんだろう。

「圭。ぼくが芙美先輩を心配するのは、先輩を好きだからとか、そんな理由じゃないんだ」

喧噪《けんそう》の中で、ぼくは震える声を絞り出して告げた。

「君の――ぼくの友人の大切な人だからなんだよ、圭。君のことを友人だと……大事な友人だと、ぼくは思ってた、から」

は、と圭が強く息を吸い込んだ。大きく見開いた瞳がぼくを凝視していた。そのまなざしからぼくは目をそらした。込み上げる哀しみが目頭を熱くさせた。

ぼくは二人を大切に思っていた。もっというなら、圭の目を通して語られる芙美先輩が、先輩が静かな想いを寄せる圭が好きで、大切だったのだ。

しょせん、ぼくは部外者でしかない。だけどぼくが結び付けた二人が幸福になるのが、それを見守るのが、なぜかぼくにはとても――幸せだったのだ。

「思ってたんだ。本当に、心から。でも、もう……ちがう」

次の瞬間、ぼくは身をひるがえして先輩を追った。

「先輩。芙美先輩！」

小柄な先輩の背中を見つけたのは、人混みを抜けた先の川の土手だった。

駅なんかとっくに通り越していた。でも先輩は、舗装された土手をまっすぐにどこまでもどこまでも、片足を引きずりながら、それでも歩いて行こうとしていた。

「先輩、待ってください。足、怪我《けが》してるんですか」

ぼくは浴衣の袖から出る細い腕をつかんで引き留めた。やっとそこで芙美先輩は立ち止まった。でもこちらを見ようともせず、顔を伏せてアスファルトの地面を見下ろしていた。

「だいじょうぶです。ちょっと石を踏んでしまったみたいで」

ぼくは自分が履いていたスニーカーを脱ぐと、先輩の裸足の爪先の前に差し出した。

「よかったらこのスニーカー使ってください。ぼくは靴下あるし」

「でも……」

「新品だし、臭くないと思いますよ」

わざとおどけていうと、先輩は頭を上げてありがとうといって、ぼくの靴を履いた。浴衣にスニーカーって変な感じですねといって、すこしだけ笑ってくれた。

そのとき、ドォン、という音が後方から響いた。ぼくらは振り返った。

陽《ひ》の名残りで、夜空の端はまだほの明るい紫の色だった。その空を彩るように、次々と色とりどりの花火が上がった。

「譲羽くん。せっかく来たんですから、見ていきましょう」

先輩はそういって、土手の草むらに腰を下ろした。ぼくも異存はなかった。

駅からは離れたけれど、街の灯《あか》りはまだ近かった。でも花火の輝きを損なうほどまぶしすぎはしなかった。ぼくと先輩の顔がおぼろげに見えるくらいの明るさだ。

ぼくはスマホを取り出し、公式サイトでプログラムを確認した。十分間隔で花火は上がり、全体の時間は一時間とすこしだった。芙美先輩が川面《かわも》を見ながら口を開いた。

「……何度も、こういうことがあったんです」

「こういうことって」

「圭くんの知り合いとグループで、どこかに行くことが」

花火が上がる合間に話をしたから、会話は途切れ途切れだった。

ぼくは極力口を挟まず、先輩の声に耳を傾けた。

「譲羽くんに相談してから、すこしあとに映画のお誘いがありました」

それまで先輩から誘ってもいい返事がなかったところに久しぶりのデートで、喜んで約束の場所におもむくと、圭以外にその友人たちが一緒だった。

そして圭は今日のように先輩を無視して、友人たちと話をしてばかりだったという。

「正直、不快でした。わたしから話しかけても、圭くんだけでなくて、他のひとたちもあまり答えてくれなくて、わたしの知らない話題で盛り上がっているばかりで……」

けれど久しぶりに会えたのだからと、先輩はなにもいわなかった。彼の友人と打ち解けるべきだと、次に同じように誘われたときも会話に入ろうと努力した。

なのにその都度、圭はことさら先輩を除《の》け者にするように振る舞った。

しまいには先輩は、圭と出かけるのが苦しくてならなくなった……と語った。

「圭くんの気持ちが、わからなくなってしまって」

花火の合間の静けさの中、先輩の声が響いた。

「わたしを嫌いになったなら、そういってくれればいい。もう付き合いたくないのだと、はっきりいってくれたなら……まだ、よかったのに」

そのとき、ぼくはやっと圭の気持ちが理解できた。

プライドが高いからこそ、離れてしまった屈辱と、一緒にいられない苦しさと、そして募る不安を口にできなくて、彼は試すしかできなかったのだ。

「どうして圭と付き合おうと思ったんです」

ぼくはそっと尋ねた。

「こういってはあれですけど、ぼくと圭がまったく正反対なのと同じに、先輩も圭とは百八十度反対の位置にいると思うんです。ありがちですけど、静と動っていうか」

「圭くんに月と六ペンスのことを話したのは、譲羽くんですよね」

「そうです……懐かしいな」

　ほんの二年前のことなのに。

「あの話の主人公のストリックランドは、とてもいけ好かない人間ですよね」

『月と六ペンス』――サマセット・モームの名作。

　情熱と狂気の天才画家ゴーギャンをモデルにした主人公、ストリックランド。

　堅実で平凡な人生を送っていた中年男の彼が、四十すぎて芸術に取り憑《つ》かれ、非凡な才能を発揮しながらも、周囲と自分を狂わせて流転していく物語。

「彼は他人を……友人や女性を粗雑に、道具のように扱います。だれの愛情や友情にも恩義を感じないし、返すこともしない。たしかにたぐいまれな絵の才能はあったかもしれません。でも魅力的な人物とはとてもいいがたいです」

「ぼくもそう思います。だけど先輩は、あの話が気に入っているんですよね」

「わたしは凡人ですから、芸術のデーモンに魅入られた人間に憧れるんです」

　夜風に消えそうな声で先輩はいった。

「〝描かずにはいられないんだ。川に落ちれば、泳ぎのうまい下手は関係ない。岸に上がるか溺れるか、ふたつにひとつだ〟……って、ストリックランドのせりふにありましたよね。ダンパの会場で圭くんを目にした夜、わたし、そのせりふを思い出したんです」

大きな音とともに川面にまばゆい輝きが散った。

芙美先輩は口をつぐみ、花火の音が静まるまで待つと、また語り出した。

「わたしは、自分が凡人であるのを知ってます。いつもなにかを抑えていて、情熱や狂気とは無縁のタイプだってわかっています。でも、圭くんはちがう。圭くんは、もうそこにいるだけで光みたいな人で……いいえ、理屈や理由なんていいんです」

先輩の声が苦しげにかすれるのがわかった。

「わたしは深い水に落ちたんです。ストリックランドに魅せられて破滅した女性のように、溺れて沈むとわかっていても、落ちずにはいられなかった。自分がどれだけ彼と正反対であろうと、彼が好む明るく笑う女の子たちとかけ離れていようと、自分が光みたいな彼にふさわしくなくて、彼の隣にいるだけでみじめな想いをするって、わかっていようと」

「先輩……」

「彼に出会ったから、モームのあの物語をわたしはどうしても手がけたかった。彼がいたからこそ、月と六ペンスは、わたしにとって真実の物語になったんです。でも」

そういって、先輩は息を止めて、言葉を止めた。それから、

「……でも、もう疲れてしまった」

わななく声でそういうと、彼女はうつむいた。

「彼の想いを推し量ろうとするのも。彼の前で卑屈な気持ちになることにも……」

ぼくはなんといっていいかわからなかった。でも先輩の語る声にも言葉にも胸が詰まった。ぼくが二人を結びつけ、幸せな姿を見守ってきたのだから。

ぼくは先輩の肩に手を置いた。愚かにもそれ以外、できることが思いつかなかった。

先輩は顔をわずかに上げてぼくを振り仰いだ。辺りは暗かった。でも対岸のビルや周囲の街の灯りに、その顔に涙が伝っているのが見えた。

「譲羽くん」

先輩はぼくに向けて顔を伏せた。

腕の下で先輩の肩が嗚咽《おえつ》で震えるのがわかった。ぼくは打ちひしがれる先輩を守るように、先輩はぼくにすがるように、お互いの哀しみを分かち合った。

そのとき、ふいに背後で鋭く息を呑む気配がした。はっとぼくは振り返った。

「……圭!?」

ぼくが呼んだ名前に芙美先輩も頭を起こして振り返った。

街の灯りで周囲は真っ暗ではなかった。だから土手の上に立つ彼の姿は、ちゃんとぼくたちに見えた。両のこぶしを固く握りしめ、こちらを見下ろすその姿を。

ドォン、という轟音《ごうおん》とともにフィナーレの花火が上がった。

空が輝き、立ち尽くす彼の顔を、その表情を、そこに浮かぶ想いを照らし出した。

眉を寄せ、なにかをこらえるように唇を引き結び、彼はぼくらを見つめていた。

彼の顔に侮蔑や憤りがあればまだ、ぼくはこんなにも後悔することはなかったはずだ。でもそこにあったのは——絶望みたいな、深い哀しみだった。

圭の目にいったいどう映っただろう。芙美先輩の言葉に打ちのめされ、それでも追いかけてきた彼の前で、先輩に寄り添ってその肩を抱くぼくの姿は。

「圭くん！」

次の瞬間、圭は先輩の声を振り切るようにして身をひるがえし、駆け出した。

先輩は起き上がろうとしてぶかぶかのぼくの靴で滑ってつんのめって、すぐに起き上がってその靴を蹴飛ばすように脱ぎ飛ばして圭のあとを追って走り出した。

「圭、芙美先輩！」

ぼくも二人の名前を叫んで彼らのあとを追いかけた。

圭にいいたかった。ぜんぶ誤解なんだ。芙美先輩も君と同じ気持ちなんだ。

先輩も圭に出会って、同じように落ちてしまったのだと告げたかった。

圭の想いも先輩の想いも、ちゃんとお互いの上にあるのだと告げたかった。

そのときはまだ、誤解も行き違いも会って話せばわかるはずだと信じていたのだ。

だが、駅前でぼくは二人を見失った。

花火大会が終わり、帰途へ就く人の波にぼくは呑まれていた。視界いっぱいの人の頭の中で、無理とわかっていながらもぼくは必死に二人を捜した。

駅前の混雑はひどかった。電車が来て連れ去ってくれるはずが、なぜか人の波は尽きることなくあとからあとから押し寄せて、駅前にあふれていた。

喧噪の中で懸命に二人を捜すぼくは、周囲の会話を無意識に聞き取っていた。

「人身事故だって」「ホームから転落?」「どうすんだよ、帰れねーよ」

何名もの人々がスマホを取り出して確認した。

「SNSで事故状況回ってきたぞ」「ホームから子どもが落ちたってさ」

「なんか、電車にはね飛ばされたんだってよ。その子どもを助けた……」

口々にかわされる会話の中で、一つの言葉がぼくの耳にまっすぐ飛び込んできた。

「……浴衣の男子が」

背筋に氷が走った。

それが捜す相手だという確証はなかった。浴衣の男子。共通項はそれだけだ。

でもなぜか、ぼくは恐ろしい予感に震え上がった。

真夏で、走り回ったから全身が汗だくだったのに、ぼくの体はがたがたと震えていた。混雑の中でスマホを取り出し、IMで主に連絡を取ろうとした。

「通知……?」

アプリのアイコンに赤い通知マークが表示されていた。ぼくは震える指でアイコンをタップした。アプリが起動するまでひどく長く感じた。

『……悪かった』

圭からだった。送信時間は、ほんの十分前。

『おまえにも、彼女にも、ひどいことをした。おれは』

ごく短いメッセージだった。けれど、

『おまえを、ずっと友人だと思っている』

ぼくに、けっして消えることのない後悔を植え付けるには、充分だった。

第七章

廃線上のアリス

アリスの秘密

〈一〉


勇敢な男子高校生。花火帰りの悲劇。尊い英雄的精神。

ニュースでもネットでも、圭《けい》が犠牲になった列車事故は一時期大きくさわがれた。

多くの賞賛と一部のひねくれた批判と、犠牲者となった圭の個人情報をしたり顔で話す馬鹿が現れて、やがて収束した。

ぼくは圭の告別式に行った。現実ではない心地で。

だれもが彼を立派だと誉《ほ》め称《たた》えていた。救われた子どもの親が、同窓生代表が、友人代表が、故人がいかにすばらしい人物で、みなに好かれていたかを涙混じりに語った。制服の高校生たちが、女子は嗚咽《おえつ》して、男子も目元をぬぐっていた。

芙美《ふみ》先輩も来ていた。制服姿で会場の隅でひっそりとたたずんでいた。

同じ中学出身で、圭と芙美先輩が付き合っていたことを知っているものがいて、こんなときなのに目ざとく先輩を見つけてひそひそとささやいているのも聞こえた。

付き合ってたんじゃないの。ちっとも泣いてない。冷たい人。

だけど先輩は聞こえないように、ただ人の波の陰でうつむいていた。

ぼくらは顔も知らない他人のように離れて、出棺までずっと無言だった。

こうしてぼくと芙美先輩は、単に大勢いた圭の友人や知り合いの中の一人になった。

ぼくらの罪は裁かれることもなく、ゆえに罪悪感は癒《いや》されることがなかった。

夏休み中ずっと、ぼくは自室に閉じこもった。

家族の団らんを避けて、食事もほとんど取らなかった。

芙美先輩からはなにも連絡はなかった。思い切ってメールを送ってみたが、宛先不明で戻ってきた。電話もつながらなかった。

そして夏休みが明ける直前、フリーのメールアドレスからメールがあった。

『転校します。もう二度とお会いすることはありません』

ほんの二行だけの内容。

『彼を思い出すなにもかもから逃げるのを、許してください』

差出人の署名はなかった。

ぼくはすぐに返信したが、返ってきたのはメーラーデーモンによる不通の案内だった。おそらく送った直後に退会したのだろう。

その通知を見た瞬間、ぼくは途方もない孤独に襲われた。

圭のいない場所。芙美先輩のいない学校。

ぼくの罪を赦《ゆる》してくれる相手も、ぼくの罪を分かち合ってくれる相手もいない世界。

〝ありがとう。あなたの言葉がなかったら、わたしは大切なものを見逃すところでした〟

芙美先輩の、まっすぐな心からの言葉。

〝おまえの中には、真実があるんだな……ってさ〟

圭の、照れくさげだけれど真摯な声音。

遠慮がちに体の陰で手をつなぎ、お互いを慈しむまなざしで見つめていた二人。

ぼくは二人に認められた、二人の友人だった。

部外者だと思ったこともあるけれど、本当はあの幸せな二人を見守る人間でもあった。

でも……もう彼らはいない。圭も。芙美先輩も。

あの二人がいない世界に出て行く気力が、ぼくからは失われてしまった。


夏休みが明けてもぼくは登校しなかった。

自室に鍵をかけて閉じこもり、食事を何日も取らなかった。

母がドア越しに語りかけても、義妹がなだめたりすかしたり、辛辣な言葉で煽《あお》ったりしても、業を煮やした義父が引きずり出そうとしても、閉じこもってしまったぼくの心を世界に引き戻すことはできなかった。

ぼくはなにもかもを拒絶して、その理由をけっして話さなかった。

義父は苛立《いらだ》ちながら、あちこちに相談をしていた。

そこそこ出来がよく、聞き分けもよかった義理の息子の変貌ぶりに戸惑ってもいた。戸惑いでさらに苛立ちをかき立てられつつも、彼は母とともにカウンセリングに通った。

母は懸命にぼくの世話を焼いた。

ドアの外から話しかけ、着替えと食事をかかさずに置き、家族がいない昼間に風呂に入れるように湯を溜《た》めて、メモを残し、会社に出かけるときはかならず声をかけた。優しい口調のときもあれば、涙と吐息混じりでかき口説くときも、怒りの強い声のときもあった。

義妹は表立って接触しようとはしなかった。

でも、隣室にいながらIMでメッセージを送ってきた。他愛《たあい》もないニュースや近所の話題、学校での出来事を話したりして、外には世界があることを知らせてきた。でも一方で、ぼくの感情を引き出そうときつい言葉をいくつも送りつけてきたりもした。

家族が懸命にぼくと対話しようとしているのは、苦しいほどわかっていた。学校に行かせようと、せめて普通の生活を送らせようと心を砕いているのが。

だけど同時に、ぼくを激しく責め立てていることも。

ぼくを案じ、苦悩する家族のために、学校に行かなければ、普通の生活に戻らなければと、ぼくは必死に心を奮い立たそうとした。

赤ん坊でも幼児でもない、高校生ともなれば少なくとも社会に責任はあるはずだ。みんながして当たり前のことをすべきなんだ。

わかっている。そうしなければいけないと知っている。

なのに、どうしてもできなかった。

教科書を手に取れば息が詰まった。学校のことを思うと体が動かなくなった。制服や革靴を目にすると体が凍り付いた。

圭と先輩がいない場所、二人を思い出す場所に行こうと考えるだけで、ただそれだけでぼくは、果てしない苦しみで溺れるように呼吸すらできなくなってしまった。

学校には行けないんだ。どうしても。

ある日、ドアの外に立つ母にぼくはそれだけをいった。

そうして母は一縷《いちる》の望みを掛けて、ぼくを顔も知らなかった実父のもとへ送ったのだ。


すべてを語り終えて、ぼくはかつての場所より遠い波打ち際に戻ってきた。

気づくとぼくは泣いていて、アリスの膝に抱き抱えられていた。

いつ泣き出したかもわからなかった。アリスは、ぼくの嗚咽で震える背中を優しく撫《な》でて、なにかから守るように、膝にぼくの頭を載せて抱いてくれていた。

「ぼくのせいだ」

ぼくは泣きながらいった。ずっとその言葉を胸の内で叫びながら、どうしてもだれにもいうことができなかったのだ。

「ぼくが圭を訪ねたりしなければ。最後の日に、ぼくが先輩を追いかけなければ。せめて、もう友だちなんかじゃないなんていわなければ……よかったんだ」

アリスは最後まで、ただじっとぼくを抱きしめてくれていた。

彼女は、ぼくのせいじゃないとも、ほかのだれかのせいだとも、なにもいわなかった。

ぼくのことも、芙美先輩や圭のことも、ぼく以外のだれかのことも、彼女はけっして非難したり裁いたり、断罪したりもしなかった。

「あなたの痛みが、わたしのものだったらよかったのに」

涙を流すぼくの耳にアリスの声が聞こえた。

「わたしは、そういう痛みと一緒に過ごしてきたから。だれかを失う痛みと一緒に」

ぼくは濡《ぬ》れた顔を上げた。アリスの黒目がちな瞳がぼくを優しく見つめていた。そしてその瞳の中に、まぎれもない共感をぼくは見て取った。

〝……わたしはフリスにはなれなかった〟

ふいにアリスが語った声がぼくの脳内でこだました。

〝世界のすべてかもしれない人を失ったあとに、フリスのように見送ることはできなくて、死人みたいに日々を過ごすしかなかった……〟

そのとき、ぼくは閃《ひらめ》くように理解した。

なぜ、会ったばかりで正体もわからない彼女に、ここまで惹《ひ》かれたのか。

目をうばわれる美しさと、ミステリアスな雰囲気と、透明感のある涼やかな声、子どもみたいに無邪気な言動をするかと思えば大人びた切なげな表情を見せること。

どれもこれも魅力的だった。彼女を一目見たら忘れられなくなった。

だけど、こんなにも魂までのめり込むほどに惹かれた理由は、その外見のためじゃない。

一冊の本──『スノーグース』。そして、失った大切な人。

お互い、大切に想《おも》う人を失う苦しみを知っている。その苦しみを抱えながら日々を送らなければならない辛《つら》さを知っている。だから惹かれたのだ。同じ痛みを分かち合う相手として。

「アリス。ぼくは、どうやって生きていったらいい」

尋ねるぼくの声は涙にかすれていた。

「あの二人がいないのに」

「いつか慣れる」

アリスはぼくを抱きしめ、幼子にいい聞かせるみたいにいった。

「痛みも哀《かな》しみもいつもそこにあって、絶対に忘れられないけれど、自分の体の一部になる。そうしたら、それが当たり前になる」

「それは苦しいよ」

「知ってる。でも慣れる」

「卑怯《ひきょう》な自分を忘れられない」

「あなたは卑怯なんかじゃない」

アリスはぼくの頬《ほお》を両手で挟み、そっと額をつけた。

「あなたは忘れてしまっているけれど、でもわたしは覚えてる。あなたが勇気ある人で、この上なく立派な人なんだって。あなたが忘れていてもわたしはずっと覚えている。だから」

祈るような口調で彼女はいった。

「お願い。どれだけ苦しくてもここにいて」

〝ここ〟というのが、いまぼくが座るアリスの目の前でないのはわかった。

彼女はぼくを許してくれている。痛みや喪失と一緒に生きていけといっている。ぼくを裁いたわけではなかったけれど、ぼくはやっとつぐなう道を与えられた想いだった。

「ありがとう……アリス」

ぼくは頬に当てられたアリスの手に自分の手を重ね、目を閉じてそういった。

この優しい手を離したくない。圭や芙美先輩のように。

「君が失った人は、いったいどんな人なんだ」

「……朗《ろう》」

「そのことを教えるのが辛いなら無理には訊《き》かない。でもぼくは君を知りたい。八月の最後にはここを去らなくちゃいけない。そうしたら君と離れる。いまでさえ自由に連絡が取れないのに、なにも知らないまま離れたら、もう二度と会えなくなってしまうかもしれない」

アリスは唇を噛《か》んで目を伏せた。ぼくは胸が痛んだ。

これも同じことだろうか。圭と芙美先輩のことで取り返しがつかなくなってしまったのと同じ結果になりはしないだろうか。

ぼくは迷った。わずかな望みに掛けてぼくは尋ねた。

「せめて、君と連絡できる方法を教えてくれ。頼む」

「できない」

彼女は強い声で、でも泣きそうな顔で吐き出すようにいった。

「できない。わたしもあなたと分かち合いたい。自分のすべてを話して、あなたと一緒にいたい。そばにいるのが叶《かな》わなくても、せめてつながりは持っていたい。だけど、わたしのすべてを明かすことはできない。お願い、わたしを知らないままでいて」

「どうしてそこまで」

「わたしを知らなければ、いつかまたあなたがこの町へ来たとき会えるかもしれない。だけど知ってしまったら、もうこんな風には会えない。あなたも会いたいとはきっと思わない」

あまりにはっきりと断言されて、ぼくはなにもいえなくなる。

「あなたが東京に帰ってしまうなんて思わなかった。だってやっと……ううん、気づかないようにしてただけ。よく考えたら当然だった」

アリスの哀しげな声と瞳に、ぼくは自分の一部がもぎ取られたように苦しくなった。

「あなたが行ってしまっても、いまならわたしはあなたの記憶に残る。わたしはそれだけで充分。でも、あなたがもっとわたしのことを覚えていたいといってくれるなら……前にいってくれたよね。わたしをスケッチしたいって」

「ああ、いった」

「まだ、その気持ちはある？」

その言葉を聞き、彼女の意図を理解した瞬間、ぼくの中に興奮が駆けめぐった。

「もちろん。もちろんだよ」

「じゃあ、わたしを描いて」

切実なまなざしでアリスはそういうと、ふわっと頬を染めた。

「でも、だれにも見せないで。どうか、あなただけのものに……して」

「わかった。約束する」

心の底から込み上げる想いを声にして、ぼくはアリスの瞳を見つめながら答えた。

「ぼくのものだ。アリス」

アリスは小さくうなずいた。彼女の美しい顔を縁取る長い黒髪がさらりとゆれた。

ふとぼくは、彼女との近さを意識した。

こんな間近で、吐息が触れそうなこんな距離で、彼女の黒い瞳と、長いまつげが影を落とす白い肌と、つややかな紅《あか》い唇を見ている。

ぼくのものだ。アリス。

ぼくのものだ。ぼくのものだ。君はぼくのものだ——アリス。

声には出さず、ぼくは胸の中で何度も何度もくり返し叫んだ。

「許してくれるなら、色んな場所で君を描いてみたい」

「たとえば？」

「海のそばだけじゃなくて……そうだ、もし可能なら、ちょっと電車で出かけるとか」

「人のいない場所で、だれにも見られずに朝早く始発で出かけるなら……いい、かも」

「本当か!?」

思いがけない喜びでぼくはつい大きな声を上げてしまった。

「喜びすぎ、朗」

そういいつつもアリスも輝くように笑っていた。


父の借家に戻ってきたのは夕暮れだった。

夏の日没はとても遅いから、十八時を回ってもまだ足下は明るかった。

久しぶりにぼくの胸は温かかった。アリスの肌の感触が、アリスの輝く笑顔が、自分の目に、手のひらに、体中に残っている気がした。

幸福とはこういうものなのかと、思った。

明日は松山の図書館に行って、ネットで良さそうな場所を調べてこよう。たしか小海線《こうみせん》は、下りは川沿いに山へと入っていったはずだ。川にほど近い駅で降りて、川遊びをするのもいいかもしれない……。

ぼくの心ははずんでいた。きつい山道も浮かれる想いにまったく苦にならなかった。坂道を上りながら振り返ると、眼下に夕陽《ゆうひ》を受け止める瀬戸内海が広がっていた。夜に向かう海は夕焼けに染まり、ぼくの胸をさらに温かくしてくれた。

海沿いを走る小海線のレールを一両の電車が走ってきた。灯《あか》りのついた電車の窓が夕闇をついて遠くなる。それを追って視線を移すと、遠くにコンクリートの埠頭《ふとう》が見えた。

埠頭の先端に突き出る灯台も。

七海《ななみ》に聞いた〝港の幽霊〟という言葉がふっと思い起こされた。

アリスは幽霊じゃない。この手に触れて、その手を握った。ぼくを抱きしめてくれた、細くて優しいのに安心できる腕の感触もちゃんと覚えている。

でも——実体のなさは、幽霊と同じだ。

だめだ、とぼくは頭を振る。そして暮れていく海に背を向けた。

与えられるものだけで我慢しなければ。彼女の身に触れても、彼女が懸命に隠している秘密に触れようとしてはいけない。

けれど正直、禁止されれば知りたくなる。かたくなに拒む理由を突き止めたくなる。

知りたい。知ってはいけない。でも知りたい。だが知ってはいけない……。

煩悶《はんもん》しているうち、気づけば借家の前まで上り切っていた。

ぼくはポケットから鍵を取り出す。家の鍵と一緒に赤茶色に錆《さ》びた鍵が出てくる。

結局、この錆びた鍵がどこの鍵なのかわからないままだ。いや、開ける場所なんてないのかもしれない。父がどこからか拾ってきて戯れにここにあるだけかもしれない。

アリスの正体も、もしかしたら同じではないだろうか。

意味ありげだけど、実は幽霊でもなんでもなくて、ごく普通の少女だとか。

自分がそう思い込みたがっているのは気づいていた。彼女の秘密から目をそらそうと必死になっているだけなのだ。探るわけにはいかないのだから。

まだ明るさの残る外から玄関へ入ると、家の中は真っ暗だった。

薄暗い居間に入ると、部屋の片隅で留守電のランプがちかちかとまたたいていた。暗い中で天井へ向けて手を振り回し、指先に触れた電灯の紐《ひも》を引く。

『もう、やっぱり留守だし』

明るくなった居間で留守電の再生ボタンを押すと、麻衣《まい》の声が流れた。背後でざわめく物音が聞こえた。どうやら外からかけてきたようだ。

『いま東京駅。これから家に帰る。新幹線からお義母《かあ》さんに連絡して、教科書とか荷造りしておいてもらった。もう発送したって。明後日《あさって》には着くって』

「手回しいいなあ」

ぼくは留守電に向かって返事をした。

ひとしきり元気な声でしゃべりまくると、麻衣からのメッセージは終わった。留守電モードに戻そうとしたとき、コール音が鳴り響いた。

びくっとしてぼくは電話を見つめる。もしかして父の葛西《かさい》からだろうか。

「……もしもし」

『譲羽《ゆずりは》くん？　七海です』

おっかなびっくり応答したのに、相手は七海だった。

「ああ、七海さん。昨日はその、ごめん。義妹が迷惑かけて」

『迷惑なんてぜんぜん。メッセ来てたよ。東京着いたみたいだね』

早速連絡を取っているらしい。女子同士のコミュニケーションの早さには驚くばかりだ。

『電話したのはね。彰《あきら》叔父さん、このあいだ会ったでしょ』

「彰さん？　彰さんがなにか」

『なんかうるさいの。譲羽くんをご飯に呼べ呼べって。それでよかったら、来週の十三日の日曜日、叔父さんの家にご飯食べに来ない？』

七海の言葉に、ふっと以前に聞いた言葉を思い出した。

〝この町で、幽霊に会ったことがあるって……〟

父が会った幽霊。それが〝廃線の幽霊〟とは限らない。だが、もしかしたらそれは〝アリス〟となにか関係があるかもしれない。

『遠慮しないで。麻衣ちゃんからも、お兄ちゃんよろしくっていわれてるし』

「は？　麻衣が、ぼくのことをお兄ちゃんだって⁉」

『正確には、兄をよろしくお願いします。だけど』

「信じられない。あいつ人前でもぼくを〝兄〟なんていったことないよ」

『照れ屋さんなんだよ。ね、麻衣ちゃんの言葉もあるし、譲羽くんの健康のためにも。身内のあたしがいうのもなんだけど、叔母さんの料理すっごく美味《おい》しいし』

重ねていわれて、ぼくの心は承諾の方向へと傾く。

嫌々というわけではない。父がいっていたという話も、七海かあるいは彰さんに訊けばもっとくわしくわかるかもしれない、と考えたからだ。

「じゃあ、お言葉に甘えます」

『やった。ねえ、なにか食べたいものある？　こっちの郷土料理でもいいよ』

「いやそんな、ぜんぜん普通でいいんだけど……」

ふっとアリスの好物が思い浮かんだ。

「……カメノテ、とか」

『カメノテ？　えー、よく知ってるね。いいよ、用意しとく』

まさかあっさり承諾されるとは思わず、ぼくは内心たじろいだ。

「いや、ちょっといってみただけなんだ。わざわざ用意してもらわなくても」

『だいじょうぶ。全国レベルでは珍しいけど、この辺じゃ普通の食べ物だから』

時間が決まったら電話するねといって、七海からの通話は切れた。

「カメノテって、本当に食べ物なんだな？」

ぼくは受話器を置いて留守電モードに戻した。そしていまの電話で、自分が夕飯もまだというこことに気がついた。だが食べる気にはなれなかった。もっとも昨日の弁当も買い置きのカップ麺も、麻衣に食べ尽くされてしまったけれど。

「そうだ、書斎を荒らしたままだったっけ」

麻衣が乱入したせいで父の部屋は本が散乱している。それにプリンタにはまだ地図のデータが残っているはずだ。片付けついでにプリントアウトしよう。

父の部屋に入って電気をつける。

明るくなって、惨状がいやでも目に飛び込んできた。

「傷んでないといいけどな」

本好きなぼくは、開いて積み重なって落ちた本に心苦しさを覚えつつ、できるだけ丁寧に埃《ほこり》を払い、折れたページを伸ばして本棚に戻していった。

ふと、片付ける手が止まった。

散らばった本の中にある一冊の布張りの本……いや、本ではない。アルバムだ。

無理に奥に押し込んであったのだろうか、角がつぶれている。古いせいかあるいは何度もめくったためか、カバーの布の端がすり切れていた。

強い好奇心が湧き上がる。ここには父の過去が収められているはずだ。

ぼくはそっとアルバムをめくった。枚数は少ないが、ごく普通の写真ばかりだった。

産着の赤ん坊とスモックを着た幼稚園児とやんちゃそうな少年の、セピア色の白黒写真。ランドセルを背負った小学生や、坊主頭の中学生の色褪《あ》せたカラー写真。奈良の大仏を背景にした学生服の青年……広報紙で見た父の面影が、どの写真にも見え隠れしていた。

そういえば、とぼくは自分の写真を思い出す。

（赤ん坊のときと、母さんが再婚した十歳以降の写真以外、見た覚えがないな）

これまであまり疑問に思ってこなかった。再婚を機に整理したのかと考えていた。

だが、それだったら赤ん坊のときの写真はあるのもおかしい。それに教えてもらっていない額の傷がついただろう時期とも重なる。

なぜか胸の奥がもやもやとした。改めてもう一度母に尋ねてみようか。

父のアルバムはたちまち終わった。詰め襟の学生服以降の写真は、ほんの二、三枚。大学時代らしい青年と、旅先のフォトだろうか、すこしくたびれた服装の成人男性の写真。

ぼくは拍子抜けした。あまりに呆気《あっけ》ないし、過去というほどの過去でもない。

結局、写真では父の過去も生い立ちも人となりもわからないのだ。ぼくはがっかりしつつ、アルバムを閉じて片付けに戻ろうとした。

「……?」

閉じた拍子にアルバムの不自然な厚みに気づく。ページの一部分が変にふくらんでいる。調べると一ページだけ袋状になっていて、そこになにかが挟まっているようだ。

好奇心に背を押されるまま、ぼくは慎重にその箇所を開いた。

のぞき込むと二枚の写真が入っている。ぼくはそっとそれを取り出した。アルバムに挟んであるより劣化がひどく、端々がぼろぼろになっている。

電灯の下でそのうちの一枚に目を落とす。

とたん、ぼくは息を呑《の》んだ。

写っているのは二人。一人は詰め襟の父。髪が長いからきっと高校生くらいだろう。

もう一人は父の横でほほ笑むセーラー服の美しい少女。

ぼくは驚きとそして恐怖で、危うくアルバムを取り落としそうになった。

間違いなかった。見間違いようがなかった。

その少女は——アリスだった。

〈二〉


写真を持つ手が震えた。

まさか、という想いがぬぐえなかった。

色褪《あ》せた写真に写る二人。少年期を脱しつつある詰め襟で長身の男子学生と、長い黒髪でセーラー服の美しい少女。

彼らはほほ笑み、青空を背にして肩を寄せ合っている。

これはなにかの間違いだ。こんなに古くて、元の色が褪せている写真だ。一見とても似ているけれど、劣化の変質のせいかもしれないじゃないか。

けれどその必死の願いは写真を裏返したときに裏切られた。

そこにはかすれた筆跡でこう書かれていたのだ。

『一九八×年　七月二十日　アリスと、灯台前で』

がん、と後頭部を衝撃が見舞った。

〝アリスと〟――その名前は、たとえかすれていても見間違いようがなかった。

うそだ、とぼくは全身で叫んだ。

うそだ、うそだ、これはうそだ。アリスは今日の昼間会ったばかりだ。

年号の最後の数字はにじんで消えていたが、一九八〇年代なのは疑いようがない。そして八〇年代といえば三十年前だ。三十年も前の人間に今日会えるわけがない。

けれどその言葉がぼくの脳内にこびりついて離れない。そういえば父も、この町で幽霊に会ったことがあるといっていたらしい。

〝……廃線の幽霊〟

ぼくは写真を手に、ただ魂が抜けたみたいにつっ立っているしかできなかった。

でも勇気をふるって、写真を表に返した。

やはり少女はアリスに思えた。長い髪もまぶしげに細めたまなざしも、着ているセーラー服のデザインも、ぼくがいまの時代に見ているアリスとそっくりだった。経年劣化で色が薄くなってはっきりとしないリボンの色以外、同じだった。

アリスと同じ顔の少女。父らしき学生。二人の背後に広がるのは、雲の湧き上がる青い夏の空。足下はコンクリートで、わずかに見える水面からしてたぶん海辺。

ぼくは茫然《ぼうぜん》と首を振った。そのとき足下に落ちているもう一枚の写真に気づいた。

ぼくは身を屈《かが》めて拾い上げる。

その写真も先の写真同様古びていた。いや、もっとボロボロに傷んでいた。水の染みが残り、端は焦げて茶色くなり、色の褪せ方もずっとひどい。

でも被写体は判別できた。男の子と女の子だ。

まだ小学生になったかならないかくらいの年齢の子どもたち。男の子はいかにも元気そうで、白い歯をむき出しにユーモラスで快活な笑顔を見せている。

女の子は小さくて愛らしかった。肩をすぎる長い黒髪で、恥ずかしそうな笑みを浮かべていた。引っ込み思案な性格がその笑みに表れている。

ぼくは男女の学生の写真と、幼子の写真を並べて見比べた。

女の子は美しい面差しがよく似ていた。

一人の少女の成長前と成長後だと納得できた。

男の子のほうは表情が違いすぎてわからない。だが無邪気に快活に笑う子どもの延長線上に、人懐っこい笑みを見せる男子学生があるのはごく自然だった。

幼子の写真を裏返すと、やはり文字が書かれているが、水ににじんでごく一部だけしか読みとれない。

ぼくは弱い灯りの下で目を凝らす。

〝……とアリ……灯台……〟

一部分だけだがアリスという名前だろう。場所はまたしても灯台。

子ども二人が立つ足下もやはりコンクリートだった。背後にかいま見える青い色から、すぐ向こうは海だとわかったが、それ以上は劣化の激しさで推測できることがない。だがおそらく、二枚の写真は同じ場所で撮影されたものだ。

ということは、幼いときと成長したときの父と……アリスなのか。

ぼくは震える手で写真を元に戻した。アルバムを閉じ、本棚の上のほうへ入れると、床に散らばる本を無心で片付けた。本棚に目をやらず、なにも考えないようにした。

だが動悸は治まらなかった。体もいつまでも震えていた。

どういうことだ。どういうことだろう。いったい、あれはどういうことなんだろう。

アリス。アリス。アリス。一九八〇年代に生きるアリス。現代に生きるアリス。

父と並んでほほ笑むアリス。ぼくの前でほほ笑むアリス。

君はだれなんだ？　ぼくが見て触れてきた君は現実なのか？

わからなかった。なにひとつ、たしかにわかることはなかった。

ただひとつ確実なのは、このことを本人に確認してはいけないということだ。

あれほど自分の正体を探られ、知られるのを拒んでいるんだ。ぼくのそばにいたい、すべてを分かち合いたいと願いながらも。もしもぼくが正体につながる一端をつかんだと知られたら、間違いなく彼女は、ぼくの前から去ってしまうはずだ。

昨日の時点でこの写真を知ったなら、ぼくは彼女を問いつめたかもしれない。

けれど、ずっと隠していた苦悩を打ち明け、それを彼女が許して受け入れてくれた今日となっては、そんなことはとてもできなかった。

アリスなしでは、ぼくはこの世界に立つより所を見失ってしまう――。

いつしかぼくはその場に座り込んでいた。遠くからの電話の呼び出し音で我に返り、ふらつく足で立ち上がって、書斎の電気もそのままに居間へ向かった。

『……ただいま留守に……』

「もしもし」

留守電の伝言を途中で奪い取るように受話器を取った。

『よかった。出ないかと思ったわ』

母だった。混乱が残るぼくに比べ、母の声は明らかにくつろいでいた。

『麻衣は無事に帰宅したわ。食事をさせてお風呂に入れたところ。そちらで入れなかったって散々さわがしく文句をまくしたてていたわよ』

「昨夜は……麻衣はすぐ寝たから」

返答がぎこちないのは自分でもわかっていた。しかし母は麻衣が無事に戻ったこととと、ぼくがちゃんと電話に出たことに安心してか、気づかない様子だった。

『食事の最中、麻衣からあなたの様子を聞いたわ。案の定、ちゃんと食べていないみたいね。栄養バランスを考えての食事は無理でも、お願いだから普通の食事は……』

「母さん、訊きたいことがあるんだ」

くだくだしいお小言をさえぎってぼくは尋ねた。

『なに、いったい。まだこちらの話があるんだけれど』

「答えにくいことだと思う。でも知りたいんだ。昨日、父……葛西さんには、ほかに好きな人がいたっていってたよね？」

『いったわ。それがどうかしたの』

母の声はあからさまに硬くなったが、ぼくは押し切って尋ねた。

「その人はどうなったんだ。葛西さんは母さんと結婚しなかったけど、その人とも結婚しなかったんだよね。いま独り身だし、結婚してた感じもないし」

『亡くなったわ』

「――え？」

『亡くなったと聞いているわ。まだ十代のころに』

ぼくは驚愕《きょうがく》した。母の返事は完全にぼくの意表をついていた。

亡くなった？　十代のころに？　ではあの写真の時期か。セーラー服を着て父と並んだあの時期なのか。じゃあ、あのアリスは？　ぼくが会っているアリスはだれなんだ？

まさか本当に……本当に彼女が〝廃線の幽霊〟だとでもいうのか？

『将来の約束をしていたんですって。学生のうちに』

力ない母の声には、どこか嘲笑か非難めいたものがあった。

『許される関係じゃなかったとか。だからいっそう、あの人は忘れられなかったんでしょう。ただでさえ、亡くなった人に勝てるはずがないのに』

「どうしてその、彼女は……亡くなったんだ」

『さあ。一度だけ、自分のせいだと話していたわ。あなた、なぜそんなことを訊くの？』

「ただ、その、気になっただけなんだ。ぼくが」

上手《うま》く答えられず、ぼくは狼狽《ろうばい》と混乱を無理やりにごまかした。

「ぼくがいても、葛西さんは母さんと一緒にはならなかったから」

『……母さんが変なことをいったからね』

「いいんだ。こっちこそ変なことを訊いた。そうだ、母さん」

『なあに。葛西さんの昔のことなら、わたしはもうあまり知らないけれど』

「ちがうよ。ぼくの過去のことだ」

『あなたの過去？』

先ほどの衝撃からぼくは目をそらそうと、べつの問いを口にした。

そうすれば、いま聞いた話がなかったことになるとでもいうように。

「この額の傷はいつついたんだ。何回か訊いたけど教えてもらえなかったよね。それに子どものころの写真をあまり見たことがないのは、なぜ？」

『それは……家のアルバムに貼ってあるでしょう』

「赤ん坊のときと三、四歳くらいのと、あとは再婚してからのものばかりだ。ちょうどぽっかり小学校に上がる前が空いてる。だから、ぼくの傷はその時期にできたんだよね？」

『……』

「これまで何度尋ねてもはぐらかされた。どうして？」

沈黙がつづいた。それから母は深い息をついた。

『そのころ、わたしは体を弱くして入院していたのよ。それであなたをよそに預けて、そのときにあなたは怪我《けが》をしてしまったの。あとでとても後悔したわ。いまでもね。それ以外どうしようもなかったとしても、あなたを手放してしまったことを』

「初耳だよ。どうしていままで話してくれなかったんだ」

母は答えなかった。ぼくはさらに質問を重ねた。

「どうして怪我をしたんだ。ここまで残るくらいならきっとひどい怪我だったはずだ」

『わたしは……わたしはよく知らないの。本当に』

取り乱した声で母は答えた。

『すべてを知ったのはぜんぶ終わったあと。自分の手術が終わって、生活を整えて、それからあなたを引き取りにいって、そこでようやく知ったの。とても謝罪されたわ、預け先の人に。できるかぎりの償いもされた』

「……だれにぼくを預けたんだ」

ある予想を持ってぼくは訊いた。けれど母は無言だった。

『お義母さん、朗と電話？』

『ああ、麻衣。そうよ』

　遠くからかすかに麻衣の声が聞こえた。風呂から出たらしい。救われたような声で母は麻衣に答えると、声をひそめてぼくにいった。

『この話はしたくないわ。間違ってお義父《とう》さんの耳に入れたくないの。またかけるから』

「だけど母さん」

『あなたも三日に一度は電話をちょうだいね。こちらに戻るまでまだ時間があるし、一人でじっくり考えて、あなたの中の悩みにちゃんと折り合いをつけなさい。それじゃ』

　ぼくの返事を待たずに通話は切れた。

　しばし受話器を見つめたあと、ぼくはそれを戻した。

　亡くなった。父が好きだった人は亡くなっていた。

　だから父はその人と一緒にはならず、ただ連綿と想いつづけるだけで終わって、母ともだれとも結婚しなかったのか。

　じゃあ、ぼくの知る〝アリス〟はだれなんだ？

　あの古い写真の少女とそっくりな少女。死んだはずの少女。

　目眩《めまい》がしてぼくはその場に腰を落とした。とても立っていられなかった。なにも考えられず、ぼんやりと目の前の壁を見つめる。

　ふっと、先ほど父の部屋で見た幼子二人の写真がよぎった。

無邪気に快活に、子どもらしく笑う少年と、恥ずかしげにほほ笑む少女。

次いで、自宅のアルバムにある小学生のときの自分の写真を思い起こす。レンズから隠れるように母の陰に隠れ、ぼくはうつむいていた。写真が嫌いでいつも逃げ回っていたから、まともに写っているのはあまり残っていない。

明るく笑う幼い父と、うつむくぼく。血がつながっているはずなのにまったくちがう。でもアリスは同じだった。幼いときも、成長してセーラー服を着ているときも、恥ずかしげなほほ笑みは変わらなかった。

「……アリス」

ぼくは小さく彼女の名前をつぶやいた。

明日から、どんな顔で彼女に会えばいいのだろう?


翌日から三日ほど、ぼくは待ち合わせに決めた廃屋には行かなかった。

松山に行って、書店で観光用ガイドブックを買い、図書館のPCで検索し、ハイキングや水遊びや、いわゆるお出かけスポットをリストアップして検討した。

アリスと遊びに行く場所を探すという名目で、ぼくは逃避していたのだ。

考えなければならないことから。アリスに会うことから。

けれど四日後の昼前、ぼくは家を出て自然と廃屋へと向かっていた。

そんなつもりはまったくなかったし、いまだ胸のうちも頭も混乱していたのに。

廃屋にアリスはいなかった。でもその中はずいぶん様変わりしていた。

雑然としていた部屋が、きちんと片付けられていたのだ。

床は綺麗《きれい》に掃かれていた。前の住民が置いていったのか、使い込まれてぼさぼさになった箒《ほうき》が壁に立てかけられていた。散らかっていた本なども、家のどこからか探してきたのか、段ボール箱やがたついたボックスにしまわれて並べられていた。

片付けだけではなかった。

アリスは、ぼくが置いておいた様々な色のついたメモ帳を使い、星の形に折って壁に貼って、飾り立てていた。カラフルなサインペンで、壁に動物や食べ物などのモチーフの可愛《かわい》いイラストも描かれていた。そのイラストがシンプルながら味があって巧《うま》くて、ぼくはアリスの隠された特技にちょっと舌を巻いた。

ぼくは廃屋の部屋の真ん中に立って見回した。

打ち捨てられて荒れ果てた家が、明るく居心地よくなっていた。

アリスにもっと色々な道具を渡してみたかった。たくさんの折り紙、クレヨン、絵の具、便利な文房具……彼女の手から、どんな創造があふれ出るだろう。

そう思いながらも、アリスがいまここにいないのを安堵《あんど》している自分がいた。

あの写真のことをどう処理したらいいだろう。追及するのか、そっとしておくのか。

見ないふりでいいじゃないか。きっとあれは他人の空似とかいうやつだ。

このままなにも知らないふりで過ごせばいい。圭と芙美先輩がすれちがって、心も距離も離れていくのに心を痛めても、目をそらして介入しなければよかったのと同じように。

後悔がよみがえってぼくの胸を深く刺した。どこまでも落ち込んで行きそうなその考えから目をそらし、ぼくはコルクボードに目をやった。

前に見たときよりメモが増えていた。もちろんアリスの分だ。

『星と鳥を飾ってみた。でもなにか足りないの』

いつもの書き殴ったような字ではなく、四角張って丁寧な文字だった。

『あなたが、ここになにか描き加えてくれたら嬉《うれ》しい』

アリスがいう足りないものを、ぼくはとっさに思いつかなかった。

アリスを喜ばせる。どうやって？　彼女の好きなものは、アイスクリームと……〝カメノテ〟なんて謎の食べ物しか知らないのに。

彼女を喜ばせたかった。彼女の笑顔を見たかった。ぼくを抱きしめ、なぐさめて、ぼくの重荷を分かち合い、そしてぼくの存在を許してくれた彼女を幸せにしたかった。

だけどそれ以上に不審の想いがぼくを支配していた。

謎の写真。父と並ぶセーラー服の少女。三十年も前と変わらぬ姿。

アリス。君はだれだ。何者なんだ。君は父が恋した少女なのか。

ぼくは父と同じ相手を恋い慕うようになってしまったのか……？

見つからない問いの答えをぐるぐると考えていたぼくの目に、次のメモが映った。

『……朗がいなくなっても』

はっとぼくは目を見開いた。そのメモの文字は、先をつづるのが怖いように小さく震えていた。でもおしまいまで書ききって、アイスクリームのピンで留められていた。

『わたしは一人でここに残る。次に会える日まで』

（――アリス）

『あなたとの日々を、ここに残したい』

ぼくは黙って、そのメモを見つめた。

胸が迫った。狂おしい想いが込み上げてきた。苦しくて苦しくて、ぼくはここにいない彼女を探し求めて飛び出して行きたかった。

たとえ彼女が本当は何者であろうと、〝アリス〟という人物であろうとなかろうと、ここに書かれたけなげな想いは本物だ。渇くように彼女を求めるぼくの想いも。

いま一番優先するのは、ぼくらのその想いのはずだ。

ぼくは必死になって、自分の中で渦巻く問いや混乱や疑惑を押し込めた。

まだこの町から去るまで時間がある。それまでにどうするか決めればいい。彼女の正体も、やがて来る別れも、いまは考えるべきじゃない。

肩にかけたザックを開いて、ぼくは荷物を取り出す。

スケッチの道具、ガイドブック、図書館で印刷した地図やコンビニでコピーしたガイドブックのお出かけスポットなど、など。ぼくはコルクボードにそのコピーを貼り付けようとした。彼女に行き先を提案するためだ。

でもアリスが描いたイラストと貼り付けられた星や鳥を見て、ふとぼくは思った。

一緒に、この廃屋を飾りたい。

アリスと一緒にクレヨンかペンか絵の具をつけた筆を執り、様々な絵を描いて、デコレーションして、この場所を豊かにしておきたい。

ぼくが去ったあと、この町に一人残るアリスに贈るために。

しばし壁の絵とコルクボードを見つめると、ぼくはスケッチブックを広げて画板に留めた。慎重に尖《とが》らせた何本もの鉛筆も取り出した。

壁にもたれ、ぼくはスケッチブックをひざに置く。

空白の紙に鉛筆を置く。目の前にいない彼女の姿を脳裏に思い描く。

久々のスケッチで、なおかつ慣れない人物画に、ぼくの線は恥ずかしくなるほどぎこちなかった。思うようにならない形にかんしゃくを起こして破りたくなった。

それでもぼくは描きつづけた。陽が翳《かげ》り、すり切れた畳にぼくの影が伸びていく。時間の経過にも気づかず、ぼくは一心不乱にスケッチに没頭した。

「――朗?」

はっとぼくは顔を上げた。

アリスだ。暮れていく空が、縁側に立つ彼女の背後にかいま見えた。

セーラー服を着た少女の姿に、ぼくの押し込めていた混乱がよみがえった。遠慮がちにのぞき込む姿が、あの古い写真と同じに見えたから。

「あれから来なかったから」

心配と安堵のにじむ表情でアリスはいった。

「もしかしたら、もう東京へ帰ってしまったんじゃないかと思った」

「君になにも残さず行かないよ」

ぼくはスケッチブックをかたわらに置いて立ち上がり、彼女に歩み寄る。

間近で見るアリスはいつもと同じだった。無心なまなざしでぼくを見上げていた。

夕陽の色を映すつややかな黒髪も、夏の陽を浴びているのに透き通るほどの白い肌も、紺色のセーラー服の襟も、きちんと折り目のついたスカートも、ぼくの知る彼女だった。

夏の風が、彼女の髪とスカートをふわりとすくって廃屋の中を吹き抜けていった。

「……ろ、朗?」

気づくとぼくは彼女を抱きしめていた。

「ごめん、ちょっとだけ」

そういって、ぼくはアリスを抱きしめる腕に力を込めた。

アリスはここに、この腕の中にいる。間違いなくぼくの腕が抱きしめている。痩せたぼくの腕でもすっぽりと抱きしめられる、細くてやわらかでしなやかな体。

彼女の存在を実感したかった。

どんな不安も疑念も、このたしかな存在感の前には偽物だと信じたかった。

だからぼくはしがみつくように彼女を抱きしめた。おずおずとアリスがぼくの腰に腕を回し、ささやくように尋ねてきた。

「朗、どうしたの。泣いてないのに泣いてるみたい」

「恥ずかしいな。でも……そのとおりかもしれない」

「だいじょうぶ。わたしがここにいる」

本当に？　本当に君はぼくの目の前にいるのか？

君が実体のある幽霊でないと、だれが証明してくれる？

抑え込んだはずの疑念が湧き上がる。

でもぼくはなにもいわなかった。なにかをいってすべてを壊してしまうのが怖かった。

ぼくはアリスを抱きしめたまま、アリスはぼくを抱きしめたまま、二人きりで打ち捨てられた家の中でずっと立ち尽くした。

夏の日が、ゆっくりと暮れていった。

第八章 過去の亡霊

廃線上のアリス

口に出せない問いの代わりに、ぼくはアリスをスケッチすることにした。

できるかぎり鮮明に描き込むのを意識して、彼女に頼んで描写させてもらった。

アリスは目の前でスケッチされるのを恥ずかしがったが、ぼくが廃屋を飾るのを提案すると、喜んであれこれと案を出してきた。ぼくがスケッチするあいだ、彼女はその案を実行することで、気にしないようにしていた。

アリスはぼくのぎこちなさに気づいていただろうか？

なにかを隠すそぶりをわかっていただろうか？

だが少なくとも、ぼくに直接それを問いただすことはなかった。

ぼくらはこの先を話し合うことも、お互いについて尋ねることも、今後の約束も、なにもしなかった。未来へのたしかな行動をなにひとつしなかった。

遊びに行く計画を語り、廃屋を飾り、ただ目の前の楽しいことだけに目を向けていた。


〈一〉


七月十三日、日曜日。彰《あきら》さんの家に招かれる日が来た。

その日はひどく暑かった。

十八時に園田商店前で七海《ななみ》と待ち合わせをしていたぼくは、約束の時刻よりすこし前に父の借家を出て、だらだらと長い坂を下り始めた。

土産袋を手に歩きながら、ぼくはぼんやりと廃屋の壁に描く題材について考える。

二人で絵の具を使ってちゃんとしたものを描こうという話は決まっていた。いまは壁を綺麗《きれい》に拭いて、下地を塗って、カンバスのように仕立てたところだ。

アリスがメモ用紙の星やイラストで飾ったコルクボード側の壁は、そのままだった。

あり合わせのデコレーションが恥ずかしいから消したいと、アリスは主張した。

でもぼくは却下した。ラフな線ながら遊び心のあるイラストが惜しかったからだ。アリスは渋ったが、結局はぼくがそこになにか描き加えることでそれを受け入れてくれた。

（なんだか自分の首を絞めた気がするな）

というわけで、ぼくはここしばらく悩んでいる。

それはそれでよけいなことを考えずに済む。アリスを前にするときはスケッチや遊びの計画の話で過ぎていくが、一人でいるとどうしても父の書斎を意識してしまうからだ。

だからぼくは、家にいるときはアリスのスケッチに没頭した。

実家から送られてきた教科書や参考書に目を通してもいた。休学している分の遅れはかなりのものだったから、ぼくは教科書を開くたびに憂鬱になっていた。

憂鬱といえば、よく知らない人の家に招かれるのも気が重かった。

どんな会話をしていいのかわからない。話せないことも話したくないことも山ほどある。予想される沈黙が、ぼくはいまから気詰まりで仕方がなかった。

だが彰さんは父の葛西《かさい》の友人だ。もしかしたら父の過去……父と〝アリス〟についての話が聞けるかもしれない。

気が進まないながらも、ぼくはいまだ真昼のように暑い路上を歩いていった。

「譲羽《ゆずりは》くん、譲羽くんったら」

呼ばれてはっと気づくと、ちょうど園田商店を通り過ぎようとするところだった。振り返ると店の前で、七海がおかしそうな顔でぼくを見ている。

「ごめん。考えごとしてたんだ」

あわてて後戻りするぼくに、七海がくすくすと笑った。

「うん、見るからにぼーっとしてたもん。なんかまた痩せてない？」

「食べてはいるよ」

「カップ麺とかレトルトじゃなくて？　炊飯器はあったっけ」

「埃《ほこり》かぶってる」

「やっぱりねー。叔母さん、張り切ってたよ。帰りにまたお弁当持たせるって」

取り留めのないことを話しながらぼくらは歩いた。

七海は話題が豊富で流れるような話しぶりだから、聞いているだけで楽だった。

十分くらい歩いただろうか。あんなに暑いと思ったのに、夕陽《ゆうひ》はすでに水平線へと斜めに落ちかかっている。ぼくらは港町の入り組んだ住宅路へ入っていった。

彰さんの家は建てたばかりらしく、その界隈《かいわい》でも一番新しかった。二階屋でこぢんまりとしていて、路地に面した玄関先のプランターにはこぼれるほど夏の花が咲き誇っていた。

「いらっしゃい。待ってたわよ、七海ちゃん。そちらが譲羽くんね」

お腹《なか》の大きい小柄で童顔の女性が出迎えてくれた。すぐ後ろから「おう」と彰さんの大柄な体も現れる。足下には、二、三歳くらいの男の子がくっついていた。

「パーパ、プール出して。お庭にプール出して」

男の子が彰さんの足に抱きついてせがんだ。

「昼間散々遊んだだろ、体がふやけるぞ。ほら、お客さんだからいい子にしろ」

「あなた、お座敷にお料理並べてくれた？」

「あれぜんぶ食わせる気か。作り過ぎなんだよなあ、うちの奥さんは」

「叔母さん、あたしが手伝うね」

「助かるわ、七海ちゃん。譲羽くん、どうぞ上がって。狭いけど」

アットホームな空気に呑《の》まれ、おたおたしているうちにぼくは客間の座敷へ通された。家の中はどこもかしこも磨いたばかりのようにぴかぴかで、埃ひとつなかった。

「叔母さん家《ち》って、いつ来ても綺麗だね」

「でもねえ、七海ちゃん。彰さんが帰ってきたらたちまち汚れちゃって……」

七海と女性はにぎやかにおしゃべりしながら奥へ入っていく。

男の子を抱っこしている彰さんに、ぼくは持ってきた袋を差し出した。

「今日はありがとうございます。あの、これを」

「おお、一六タルト。わざわざ松山まで行って買ってきてくれたのか？」

「買い物があったんで、ついでに……地元の人に地元のお菓子で申し訳ないですけど」

「いや、けっこう地元の人間って食わないいんだよ。ありがとな。おっと、座って座って」

「ええ、譲羽くんが手土産？」

座卓の前に腰を下ろしたとき、七海がお盆を持って現れた。

「そんな気が利くなんて、ちょっと意外。あ、ごめんね」

「いや、実は麻衣《まい》から電話があったんだ。ちゃんと持っていけってうるさくいわれて」

相変わらず辛辣な口調で、麻衣はぼくにまくし立てた。

どうせ手ぶらで行こうとしてたんでしょ。わかってるんだから。「朗《ろう》」って入力して変換すると「気が利かない」って出るよね。こっちからもお義母《かあ》さんがなんか送るっていってるけど、朗も持っていってよ。松山にデパートあったじゃん、あそこで……。

ぼくはぐったりして受話器を置いた。もっともその電話をもらわなかったら、本当になにもなしで行くつもりだったから、反論などできるわけがなかったが。

「やっぱり？　連絡しておいたんだ。麻衣さんね、すっごい心配してるんだよ」

七海はてきぱきと取り皿や箸を並べながらいった。

「家にいるときだってほとんど食べないのに、一人暮らしなんて餓死するのも同じじゃない！　って。だからご迷惑かけて申し訳ないけど、ちゃんと食べさせてやってくださいって」

「あいつ……もうすこしやわらかくいってくれれば、ぼくも聞く気になるんだけど」

「そこが照れ屋さんの証拠でしょ。だってまだ中学生だもん。可愛《かわい》いよね。あっ、彰叔父さん、もう料理並べるんだからそこでバタバタ遊ばないでよ」

子どもを抱えて飛行機ごっこをしていた彰さんに注意して、七海はまた座敷を出て行った。

彰さんは叱られたいたずらっ子のように舌を出す。

「高校生も中学生も大差ないだろ。ま、譲羽くんの前でいいとこ見せたいってか」

「はは……あの、そうだ」

曖昧な笑いでごまかすと、ぼくは慎重に口を開いた。

「彰さんに訊《き》きたいことがあるんです。あとでお時間いただけませんか」

「内緒でか」

「あまり人に聞かれたくはないです」

「了解」

お皿で遊ぼうとする男の子を抱き留めて、彰さんは心得顔でうなずいた。

夕食というより、ほとんど宴会のような食事が終わった。

美しく盛った新鮮な刺身に、瑞々《みずみず》しい野菜いっぱいのサラダ、唐揚げや串焼き、カナッペ的なおつまみなど定番以外に、じゃこ天、つみれ汁、煮つけた鯛《たい》を丸ごと載せた鯛そうめん、鯛《たい》飯《めし》などの郷土料理も、後から後から終わりなく出てきた。

リクエストした「カメノテ」も出てきた。

大鉢に、本当に小さな亀の手に似た謎の物体がいっぱいに盛られていた。酒蒸しにしてあるらしい。

かなり見た目がグロテスクで、正直ぼくは恐れおののいた。

「あの……これ……真剣に……亀の手を切ったやつ？」

「あはは！　ちがうよ、岩場に密集して生息してるの。甲殻類なんだって」

七海が笑いながら一個取って食べ方を教えてくれた。

「爪みたいな部分は食べなくて、その下の袋みたいになってるところを剥《む》いて、中の身っていうのかな、蟹《かに》でいう足の肉部分を食べるんだ」

「え？　こうか？」

「やってあげる。気をつけて剥かないと茹《ゆ》で汁が飛ぶ……きゃあっ」

などというお約束をやって七海は自分に汁を飛ばし、その場は大笑いになった。

カメノテは異星生物的な外見に似合わず、磯《いそ》の味が濃くて旨味《うまみ》があって美味《おい》しかった。でも食の細いぼくは早々にギブアップ。結局半分以上を残してしまった。

余ったご馳走《ちそう》を詰めた重箱を手に、ぼくは彰さんの家を辞した。彰さんが、七海を送るついでに送ってくれることになった。

先に七海を自宅まで送っていった。

これが噂《うわさ》の譲羽くんかと家族にさわがれて真っ赤になってあわてる七海をあとに、ぼくは彰さんと二人きりで借家への帰途についた。

「今日はありがとうございました、彰さん」

「いやあ、うちの奥さんの食事、量が多くてびっくりしただろ」

「ええ……あ、でもすごく美味しかったです」

「ははは、そりゃありがとう。で」

幹線道路を照らす街灯の下で、彰さんはぼくに目を向けた。

「訊きたいことって、葛西さんのことか」

ぼくはただうなずいた。彰さんは肩をすくめ、それから路肩の自販機に歩み寄った。

「缶ビールがほしいとこだが、まあコーラでいいか。なに飲む？」

「あ……ブラックコーヒーで」

がしゃんがしゃん、と缶が落ちる音が闇に響き、ほいと缶コーヒーが投げられた。

路肩に小さな公園があった。大木の幹をぐるりと囲む円形のベンチに向けて、彰さんがあごをしゃくる。ぼくはベンチに腰を下ろしたが、彰さんは立ったままだった。

「悪いけど七海から聞いたよ。君は葛西……藤治《とうじ》さんの息子なんだってな」

プシュ、という音を立てて、彰さんはコーラの缶を開けた。父の呼び名が変わったのにぼくは気づいた。きっと名前のほうが呼び慣れているんだろう。

「でも一度だって一緒に暮らしたことはありません。覚えているかぎりでは」

「だから、藤治さんがどんな人間か知りたいってことか」

「そうですね……彰さんは、父とどんな関係なんですか」

「高校時代の先輩後輩」

好都合だった。ぼくはぎゅっと缶コーヒーを握りしめた。

「書斎の棚に挟まってた、父のアルバムを見たんです」

ぼくは自分が知るかぎりのことを話した。

父には学生時代、好きだった人がいたこと。でもその人は亡くなったらしいこと。

アルバムに隠してあった父と〝アリス〟の写真を見つけたこと……。

「〝アリス〟はどういう人だったんですか。なぜ亡くなったんですか」

「藤治さんじゃなくて、〝アリス〟について知りたいのか？」

彰さんの指摘は、ぼくの後ろめたさをかき立てた。

自分の正体を知られたくないアリス。だけどぼくは彼女の素性を探ろうとしている。

「彼女がいたから、ぼくという子どもがいても父は家族を作らなかったんだって気がするんです。そこまで想《おも》うほどの相手だったのか、あるいは……」

ぼくはいったん、言葉を区切った。

「父のせいで、〝アリス〟が亡くなったからなのか」

彰さんの返事はなかった。コーラを飲む気配もなかった。幹線道路を車が走り抜けていった。アスファルトを削るきしむようなタイヤの音が響いて、辺りはまた静かになった。

「もう、とっくに昔のことじゃねえの」

彰さんが深々と吐息していった。突き放すようないい方でもあった。

ふいに憤りのような強い感情がぼくの奥底から込み上げてきた。

「あなたや父にとっては過去でも、ぼくにとっては〝いま〟です」

「……けどなあ」

「認知されたし、養育費ももらっていました。だけどずっと存在を無視されてきました。連絡もなし、年賀状の一枚、メールの一通だって寄越《よこ》してこなかった。たしかにぼくが悩んでいるときここに呼び寄せてはくれました。でも着いてみれば仕事でずっと留守。ぼくがここにいるのはわかっているはずなのに電話の一本も入れてこない。いままでと同じ放置です」

ぐっと、ぼくは力のかぎり缶を握りしめた。

「父にとってぼくはなんなんでしょうね。勝手に生まれた犬か猫の子だとでも思っているんですかね。いや、ペットならまだ飼い主が繁殖の管理をしますよ。だけどぼくは父が母とのあいだに作った子です。父自身がそれを選択したんじゃないですか」

ぼくの憤りは語りによって、知らず知らず高まっていった。

両手のあいだに缶を握り込み、ぼくは怒気のこもった声を暗い地面に吐き捨てた。

「そんなに〝アリス〟が大事だったなら、ずっと一人で生きていけばよかったんですよ。いくら母さんのほうが父を好きだったからって、結局独り身を選ぶなら、最後まで貫けばよかったんです。ぼくという結果を放置して、好きだった〝アリス〟まで裏切って、そんなの、そんなの無責任にも程がある。ただの動物だ。動物以下じゃないか！」

「譲羽くん」

「ずっとぼくを無視して放置したままで、あいつは……あいつはぼくをなんだと思ってるんだ。気づいたら勝手にそこにあった物じゃないんだ。あいつが生み出した結果で、血縁で、息子じゃないか。自分の行為の結果と向き合わず、こっちの言葉も言い分もなにも聞こうともしないで逃げつづけるなんて無責任すぎるだろ。どこまでぼくをないがしろにしたら気が済むんだよ、金だけ払ったらそれでいいのかよ、ふざけるな！　ほんとふざけるなよ！」

圭《けい》の面影がよぎった。二度と弁解もいいわけも、抗議もできない友人。

印刷の写真でしか知らない、父の顔もよぎった。

そしてアリスのいまにも泣きそうな顔が、目の前に浮かんだ。

〝お願い、わたしを知らないままでいて……〟

アリス。本当にそれでいいのか。ぼくも本当にそれでいいと思っているのか。

お互いの気持ちを見ないふりをして、ただの綺麗なだけの思い出にして、それで離れ離れになってそれでいいのか。そんな綺麗《きれい》事な想いなのか——。

「やっぱ酒が要るよなあ」

彰さんの声に、はっとぼくは現実に引き戻された。

「未成年に飲ますわけにゃいかんけどさ」

公園の弱い灯《あか》りの下で、彰さんはがっしりした腕を組んで笑っている。

ぼくは急に恥ずかしくなった。まだ二度しか会っていない相手に、自制が利かなくなって、自分の内面をぶちまけるような真似《まね》をするなんて。

ぼくは顔をそむけた。汗をぬぐうふりで目頭ににじんでいた涙をぬぐった。

「すみ……ません。彰さんに腹が立ってるわけじゃないんです」

「わかってるって。おれの答えがまずかったわ」

どさりと彰さんはぼくの隣に腰をかけた。そうしてコーラをぐび、と一口飲んだ。

しばし間があった。ぼくはすっかり温《ぬる》くなった缶コーヒーを黙って握りしめていた。

「板子一枚下は地獄、っていうんだよな。漁師はさ」

「え……」

「板子ってな船底のこと。足下は深くて凶暴な海、波まかせの風まかせ、命がけの生業だっていういい回しだよ。まあ実際、そのとおりなんだけどな。どんだけ時代が進んで文明が進んだって、おれらみたいな自然相手の家業は危険と板一枚しか隔てちゃいない」

どうして彰さんがそんなことをいったのかわからなかった。

でもぼくは口を挟まず、口をつぐんで先を待った。

「〝アリス〟は、なんかそういう女子だったぜ」

予想だにしない言葉が聞こえた。ぼくはつい口を挟んでしまった。

「どういうことですか。まさか、そんな危ない人だったとか」

「まあ、ある意味危ないタイプだった」

ぼくはとっさに信じられなかった。父との写真に写っていたのは、恥ずかしそうな笑みを見せる、いかにも引っ込み思案そうな少女だったからだ。

「不安定……いや、行動が読めないっていったほうが正しいか。とても綺麗でだれもが目を奪われる。頭もよくて成績もいい。でも考えてることがわからなくて、いつなにをするか、もしくはある日ふっといなくなるんじゃないかって気にさせられる感じだったな。口数は多くないけど大人しいわけでもなくて、感情を溜《た》めているような雰囲気もあった」

飲み干したコーラの缶を手の中でくるりと回し、彰さんは小さく息をついた。

「おれは中学のとき、どうしようもなくグレてた。毎日喧嘩《けんか》三昧だった。松山の道後温泉街で観光客の酔っぱらいたちといさかいになって、多勢に無勢でぶちのめされた。裏道でつぶれてるとこを、バイト中の藤治さんに助けてもらったんだよ」

「そのときの父は……中学生ですか。なのにバイトを？」

「いや、高一。母子家庭でとにかく金がなかったんだっていってた」

皮肉な話だった。父子二代とも父親不在の家庭だったなんて。

「それで交友ができて、しばらくしてから、彼女だって〝アリス〟を紹介されたんだ」

〝アリス〟の名にぼくはいっそう身を入れて聞き入った。

「彼女はいいとこのお嬢さんだった。体が弱くて、転地療養みたいな形で松山の公立高校に転入してたらしい。おれはけっこう勉強して、藤治さんやアリスと同じ高校に入ったけど、毎日送り迎えの車が校門に横付けされてるのを見たわ」

「そういう人と父が付き合ったなんて、不思議ですね」

「境遇から考えたらいかにも不釣り合いだしな。でもアリスから告白したそうだぞ」

「……アリスから」

「藤治さんは面倒見よくて人懐っこくて、人好きのする感じで、でもなんつうか危ないような不思議な魅力があって、女からしたら放っておけない雰囲気があったからなあ」

「七海さんも似たようなことといってました」

「だろ。四十過ぎてるのにいまだおばちゃん連中から人気があるんだ。若いときならなおさらだったぜ。よそものにさらわれたって女子たちがさわいでたわ。ま、そんなわけで交際は順調とはいいがたかったみたいでな」

「それは、暮らしが違いすぎたからですか」

「ああ。仲間受けはいいけどバイト三昧で留年すれすれの問題児と、同じ高校とはいえ送り迎えが当たり前のお嬢様だ。もっともアリスはそういう自分の境遇に腹を立ててたな。思うようにならない体にも。だからよけい、藤治さんとの交際にのめり込んでった気がするわ。それでも藤治さんのほうは、どれだけアリスが好きでも分別はつけてたんだが」

彰さんはためらうように口をつぐみ、また話し出した。

「それなのにああいう無茶な行動を取ったのは、卒業を前にして藤治さんのおふくろさんが亡くなったせいもあるんだろうな」

「無茶……って、どんな」

「駆け落ち」

聞き慣れない単語が彰さんの口から飛び出した。

「駆け落ち……？　古風ですね。というか、あの人はよくよく逃げるのが好きなんだな」

「いやあ、あれはたぶんアリスから迫ったんだぜ。冬休み前からアリスは東京へ戻るために学校へ来なくなってた。だから藤治さんと離れ離れになるって焦ってたらしい。それに」

意味ありげな目線を彰さんはぼくに向けた。

「いっただろ、アリスは考えてることも、どう行動するかも、傍《はた》から読み取れないタイプなんだって。藤治さんは、彼女のそういうところにすごく惹《ひ》かれてたみたいだが」

彰さんはずっと手の中で空き缶をひねくり回していた。話を進めるのを迷うように。

「藤治さんに打ち明けられたとき、おれは止めたんだ。無茶だって。たとえ無事に逃げられても未成年でどうやって暮らしていくんだって。でもあの人は聞かなかった。母が死んで、もうアリス以外に守る相手もいない、捨てて惜しい生活もないからってさ。まったく」

舌打ちにも近い口調だった。彰さんが忌々しく思っていたのは間違いなかった。

それは父に対してか、あるいは引き留められなかった自分に対してか。

「……父は、自分のせいでアリスが亡くなったたっていってたらしいですけど」

ふとぼくは思いついたことを口にした。

「もしかして、逃げる過程で」

「過程じゃあない……逃げる前だったんだよ」

「どういうことです」

ぼくが目を向けると、彰さんは遠い目で道路を見つめながら答えた。

「あの二人は、いつも廃港——当時はまだ廃港じゃなかったが、そこの灯台を待ち合わせ場所にして逢《あ》っていた。藤治さんがどこからか、灯台の鍵のスペアを手に入れてきてな」

　――〝鍵〟。

　はっと思い当たることがあったが、ぼくは呑み込んだ。

「駆け落ちの待ち合わせもそこだったんだ。だけど、その日は……」

　沈鬱な表情で彰さんはうつむいた。

「記録的な台風が四国に上陸した年だった。いまも覚えてる。おれは……灯台に向かう前の藤治さんと会って、止めたんだ。こんな嵐じゃアリスがいるわけがない。第一、家から出してもらえるはずがないって。そのころはいまみたいに携帯とかなかったからな。藤治さんはおれを振り切って行こうとしたけど、港につづく道は通行止めになってて、結局あきらめた」

「……それなのに、アリスは行っていたと？」

「そのとおり」

　重い沈黙が生まれた。

　彰さんはすぐに口を開いたが、その声もやはり重かった。

「その日以降、アリスと連絡が取れなくなった。しばらくして身元不明の女性の溺死体が、離れた海辺で見つかったってニュースが聞こえてきたよ。藤治さんはアリスの家族が暮らしてた家に行ったけど、とっくにだれも住んでいなかったらしい。そこを管理していた不動産屋を訪ねたら、その家で亡くなった人が出たから、売りに出されたって聞かされたそうだ」

　彰さんは空になったコーラ缶をべきょりと握りつぶすと、長い息を吐いた。

「藤治さんはほとんど死人みたいに残りの高校生活を過ごしたあと、ふらっといなくなった。親しかったおれにもなにもいわずにな。そうしてずっと音沙汰なしにいて、またふらっとこの町に戻ってきた。ボロいアパートに何年も住んで、ほかの住民のタバコの不始末で焼け出されてからはもっとボロい借家に移り住んで、そして世捨て人みたいな生活をしてる」

ぼくは父が住む朽ち果てそうな古い家を思い浮かべた。

必要最低限の暮らし。空っぽの冷蔵庫。書斎以外は、なにもない家の中。

「……知っています」

「たいがいの人間は、一時は夢に逃避しても、結局は現実に暮らしてる。だけど風か幽霊みたいな夢や幻を追いかけて行っちまう人もいる。藤治さんはそういう人だ」

ぼくは哀《かな》しみに胸が苦しくなる。

父を愛した母も、この世でただ一人血のつながった息子のぼくも、風のような幻――父が愛した〝アリス〟には勝てないのだ。

「現に、あの人はいまだ追いかけてるんだよ。以前にもこんなことといってたしな」

しかし彰さんの次の言葉に、ぼくの悲哀は一気に消し飛んだ。

「〝アリス〟の幽霊に会った。だから昔みたいに、灯台に伝言を隠したんだ……ってさ」

七月は飛ぶように過ぎた。

アリスと手がけている廃屋の壁の絵は、だいぶ完成に近づいていた。

だけど、もう一方の壁のぼくが描き加えるはずの部分はいまだ手つかずだった。


〈二〉


七月の二十五日。早朝五時半。

上小湊《かみこみなと》駅で、ぼくは始発の電車と、そしてアリスを待っていた。

今日はアリスとの約束の日だ。

ここに来て初めて、電車に乗って松山以外へ、アリスと二人で出かけるのだ。

彰さんの家に招かれてから早くも二週間近く経《た》っていた。世間は夏休みに入ろうとしていた。真夏の真っ盛りで、空はよく晴れていた。

早朝の涼しい空気とくっきりした陽の光で、なんの変哲もないコンクリートのホームまで美しく見えた。駅から見える瀬戸内海も格別に青かった。極上の海がすぐ目の前にあった。

「朗」

振り返ると、セーラー服のアリスが小さな駅舎を通り抜けて朝陽の下に歩んできた。

夏の陽を浴びる彼女は綺麗だった。嬉《うれ》しさのあまりに夢のようでぼくは声もなく見惚《みと》れる。アリスはちょっと息をはずませて、ぼくのもとへ駆け寄ってきた。

「間に合った？」

「だいじょうぶだよ、まだあと五分ある」

だれもいないホームでぼくらは並んで電車を待った。

やがて一両だけの電車がゴトゴトと単線のレールを鳴らしてやってきた。

開いたドアから乗り込むと、始発の電車の中にはだれもいなかった。ぼくは二人分の整理券を取り、アリスと一緒に海が見えるほうの長い横掛けの座席に座った。

電車がホームを離れ、いつも乗る松山方面とは逆方向へと走り出す。

青々と繁《しげ》る緑の木々を切り開いて、彼方《かなた》へ延びていくレールの上を電車が走る。ガタタン、ゴトトン、というリズミカルな振動がぼくらの体を揺らした。

「晴れてよかった」

アリスが瞳を輝かせていった。その表情が、まなざしが、まるで太陽を浴びたみたいに輝いて見えて、ぼくの胸も喜びにはずむ。

「川の近くに行くんだよね。この電車に乗ったままでいいの」

「途中で海を離れて山の中へ入るよ。三、四十分くらいかな」

アリスはうなずいた。席に置いたぼくの手に、彼女の手がそっと触れた。

遠慮がちな触れ方だったけれど、なにを求めているかがよくわかって、ぼくも手のひらを広げて彼女の手を包むように握った。

ぼくらは手をつなぎ、窓の外を流れていく真夏の青い海を眺めた。

ずっとこのままだったらいいのに。

だれもいないこの電車がどこにも着かず、ただこうやってアリスと二人、車窓越しに青い夏の海を眺めたまま永遠に運ばれていけばいいのに。

突き止めなければいけない真実からも、逃げたままで。

(だめだ。それは父の葛西と同じだ)

目の前の海の輝きがふいに色褪《あ》せた。ぼくはアリスの手を握り直す。

レールが海を離れていく。木々の合間に、海に突き出た埠頭《ふとう》と灯台がかいま見えた。はっと息を呑む一瞬のあいだに木立が目の前を覆い隠し、廃港はたちまち見えなくなった。

「朗、なにか見えたの」

アリスの尋ねる声に、ぼくは何気ない口調で答えた。

「港。灯台のある廃港が見えたんだ」

ぼくの手の中で、アリスの手がかすかに強張《こわば》るのがわかった。でも彼女はなにもいわなかった。つないだ手をふりほどくこともしなかった。

やがて完全に海は見えなくなった。

代わりに涼しげに流れる広い川に沿って、電車は川上へ、山の方面へと向かっていく。

目的地は川の上流の、広い河川敷のある駅。そこを選んだのは、アリスをスケッチするためにうってつけの景色が欲しかったからだが、もう一つ理由がある。

それは、アリスを上小湊から遠ざけるためだった。


その駅は「八坂《やさか》」という名で、降りたのはぼくとアリスの二人だけだった。

ぼくらを降ろして、始発電車はわずかな乗客を乗せて遠ざかっていった。

「ここからどこに行くの、朗」

アリスが周囲を見回して尋ねる。

八坂駅は上小湊と同じくらい小さかった。ただし駅舎から出たら周囲は開けていて、道幅の広い二本の県道が交差していて、見通しがよかった。

「まあ、ついて来てくれよ。ええっと……こっちか」

ぼくは印刷した地図を広げ、県道の一方を選んで歩き出す。アリスはさえぎるものなくまっすぐにつづくアスファルトの県道を眺め、額に手をかざした。

「ちょっと暑そう」

「残念だけど帽子はないな。タオルかぶるといいよ」

ぼくはザックから新品のタオルを取り出した。

水色のタオルを頭からかぶり、アリスはちょっとおどけた風に小首をかしげる。

「似合う？」

美少女はなにをしても美少女なんだなあと感心しつつ、ぼくは笑って答えた。

「うん、似合うよ」

「あごか鼻の下で結んでみるの、どうだと思う？」

「意外にアリスってお笑い要素あるよな……カメノテとかさ」

「食べたの、カメノテ。美味しかったでしょ」

得意げなアリスに、ぼくは大きな笑いが込み上げてくる。

カメノテの異星生物ぶりや味を語り合いながら、ぼくらは県道を歩いた。やがて行く手に赤い鉄骨の橋が見えてきた。緑に覆われた広い河川敷と、涼しげな川の流れの真上を横切って、対岸へ渡してくれる橋だ。

「あの、赤い橋の下の河川敷……なにか、咲いてる？」

近づく橋のたもとを見つめながら、タオルをかぶったアリスが尋ねた。ぼくはちょっとほくそ笑みつつ、一緒に歩きつづけた。

「……朗、あれ」

〝それ〟がはっきりと目に入った瞬間、アリスは大きな声を上げた。

「向日葵《ひまわり》！　朗、一面の向日葵！」

そう叫ぶと、アリスは子どもみたいな歓声を上げて駆け出した。長い黒髪と手にした水色のタオルをなびかせて、ひだのついた紺色のスカートもひるがえして。

「すごい、すごい。こんなにいっぱいの向日葵、見たことない」

河川敷の向日葵畑の前で、アリスは両手を広げて感嘆の表情を浮かべた。

ぼくも一歩背後に立って、彼女と一緒にそれを見つめる。

青空の下、生い茂る真緑の葉に花開く数多《あまた》の黄金の太陽。

背景には青くかすんでそびえる山々。見るだけで心豊かになる夏の光景。

一目で季節を表す景色がこの世にはいくつもあるけれど、いまぼくらが目にしているのは、その中でもとびきりのひとつだった。

「……これをわたしに見せたかったんだ、朗」

向日葵畑を見つめながら、幸福なため息とともに、アリスがつぶやいた。

「そうだよ、アリス。君に見せたかった。君と一緒に見たかったんだ」

アリスは振り返り、ふっと大きくほほ笑むと、くるりと身をひるがえして土手を駆け下り、向日葵のただ中へと分け入っていった。

ぼくはその光景を眺めていた。

セーラー服の美しい少女が、青々と繁る葉を両手でかき分け、太陽みたいな花々を見上げ、いくつもの黄金の色の花弁に触れていくのを見守った。

スケッチブックを入れたザックは持ってきたけれど、いまはそれを開くより、彼女のすべてをなにもかも見逃さずに記憶に焼き付けておきたかった。

アリスが畑の真ん中で振り返り「朗」と呼んだ。

ぼくは荷物を土手の草むらに置くと、彼女のもとへ歩んでいった。かたわらにたどり着くと、アリスは咲き誇る向日葵たちを見上げながら、静かにこういった。

「わたしはずっと、狭くて小さな場所で過ごしてきたの」

アリスは白い指先で黄色い花びらに触れながらいった。

「世界には季節があって、色んな美しい場所があって、たくさんのだれかがいて、日毎《ひごと》に移り変わる景色がある。それをわかってたつもりだった。でも、本当は知らなかった」

喜びに輝く瞳で、彼女はぼくを見上げた。

「朗がこうして見せてくれるまで。あなたは、わたしに……世界を与えてくれる」

〝……おれは初めて、生まれて初めて、自分が楽しいからじゃなくて〟

圭の幸福に満ちた声を、ぼくはまた思い出した。後悔ではなく共感とともに。

〝自分以外の人間が嬉しそうだから嬉しいって、心から感じたんだよ……〟

圭。ぼくもいま、そう思うよ。

君が芙美《ふみ》先輩の喜びを見て、心から嬉しくて幸せだと思ったように、ぼくもアリスが幸せだからいま、こんなにも嬉しいよ。

君がどんなに先輩が好きだったか、同じ想いをしているいまならよくわかる……。

「もっとほかにたくさんの景色や場所があるよ」

幸せなのに泣きたくなった。ぼくは青空を振り仰ぎ、夏の陽がまぶしいから瞬きしているだけなんだというふりをした。

「ぼくの知らない、写真で見たことも、耳にしたこともない場所だってたくさんある。ぼくが君に見せられるものは、ほんのちょっとだけだ」

「でもあなたは、わたしと一緒に見たいっていってくれた」

アリスは花びらから手を離し、ぼくの手を握った。そうして美しい瞳でぼくを見上げて、ぼくだけに聞こえる声でささやいた。

「わたしは、あなたが見せてくれる世界が見たい。……あなたと一緒に」

ぼくはアリスのまなざしを見返した。その瞳からあふれる喜びを目にして、もうたまらなくなって彼女の手を握り返した。

突き上げる衝動に任せ、ぼくは勇気を振り絞ってアリスの手を引き寄せた。

彼女はちょっと驚いた顔をしたけれど抵抗はしなかった。ぼくの顔が傾くのに合わせ、アリスは目を閉じておずおずと仰向《あおむ》いた。

夏草の匂いがした。さらりと揺れる彼女の髪から太陽の匂いもした。

風が吹いた。向日葵を揺らして川面《かわも》を渡って、そして青い山々へと駆け抜けていった。

体を離し、お互い見つめ合い、そして同時にぼくらは真っ赤になった。

「あ、あのね、朗」

アリスは頬《ほお》を染めたまま、しどろもどろな声でいった。

「わたしたちがあの廃屋で描いている絵に、向日葵を加えるの、どうかな」

ぼくらが廃屋の壁に描いているのは海の絵だった。

空と水平線と、エメラルドグリーンの波打ち際の、真夏の海だ。

「いいよ。どうやろうか。額縁みたいにいっぱいの向日葵で囲むとか？」

「それはちょっと派手かも。見た人びっくりしそう」

笑いながらそういうと、アリスは目を伏せた。

「あなたが……いなくなっても、あの場所は綺麗にしておく。だれかに壊されるまで」

「アリス」

ぼくは彼女の手首を握りしめた。逃げられないように、ぼくの言葉から。

「本当にそれでいいのか。次にいつ会えるかわからないまま、八月の終わりで別れても」

「朗？」

「ぼくは……ぼくは、君が」

心臓が飛び出してしまいそうだった。破裂するほど心臓は鼓動していた。

緊張ではなくて恐れで。

いますべてを告げてしまえば、ぜんぶ壊れてしまうのではないかという恐怖で。

それでもぼくはいった。全身全霊で、すべてを振り絞って、ぼくは彼女に告げた。

「君が好きだ。アリス」

「朗……!?」

「君が好きだ。会ってまだ二ヶ月も経ってない。でもこの先もずっと一緒にいたいと思うほど、好きだ。君を知りたい、君と離れたくない、どんなことをしてもつながっていたい」

「朗……だけど、でも、わたしは」

「たとえ、君が過去の〝亡霊〟でも。〝廃線の幽霊〟だとしても」

アリスは鋭く息を呑んだ。ぼくはかまわず言葉を継いだ。

「ぼくは明日、廃港の灯台に行く」

向日葵が大きく揺れた。ざわめくほどの強い風に煽《あお》られ、折れそうなほどしなった。

「ぼくは、〝アリス〟と父の写真を見たんだ。灯台には、父からアリスに宛てた伝言があると聞いた。ぼくは鍵を持っている。父の伝言を確かめに行く。そして」

「だめ、朗。やめて、そんなことしないで！」

「……君の正体を確かめるんだ」

握りしめるアリスの手が大きく震えた。かと思うと彼女はその手をふりほどこうとした。ぼくは離されないよう手に力を込めたが、彼女の抵抗は激しかった。

「放して、朗！」

「聞いてくれ、アリス！」

「聞かない。あなたはわたしとの約束を破った」

ぼくは息を呑んだ。こちらをにらみ据える彼女のまなざしは、傷心による怒りで燃えるようだった。先ほど見た喜びも満ち足りた幸福感も、そこからは一切消えていた。

「うそつき。うそつき！　約束したのに。知らないままでいてってあんなに頼んだのに。灯台に行ったたって見つけられるものなんかなにもない、ただお互いを……」

「アリス！」

「お互いを失うだけなのに！」

アリスは渾身《こんしん》の力でぼくを突き飛ばした。ふいをつかれてぼくはよろけ、その隙にアリスは向日葵畑をかき分けて土手を駆け上り県道を走っていく。

「待ってくれ！」

ぼくも体勢を立て直してあわてて後を追った。土手の荷物を拾い上げたほんのわずかな間に、アリスは赤い橋を渡り、駅の方角へと全速力で走っていく。

ぼくも必死に走った。でも心のどこかで油断があった。小海線《こうみせん》の本数は一、二時間にわずか一本。次に電車が来るまでに追いつけば、駅で彼女を捕まえることができる。

だが八坂の駅についたとき、駅舎にもホームにもアリスの姿はなかった。

代わりに目にしたのは、いましも扉を閉めて走り去る一両だけの電車だった。

風が強さを増した。頭上の青空の端で、黒い雨雲が立ち上っていた。


『……台風十六号は勢力を増し、北北東へ進路を……』

借家に帰りつき居間のラジオをつけると、臨時の天気予報が流れた。

嵐が近いことを知らせ、家の戸締まりや外出を控えるようにと、アナウンサーが諸注意をくり返す。朝の快晴が嘘《うそ》のように空は暗く曇り、吹き付ける風もいっそう強く、廃屋寸前の借家はいまにも崩れそうなほどガタガタと揺れていた。

ちゃぶ台の前に座り込み、ぼくは嵐の音を自分と無関係な世界の音のように聞いていた。なにも考えられなかった。なにをする気にもなれなかった。

ぼんやりとした頭で、ぼくはポケットから二つの鍵を取り出す。

一つは借家の鍵。もう一つは錆《さ》びた大きな鍵。おそらくこの錆びた鍵が、彰さんのいっていた〝灯台の鍵〟だ。この鍵を持って灯台に行けば、父の伝言が確かめられるはずだ。

そう思いつつも、ぼくは立ち上がれなかった。

借家に帰る前に廃屋に行ってみたが、もちろんアリスの姿は見当たらなかった。彼女が立ち寄った形跡もなかった。壁の絵もコルクボードのメモもそのままだったが、空っぽの廃屋には人の気配がまったく残っていなかった。

アリス。アリス。本当にこれでこのまま終わりなのか。

なにもわからないまま離れて、なにもなかったことにして、それで君の気が済むのか。

どれだけの時間が経っただろう。

居間はすっかり暗くなっていた。夕暮れの暗さだけではない、嵐の雲の闇だ。風は恐ろしいほど激しくなり、強い雨が屋根と窓とを打ちたたいていた。

その嵐をついて電話のベルが鳴る。ぼくはのろのろと腰を上げた。

「はい、もしもし」

『おう、譲羽くんか』

受話器を取ると彰さんの声が聞こえてきた。

『今夜半から明日の明け方にかけて台風が四国に上陸するそうだ。雨が降る前に新築のおれの家に来いよ。そのボロ屋だと吹き飛ばされるぞ』

「……いえ、だいじょうぶです。お気遣いすみません」

親切を振り払うのは心苦しかったが、ぼくはきっぱりと断った。

「そういえば、父とアリスが駆け落ちを果たそうとしたのは、台風の日でしたよね」

『そんなこたぁ、もう忘れたほうがいい。おれが不用意だった』

「忘れる……」

その言葉を無意識にくり返して、ふいにぼくは我に返った。

「忘れられません」

『譲羽くん？』

「忘れられません。忘れられるわけがないんです。なぜって」

受話器を握りしめ、この町のどこかにいるアリスに告げるようにぼくはいった。

「ぼくも〝アリス〟に会ったからです」

『なに……？』

「だから、父からアリスへ、どんな伝言を残したのかぼくは知りたいんです」

『待て。なにかおかしなこと考えてるんじゃないだろうな！　譲羽く……』

ぼくは受話器を下ろした。そして電話線を引き抜いた。

急いで外出の支度を整える。あらかじめ準備した懐中電灯と念のため買っておいたレインコートをザックに入れる。そうしながら無意識に、彰さんから聞いた話を思い返す。

父と彰さんの出会い、父とアリスの出会い、アルバムに隠してあった写真、制服の男女、幼い少年と少女、灯台前の待ち合わせ、嵐で溺死した女性のこと……。

もしもぼくが嵐に巻き込まれて帰れなかったら、母や義妹はどうするだろう。ぼくの追想は麻衣や母との会話へもさかのぼっていく。

「――え」

玄関で靴の紐《ひも》を結ぼうとしていたぼくの手が、はたと止まる。

なにかが頭の片隅でちかりと閃《ひらめ》いた。

突如、ぼくは靴を脱ぎ捨てて父の書斎へと走った。電気を点《つ》けるやいなや本棚に飛びつき、焦る手でアルバムを引き出してめくって、中を確かめた。

数分後、二つの鍵を握りしめてぼくは外に出た。嵐迫る空は真っ暗だった。

頭上に渦巻く黒い雲の下、ぼくは強風をついて走り出した。


強い雨の中、廃線をひた走って廃港までたどりつく。

灯台は防波堤の突端にあった。海はすでに荒れ、幅の狭い防波堤は波をかぶっている。一歩間違えれば足を滑らせて海に落ちてしまいかねない。

ぼくは錆びた鍵を握り、防波堤を目指した。

打ち捨てられた倉庫群のあいだを抜け、雑草の生い茂った道なき道を通り、灯台へ至る防波堤へと走った。波に洗われ、摩滅した防波堤のコンクリートは滑りやすい。ぼくは途中で走るのをやめた。突端に着くまでにジーンズを穿いた足は荒波ですねまで濡《ぬ》れた。

灯台はごくごく小さい建物だった。といっても高さはかなりある。

内部へ入る赤錆の浮いた白いドアは、縦長の細長い円形だった。古い建物なのに全体的に近未来的なデザインで、宇宙船の救命カプセルのような雰囲気があった。

鍵をそっと差し込む。力を入れてゆっくり回すと、がちゃんという重い音が響いた。

金属のドアを引き開ける。当然、中は真っ暗だ。ぼくは濡れたザックを探り大きな懐中電灯を取り出してスイッチを入れた。

光の輪が生まれて内部を照らす。

目の前に金属の梯子《はしご》があった。建物は二階構造で、上階にランプがあるようだ。

狭い空間だった。壁に取り付けられた制御盤らしきボックスの下にベンチがあるだけで、床は流木や海藻などのゴミがたまり、居心地のよさを求めるような場所ではなかった。

こんな狭苦しい場所で、父は〝アリス〟と会っていたのか。それだけ人目を忍ぶ仲で、そしてこんな場でも会いたいほど想い合っていたのか。

ぼくとアリスが見つけ、ひそかに会っていた廃屋のように。

その切実さに胸が痛くなる気がしたが、いまは共感していられる状況ではない。

(伝言ってどこだ)

ぼくはぐるりと懐中電灯を回した。殺風景な一階にはそれらしいものはない。

二階か。ぼくは迷わず目の前の錆びた金属の梯子をつかみ、足をかけた。

そのとき頭上で物音がした。

とっさにぼくは身を強張らせる。無人かと思っていたこの灯台に、ぼく以外のだれかがいるのか？　まさか、どういうことだ。鍵がかかっていたのに!?

ぼくは息を呑み、懐中電灯を頭上に向けた。

第九章

廃線上のアリス

さよなら、愛しいひと

〈一〉

ぼくは驚いて灯台中に響く声を上げた。

「……朗《ろう》」

ささやくような声が降ってきた。

「アリス!?　どうして君がここに」

返事はなかった。

ぼくはザックを肩にかけ、梯子《はしご》の段をつかんだ。

懐中電灯を持ったまま梯子を上るのは少々困難だったが、なんとか上り切って、ぼくは二階へと足を下ろした。

二階は円形で一階よりさらに狭かった。巨大なレンズを備えた灯標用のランプだけでスペースは占められていた。周囲はぐるりとガラス窓だ。

アリスはランプの背後で窓に背を預けてうつむいていた。

懐中電灯の光を向けると彼女は顔をそむけた。その仕草がぼくを拒絶しているみたいで、覚悟していても胸がきしむように痛くなる。

「鍵がかかっていたのに、どうして入れたんだ」

「開いていたの。中に入って、それで鍵を閉めた」

「なんだ、そうだったのか……じゃあ、なぜ君はここに来たんだ。ぼくを止めるためか」

「できればそうしてた。でもあなたは結局、どうやっても秘密を知りたがるでしょう。わたしと離れたくないって理由のもとに。だから」

アリスは、懐中電灯の光に挑むようにぼくに顔を向けた。

「あなたが真実を知るなら、一緒に知りたかったの」

沈黙が落ちた。風が灯台の窓を揺らす音が大きくなった。

「でも、その前に聞きたいことがある。朗、あなたはわたしを…… 〝アリス〟の正体を、どう考えているの」

まさか彼女自身から尋ねられるとは思わなかった。

「ぼくの父……葛西藤治《かさいとうじ》と〝アリス〟は恋人同士だった」

迷いつつもぼくは答えた。自分の推測を確かめるためにも、必要だったから。

「父が〝アリス〟と、灯台前で撮ったという写真がアルバムにあったんだ。セーラー服の少女だった。君とそっくりだった。いや、同じ人間に見えた」

予想していた答えだったのか、彼女の反応はなかった。ただ、ぼくから目をそらさなかっただけだった。

その強いまなざしに、逆にこちらが目を落としたくなる。

「君は何度も、自分のことを死人のようだといっていた。〝廃線の幽霊〟の噂《うわさ》も聞いた。父がこの町で幽霊に会ったということも聞いた。君は名前しか教えてくれない。過去を語らない、住んでいる場所も明かさない。廃線の上でしか会えなくて、君がだれでどんな人物かを知る方法もない。だから写真を見たとき、ぼくは……」

「わたしを、〝アリス〟の幽霊だと思ったの」

「信じられないけれど、それ以外は考えられなかった」

「……そう」

「君は自分を……父の恋人の〝アリス〟だと認めるのか？」

「あなたは、〝アリス〟がどうなったか聞いたの」

「父の後輩だという人から聞いたよ。嵐の日、父は〝アリス〟と灯台で待ち合わせをした。だが行けなくなり、その後、彼女と思われる溺死体が見つかった。後日父が家を訪ねると、〝アリス〟の家族は越してしまっていた。その家で亡くなった人がいたからと」

「そう。だからずっと〝アリス〟は悔やんできたの」

「なぜ？　悔やむなら父のほうだ。不可抗力でも父は約束した待ち合わせ場所に行けなかった。そのせいで〝アリス〟が亡くなった。そう思っても当然だ」

「葛西さんが悔やんでいたのを、知っていたから」

彼女のせいじゃない、仕方なかったことだ——といいかけてぼくは思い直した。

「仕方なかった」と簡単にあきらめられないから、ずっと忘れられずに苦しむんだ。圭《けい》と芙《ふ》美《み》先輩のことのように。

そうだ、忘れられないんだ。残されたほうは、けっして。

「アリス。でも、君は隠していることがあるよね」

「どういうこと」

「君は嘘《うそ》を嫌う。ぼくが約束を破って君の正体を探ろうとしたことを咎《とが》めたように。だから君は嘘はいわない。ただ隠すだけだ」

アリスは口をつぐんだ。いや、〝アリス〟と名乗る少女、だ。

ぼくはだれに恋をしていたんだろう。本当の君はどこに隠されてしまったんだ。

「ぼくはアルバムに隠してあった父と〝アリス〟の写真を見つけた。でももう一枚、ある写真があった。まだ小学生になったかならないかくらいの、男女の子ども二人の」

アリスがかすかに息を吸う音が聞こえた。

「ぼくはその男の子を父だと考えていた。無邪気に明るく笑っていて、ぼくの子どものころとずいぶんちがっていたからだ。それに隣の女の子には〝アリス〟の面影があった。だからごく自然にその二人は、父と〝アリス〟だと思い込んでいた。だけど」

ぼくは声に力を込めた。

「ちがう。あれは父と〝アリス〟じゃない」

「どうしてそう思うの。二人は子どものころに会っていたかもしれないのに」

「会っていたよ。でもそれは」

さらに言葉に力を込め、ぼくは彼女にきっぱりと告げた。

「ぼくと君だ。ぼくらは、過去に会っていたんだな」

「……！」

彼女は大きく目を見開いた。懐中電灯の光の中でも、彼女が青ざめたのがわかった。そんな風にショックを与えたかったわけじゃない。だがもう取り消すには遅すぎる。

「〝アリス〟は高校生のころに松山の公立高校に転入してきたと聞いた。父と出会うならそのときのはずだ。そしてぼくが幼いころ、母は入院していた。それできっとぼくは父に預けられたんだな。まだ母は再婚していなかったから。そしておそらく……ひどい怪我《けが》をしたんだ。額にこんな傷が残るくらいに。ぼくはまったく記憶にないけれど」

二人の子どもの写真はカラーだった。父の子ども時代の写真はモノクロだった。

初めて見たときは気が動転していたから気づかなかったけれど、二人の子どもの写真と幼い父の写真をよくよく見比べれば、似てはいても別人だとわかった。

「記憶を失うほどの怪我のせいで、ぼくは性格が変わったんじゃないかな。写真を撮られるのが苦手なのは、この傷のせいだ。だから傷を負ったあとの写真と、傷を負う前の写真が、別人みたいに見えたのも当然だったんだ」

口に出すとさらに納得できて、ぼくは確信を込めて話をつづけた。

「幼い君とぼくがどうして出会って、そこでなにがあったかわからない。でもこの怪我は、君に関係するものなんだろう。ぼくと会うたび、君は何度かそんなことをいっていたから。だけど……それが、君がそこまでぼくに正体を知られるのを嫌がった理由なのか」

アリス――いや、名無しの彼女は、やはり押し黙ったままだった。

その沈黙が肯定なのか否定なのか、ぼくにはわからなかった。

「父の伝言を探そう。もしかしたら、それでなにもかも解決するかもしれない」

（いいほうにも、悪いほうにも）

彼女は無言でうなずき、もたれていた窓から身を起こす。

外の風雨はひどくなる一方だった。本当ならアリスをこの場から帰したかった。だけど荒波をかぶる狭くて滑りやすい防波堤を思うと、ここに残すほうがまだ安全だ。

「まず二階から始めようか」

ぼくらは懐中電灯を手に二階を探索し始めた。

探索というほどの広さではない。懐中電灯を手に、壁をたたき、巨大なランプの隙間を調べてしまえば、あっという間に探す場所はなくなってしまった。

「一階なのかも」

ランプの下をのぞき込んでいた彼女がそっけなくつぶやいた。

　ぼくらのあいだには冷たいよそよそしさが漂っていた。伝言を探すためにここにいるだけで、本当は見知らぬ間柄のように。その距離が辛かったが、ぼくは努めて冷静に彼女にいった。

「一階も隠せるような場所はなかったよ。でも見てみるか」

　せめて伝言がどんな形であるかだけでもわかればよかったのにと思いつつ、ぼくは梯子の手すりに手をかけると、彼女に懐中電灯を渡した。

「照らしてくれ。先に降りる」

　彼女が向ける光を頼りにぼくは梯子を降りる。金属の梯子の横木は、波をかぶる防波堤を渡ったぼくのスニーカーのせいで濡《ぬ》れていた。ぼくはことさら慎重に降りていった。

　ふいに、横木を探っていた足先がざぶりと水に沈んだ。

「朗、どうしたの!?」

「来るな！　一階が……」

　スニーカーの底が床につく。だがそのときにはくるぶしまで水に浸《つ》かっていた。

「一階が、水に浸かってる」

　彼女が「うそ」と小さくつぶやくのが聞こえた。その声は怯《おび》えていた。

　ぼくは梯子の手すりを握りしめたまま、足で床を探ってみる。かなり水が浸入していた。しかも徐々に、徐々に水量は増していくように感じられた。

　どこかに穴でも空いているのか。そういえば一階の床にはゴミが積もっていた。

あれは古さのせいじゃなくて、海水の浸入のせいなのか!?

ぼくは急いで梯子を上り、彼女に手を伸ばした。

「懐中電灯を渡してくれ」

「どうするつもり」

「まだ水深が浅いいまのうちに一階を探す。君はそこにいるんだ」

差し出された懐中電灯を半ば奪うように受け取り、ぼくは即座に階下へ降りた。

「待って、朗!」

上から声が追いかけてきたが、ぼくは聞こえないふりをして水に足を踏み入れる。

ほんの一瞬で水はくるぶしからすねの辺りまで上がっていた。

焦りを抱えながら、懐中電灯で周囲を照らす。やはりここにあるのは、最初に入ったときに見た壁際のベンチと壁に取り付けられた配電盤だけだった。

ふいに頭上からカンカン、という梯子をたたく音がして、ばしゃりと水が飛んだ。

「うわっ、なんだ!?」

「わたしも探す」

どうやら彼女がぼくの後を追って飛び降りたらしい。

「だめだ、二階にいてくれ。水がどれくらい深くなるかわからないんだ」

「いや。聞かない。わたしの言葉を聞いてくれない朗のいうことなんか、聞かない」

彼女は必死な声でいった。

「わかってる。知らないままでいてなんて、わたしだってやっぱり無理だった。秘密にしてっていうのは秘密にしないでっていうのと同じだもの。お願い、朗。一緒に探そう。ただ待つだけなんてわたしはもういや」

これ以上拒んでも彼女は退かないだろう。ぼくはうなずき、懐中電灯で壁を照らした。

「床はいい。どうせ水が引くまでわからないし、紙なんかだったらきっともう読めない」

「じゃあ、あの配電盤？」

「あれが開くなら一番可能性は高いな」

ぼくたちは水の中を配電盤へ歩み寄った。水はもう膝まで達していた。しかも様々な漂流物が交じっているらしく、足先で固形物をかき分けて進む有様だった。

冷静に考えれば、嵐が止《や》むまで二階で待つのが理性的だったかもしれない。だがそのときのぼくらは、隠された秘密を前に大人しく待ってなどいられなかった。

配電盤のプッシュボタン式回転取っ手は錆《さ》びついていた。借家の鍵の先端を使い、錆《さび》を削り落として押してみると、なんとか取っ手が飛び出す。それをつかんで引いた。

扉を開けると、中には一冊の冊子が挟まっていた。

「灯台表……？」

彼女が肩越しにのぞき込み、表紙のタイトルを読む。

「ここじゃ水に濡れる。二階に上がろう」

ぼくがうながすと、彼女は身を返して梯子へと足を踏み出した。

「あっ……!?」

ふいに声を上げて彼女が身をかがめた。

「どうしたんだ!?」

「なん……でもない。なにか当たったかも。でも平気」

平気、と彼女は答えたが、その声はひどく弱々しくてぼくは不安にかられる。

「先に上るんだ。落ちそうになったらぼくが支える」

ぼくらは相前後して梯子を上った。彼女は力が入らないのか何度か足を滑らせたが、なんとか上り切った。全身ずぶ濡れでぼくらは二階へ転がるようにして降り立った。

「足を見せて。どっちだ」

右、という声にぼくは懐中電灯を向ける。とたん、思わず息を呑《の》んだ。

白い靴下が真っ赤に染まっている。ガラスの破片かなにか流れ込んでいたのか。

どう見てもかなりの傷だ。出血多量になったら命にかかわる。海水の雑菌だって危険だ。

だが嵐はひどくなる一方だった。脱出して助けを呼びに行こうにも、外に出たとたん、防波堤を洗う波に呑まれて溺れてしまうかもしれない。

「心配そうな顔しないで。大したことない」

「こんなに暗かったらぼくの顔なんか見られないだろ」

軽口で紛らわせたが、ぼくは内心不安で震えていた。

ハンカチで傷口を縛ると、もうやれることはなく、こちらに寄りかかる彼女の肩を抱きしめる以外できなかった。

「それの灯台表とかいうのに、伝言……書いてないかな」

彼女に問われ、ぼくは膝に冊子を置くと懐中電灯で照らしながらめくった。

「それらしいのはないな。海図とか、航路標識とか、数値の落書きばかりだ」

「なんだ……じゃあ、こんなにびくびくしなくてもよかったんだ」

ふっと彼女は息をついてぼくの体に身を寄せる。その弱々しさが痛ましかった。ぼくは彼女の肩を抱く腕に力を込め、そっと尋ねた。

「アリス。いや、君の本当の名前はなんていうんだ」

「……アリサ。でも、アリスでかまわない。ねえ、朗」

ぼくの肩に預けたアリス――アリサの頭が動き、ぼくを見上げる気配がした。

「わたしがだれなのか、見当はついてるんでしょう」

「なにもかも推測だよ。ただ確実なことはひとつ。君は、〝幽霊〟じゃない」

もったいぶった口調でいうと、彼女はくすくすと笑った。

「血を流す幽霊なんていないものね。幽霊と思われたままで、よかったんだけど……」

「幽霊じゃなくてよかったよ。まだこの先の望みがある」

「そうかな……じゃあ、幽霊じゃなければ、わたしはなに？」

「〝アリス〟の血縁には間違いない。あれだけ似てるんだ。たぶん君は」

ぼくは、確信を込めていった。

「娘なんだろう、〝アリス〟の」

彼女は吐息した。なにかをあきらめるような深い息だった。

「〝アリス〟は亡くなったわけじゃなかったんだな。どういう誤解があったかわからないけど……教えてくれ。いつ、どうしてぼくと君は出会ったんだ。そこでなにがあった」

「……六歳。小学校に上がる直前だった」

彼女はぼくにもたれ、ゆっくりと話し始めた。

「あなたは葛西さんに連れられて、わたしは母に連れられて、松山で出会ったの。わたしは引っ込み思案の上に、母がくり返す引っ越しのせいで、友だちが一人もいなかった。いつも母と二人きりで、母以外の人をほとんど知らなかった」

なにかを懐かしむような優しい声が、窓を揺らす激しい風の中に流れる。

「だからあなたに優しくしてもらって、一緒に遊んでもらって、友だちになってもらえて、すごく……嬉《うれ》しかった。あなたと会って、わたし、ほかの場所があることを知ったの。母が与える本の中だけでなくて、広くてわくわくして、飛び出して行きたくなるような場所が」

「〝スノーグース〟の絵本を町の図書館で、あなたと見たの」

「……」

意外なつぶやきにぼくは闇の中でちょっと目をみはった。

「覚えてないな……そうだったのか」

「大きな絵本。傷ついたスノーグースを抱く少女。海辺で空を渡る鳥を見送る少女……そのときはまだ内容なんて理解できなかった。でも絵が素敵だった。図書館の床に、両腕に余るほどの大きな本を広げて、あなたと頭を寄せ合って見たのが……忘れられない」

なにひとつ覚えていなかった。彼女がこんなにも憧れを込めた声で語る過去を、ぼくも一緒になって思い出したかった。

「幼くて、母以外になにも知らなかったわたしにとって、あなたはどんなに輝いて見えたか。あなたと遊んだ場所……それが名もない小さな公園でも、なんの変哲もない海辺でも、寂れた商店街の裏道でも、あなたとなら宝物を探すみたいな心地だった。あなたは、わたしの知らない世界のすべてだった」

彼女の声は優しいのに、聞いているぼくはなぜか泣きたくなる。

アリス。アリサ。本当は〝世界〟なんてとても狭くて、知ったような気になるだけで、実はこの目で見られるものも知ることができるものも、行ける場所だってとても限られているけれど、それでも自分であきらめるのと、だれかにあきらめさせられるのとは、ちがう。

幼い彼女が世間から遠ざけられて、同じく幼かったぼくだけがたったひとつの〝世界の窓〟だったことに、ぼくは胸が痛むだけでなくて憤りまで感じた。

「それなのに、わたしのせいであなたは……」

「アリス？　アリサ!?」

彼女の体がぼくの肩からずるりと傾いた。

「あなたと……人のいない岩場へ泳ぎに行ったの。わたしがせがんで、二人きりで。そこでわたしが溺れて、助けようとしたあなたまで溺れて……岩で怪我をした。葛西さんが助けに来てくれたけど、でも病院にお見舞いに行ったら、あなたは……溺れたことも、わたしのことも、わたしとの日々も、ぜんぶ忘れてた。記憶を失うほどのひどい怪我だったんだ。でもそのときのわたしは、自分が馬鹿な真似《まね》をしたから、忘れられてしまったんだって思った」

彼女が語る言葉は次第に支離滅裂で取り留めがなくなっていく。

ぼくが必死になって肩を抱いて支えるが、その体からも力が失《う》せていく。

「いくら子どもでも、わたし、なんて馬鹿だったんだろう。あなただって同じ子どもだったのに、あなたがいたらぜんぶだいじょうぶなんだって思い込むなんて……」

「いいんだ。そんなこと。君のせいじゃない、絶対に」

「朗、わたし、ずっと、ずっとあなたに会いたかった」

ぼくの声など聞こえないように、彼女はすすり泣きながら語った。

「会いたかった。謝りたかった。会って、謝って、もしもまた仲良くなれたなら、あなたと同じ眺めを見たかった。許されなくてもいいから、せめてもう一度あなたに会いたかった。あなた宛の手紙と、スノーグースの本を見たとき、体が破裂しそうなほど嬉しかったの。わたしはまた〝世界〟を見つけたと思ったから。目に見えるだけの狭さじゃなくて、広くて輝いていて、幸せな場所を……だけど、だけどわたしのこと話したらだめ。あなたが忘れているのは、本当は怪我のせいじゃなくて、わたしを嫌いだからかもしれないから。それに、それに」

彼女の声が、どんどんか細く小さくなっていく。

医療のことなんかなにもわからないぼくでも、危険な状態なのはわかった。このまま朝まで持つだろうか？　いっそ助けを呼びに外へ行くべきか。

ぼく一人ならなんとかあの防波堤を渡り切り、町へ戻れるかもしれない。だけど彼女を残して、もしもぼくが海にでも落ちたら、彼女は絶対に助からない。

「……ごめんなさい、ママ」

胸のうちで逡巡《しゅんじゅん》をくり返すぼくの耳に、彼女のうわごとが聞こえた。

「いいつけを守れなかった。朗に近づいたらいけない、思い出だけにしなさい。もしも会っても幽霊のふりをしなさい。死んだ人のふりをしなさいって……でも、だめだった」

「いいんだよ、アリス——アリサ。君がぼくにわざと怪我をさせたわけじゃない。そんな、君の責任じゃないことのために、ぼくが君から遠ざかると思ってたのか」

　ぼくは彼女の細い肩を抱きしめ、必死に語りかけた。

「君は子どもで、ぜんぶ自分のせいだと思い込んでも無理はないよ。だけど君のせいじゃない。君のせいじゃないんだ。ぼくは絶対に、そんなことで君から離れたりしない！」

「ちがうの……ママがわたしにいったのは……そうじゃないの」

　弱々しく彼女は首を振り、消えそうな声でいった。

「離れようと思ってた。でもだめだった、どうしても。だってわたしも……朗のことが」

　――好き。

「アリス、アリサ!?」

　ぼくの腕の中で彼女の体が滑り落ちた。急いで抱き上げると体が冷たかった。水に濡れたせいか、それとも血が失われたせいか。

　迷う間はなかった。ぼくは覚悟を決めた。

　このまま彼女が失われるくらいなら、どんな危険だって冒そう。

　レインコートを彼女に着せて抱き起こし、背中に乗せる。自分が着ていた伸縮素材のパーカーをおぶい紐《ひも》のようにして彼女の体をぼくの体に固定し、立ち上がる。

　細い彼女だったけれど、意識が失せた体はかなり重かった。

　懐中電灯の取っ手を口にくわえ、ぼくは梯子の手すりをつかむ。かなり間抜けな格好だが、そんなことを客観視できる余裕はぼくにはなかった。

「ん!!」

横木に下ろした足が滑った。

とっさに手すりにしがみつく。二人分の体重が腕にかかる。ぼくはあらん限りの力で手すりにしがみつき、転落しないよう必死になってこらえた。

なんとか体勢を立て直し、ぼくは慎重に梯子を降り始める。

怖かった。自分だけならなんてことのない梯子が、闇の中を人一人を背負って降りるとなるとこんなにも恐ろしいものだなんて、思いも寄らなかった。

一段、一段、息を詰めてぼくは降りる。口にくわえた懐中電灯の光が頼りなく揺れる。

横木を探る足先が水に入る。幸い水はいくらか引いていた。ぼくは片腕で彼女の体を支え、もう片手で懐中電灯を持って出口へ進む。

水圧でドアが開かないかもしれない、という懸念が一瞬よぎる。

祈るような想《おも》いでぼくはノブをひねり、肩と体でドアを押し開けた。

「な……っ!」

すさまじい風雨の音が灯台の内部に響きわたった。

目の前はまさしく嵐の夜だった。狭い防波堤の上を荒れ狂って逆立つ波が往復していた。背筋が震えてしまうほど恐ろしい眺めと音だった。

一瞬、このドアを閉めたくなった。だがぼくは歯を食いしばると、大声で叫んだ。

「わあああああっ!!」

そして彼女を背負って一気に荒波の防波堤を走り出した。

ぼくは覚えていないけれど、本当に幼いときに君の命を助けたなら、何度だっていつだって、ぼくは君を助けたい。

君は、ぼくを世界のすべてといってくれた。

ぼくにとっても、君が——世界のすべてだ。

波が幾度もぼくらを襲った。横合いから正面から、荒れる海へ引きずり込もうとした。

ぼくは走った。波を全身に浴びつつ死にもの狂いで走った。

懐中電灯の弱い灯りを頼りになんとか港の倉庫の陰にたどりつき、そこでぼくは疲労困憊《こんぱい》して片膝をついた。

海水を浴びた体が冷たかった。彼女の重みだけでなくて自分の体まで重かった。

だめだ、立たないと。だめだ、早く病院に行かないと。

意識が遠くなる。弱った体に激しい風雨が追い打ちをかけた。一歩も動けなくなり、ぼくは彼女を背負ったまま両膝をついた。

『……立てよ、譲羽《ゆずりは》。あと数歩だ』

——どこかで、ぼくを呼ぶ圭の声を聞いた気がした。

ぼくは彼女の体を揺すり上げ、なんとか身を起こし、よろめく足を踏み出した。

〈二〉


結果として、ぼくらは助かった。

力尽きたぼくと、意識のない彼女を見つけたのは、青年団の人たちと一緒に港まで様子を見に来た彰《あきら》さんだった。

あんなに大仰に彼女を助けると決意したわりに、結局今回も大人に助けられたなんて、やっぱり昔もいまもぼくは情けない。

彼女は上小湊《かみこみなと》から離れた病院に、無事に搬送された。

だけど……それきり、行方がわからなくなった。

べつの大学病院に転院したことは彰さんから聞いたけれど、身内でもなく、連絡先も交換していない身では、それ以上を知る術はなかった。

廃屋に何度も行ってみたが、だれかが訪れる気配も、訪れた痕跡もなかった。

壁の絵に向日葵《ひまわり》が描き加えられることもなく、コルクボードのメモも増えることもなく、そしていまだにぼくは折り紙の星々に描き足すものが思い浮かばなかった。

『こちら葛西。ただいま留守にしている』

留守番電話のメッセージが流れる。

ぼくは借家の居間でスケッチを仕上げていた。

八月も残すはあと一週間。帰京の日が近づいていて、できればこのスケッチは上小湊にいるあいだに完成させたかった。

本当は彼女に見せたかった。見せるどころか、連絡を取る手段もなかったのだが。

『ピー、という音のあとに、いいたいことをいってくれ』

ぼくは電話を無視した。だれかと話したい気分ではなかった。

『……朗。いるんじゃないのか』

鉛筆を走らせる手が止まった。

思わずぼくは電話機を凝視する。大人の男性の声。彰さんではない。東京の義父でもない。そしてここに電話してくる人間は限られている。

「は、はい。もしもし！」

『元気だったか』

飛びつくようにして受話器を取ると、おだやかな低い声が聞こえた。留守電のメッセージよりずっと落ち着いた声音だった。緊張で受話器を握るぼくの手は汗で滑りそうになる。

父と話すのは初めてだ――覚えている限りでは。

『彰からのメールを見た。灯台に行ったんだろう……セーラー服の〝彼女〟と』

「……行きました」

『そうか。まさか、おまえが探しにいくとは思わなかった』

「あれは嘘だったんですか。あそこには伝言らしきものはなかった」

『嘘じゃない。配電盤に隠したんだ』

「灯台表しかありませんでしたけれど」

『その灯台表の海図と航路標識を使った暗号で、伝言を書いてあるんだよ。高校生のころ〝アリス〟と一緒に作った暗号だ。だから〝アリス〟本人なら、見てわかったはずだ』

彼女にはわからなかった。それも彼女が〝アリス〟ではない証拠だった。

そんなことをいま確信しても、仕方がない話だけれど。

「どんな伝言を残したんです」

『教えてもいいが、朗、その前におまえに聞きたいことがある』

「なんです」

『――〝彼女〟をどう思っている？』

思ってもみない問いにぼくは硬直した。父はぼくの無言にさらに問いを重ねた。

『〝彼女〟が〝アリス〟の娘だとは知っているか』

「それは……知っています」

『それじゃあ』

父はゆっくりと、ぼくにいい聞かせるようにいった。

『……その父親は？』

その瞬間、まさにぼくはぶん殴られたような衝撃を食らった。

まさか、という言葉は音にならなかった。信じられなかった。信じたくもない話だった。

だが考えられる話だ。一番納得のいく話だ。

あれだけかたくなに彼女が自分の正体を知られたくなかった理由がそれなら。

「さい、最低、だ」

ぼくの声が憤りに震える。

「最低だ。あんた、最低だよ！」

『いいわけをさせてもらえれば、おまえの母さんと別れたあとに旅先で〝アリス〟と再会したんだ。もっとも精神的には不実だった。ずっとおれは〝アリス〟を想っていたから』

疲れたような声で父がいった。

『そういうおれに愛想を尽かして、おまえの母さんは離れていった。だが、おれが〝アリス〟と再会し、付き合いを再開したときに、連絡があったんだ。子どもができていた……と。それを聞いて今度は〝アリス〟がおれの前から消えた。そしてもう一度再会したのが』

「……ぼくを預かっていたときだったんだな」

『記憶が戻ったのか、それとも〝彼女〟から聞いたのか？』

「聞いた。でも彼女は父親がだれか一言もいわなかった。絶対にそんなこと口にしなかった。必死になって隠してたんだ……ぼくに」

　ふっと、記憶の底からひとつの声がよみがえった。

〝……妹を、守ってあげてね〟

　幼いころ、何度もそう聞かされた。それは母の声で、義妹の麻衣《まい》のことだと思っていた。でも、本当はそうじゃなかったのか？

　あれは彼女の母の――〝アリス〟の声だったのか？

「彼女は、アリスって名乗ってた彼女は、ぼくに絶対いわなかった。それほど知られたくなかったんだ。自分がぼくの妹だってことを！」

　それくらい、彼女はぼくを失いたくなかったんだ。

　ずっと、初めて会ったときからずっと、一人の少女としてぼくを見て、ぼくが世界のすべてだった彼女にとって、その事実を知られるくらいなら、幽霊でいたかったんだ。

『朗、落ち着け』

「落ち着けるか！　ぼくは、ぼくと彼女は……！」

『いいか。おれが〝アリス〟に残した伝言は』

　ほんのすこし笑うような口調で父がいった。

『娘にＤＮＡ鑑定を受けさせてくれ、だ』

「え……」

ぼくは呆気《あっけ》にとられた。パニックになっていたぼくにとって、それはあまりに予想外で、なおかつなんだか滑稽にも思えて、いまの混乱がふいに消えてしまった。

『疑いたくなかったんだ。関係があったのは事実だからな』

「鑑定してなかったのか。そんな大事なことなのに」

『朗、将来のために覚えとけ。生まれた子どものDNA鑑定をしてくれって彼女にいうのは、彼女の浮気を疑っているんだというのも同然なんだぞ。真実自分の子で、向こうが子どもができたことを喜んでいたら、どれだけ憤慨すると思う?』

「……それも、そうか」

『父親からの有用なアドバイスだ』

「ろくでもないな。……じゃあ、ぼくの母さんは鑑定をしたのか?」

『あの人は理性的な人だ。三ヶ所に鑑定を出して、どれも親子関係が証明された』

「それなら〝アリス〟のほうはまだなのか」

『おまえの事故のあと、連絡先を変えられた。どこに住んでいるのかもわからない。だから……〝アリス〟そっくりの〝彼女〟を廃線で見かけて、もしかしたらこの町に住んでいるのかもしれないと考えたんだ。それで灯台に伝言を残したんだがな』

「〝アリス〟は、彼女を父さんの子どもだっていっていたのか」

『松山での二度目の再会のときにそういわれたよ。だが旅先で〝アリス〟と付き合っていたのはほんの三ヶ月程度で、そこからすると娘の生まれ月は微妙に遅いと気づいたんだ。もっとも、それだって疑うには不充分だが』

「再会したのは本当にアリス本人だったのか。アリスだと思ってた溺死体は……」

『たぶんまったく無関係の事故死者だろう。あの嵐の日、アリスは母親が亡くなったために、待ち合わせに来られなかったそうだ。そのあとすぐ父親に連れられて引っ越して、その父親が亡くなったあと受け継いだ財産を持って、あちこちに移り住んでいたらしい』

　結局、はっきりしないことだけがわかった。

「たとえ血縁があろうがなかろうが、もう遅いんだ」

　ぼくは沈む声でいった。

「彼女はぼくの前から消えてしまった。連絡先もわからないのに、もうすぐぼくは帰京しなくちゃならない。父さんも居場所を知らないなら、もう二度と……彼女には、会えない」

『そんなに惚《ほ》れてるんだな。……兄妹《きょうだい》だとしてもか』

　受話器の向こうで父の重い吐息が聞こえた。

『おれたち親のいざこざと、おまえたち子どもは無関係だといってあげられればいいんだがな。そこまで、おまえが彼女を想うくらいなら』

　ぜんぶあんたのせいじゃないか、

とぼくはいいかけた。だが口に出す前に思い直した。

なにもかも、だれかのせいなんてことはないんだ。

ほかの人をずっと想いつづける父を母は愛して、そしてぼくが生まれた。父が〝アリス〟と出会っていたから、ぼくも彼女に出会った。

だれかの愚かさを責めるのは、自分の愚かさも責めるのと同じだ。自分の愚かさを無視できるほど、ぼくは〝正しさ〟を知らない。

受話器を握り、ぼくはいまにも朽ち果てそうな借家を眺め回した。

これが愚かさの結果なら、父はどれだけ自分を罰すれば気が済むのだろう。

『朗。もしもう一度彼女に会えたなら、絶対に逃すなよ』

ぼくの耳朶《じだ》に父の低い声が響いた。

『おれは三度も逃した。一度目は不可抗力に等しかったが、二度目も、三度目もおれは彼女を追うのをあきらめた。背負うものがあって、全力で走れないからって理由で』

「全力で……」

『若いときしか全力で走れない。年を取れば取るほど背負うものが増えて、気持ちも体も走れなくなる。だから走れよ、少年。全力で、全身全霊で。いまなら間に合う』

ろくでもないアドバイスばかりだった。それでもぼくは目の奥が熱くなった。

「わかった……父さん」

『有効に役立ててくれ』
受話器の向こうで小さく、低く笑う声が聞こえた。
『まだ仕事がある。残念だが、おまえの帰京には間に合わない。父親面できる身じゃないが
……いつかまた、ちゃんと会おう』
ぼくはうなずいた。知らず、涙が頬《ほお》に落ちていた。

八月三十一日の早朝は、快晴だった。

前日に宅配便で、めぼしい荷物は東京の自宅へ送ってある。わずかな着替えをザックに詰めたら、もうそれでぼくは借家を出られる状態になっていた。

最後に部屋中を掃除し、雨戸を閉めて戸締まりをして、ザックを持って外に出た。

鍵をかけてから、ぼくは二ヶ月半のあいだ暮らしたボロ屋を見上げる。

もしも次に来られたとしても、この家は崩れてしまっていそうだ。

「……元気で」

だれにいうともなくそうつぶやいて、ぼくは身をひるがえす。

山道をゆっくりと下り、鍵を預けに園田商店に立ち寄った。

七海《ななみ》は留守だった。台風の日に〝彼女〟と会っていたことを知られてから、すっかり七海はよそよそしくなってしまった。これまで受けた親切を思うとやはり正直寂しかった。

世話になった礼は、麻衣を経由して伝えることにしよう。

歩きながら新幹線の切符を確認する。

岡山発のぞみ号。自宅にも、すでに電話で到着時刻を伝えてある。

電話を受けた母は、ぼくの帰宅を、義父も麻衣も待っているといった。

そして、芙美先輩から暑中見舞いの葉書が届いていると教えてくれた。

涼しげな清流の写真で、特になにも書かれていなかったというが、ぼくは先輩がどこかで元気でいると知っただけで、泣きたくなるほど嬉しかった。

電車まで時間はあった。ぼくの足は廃線へと向かっていた。

夏の終わりの青空の下、どこまでも延びる赤錆びた廃線の上を、スケッチブックの入ったザックを肩にかけて、ぼくは独り歩く。彼女と出会った道筋をたどるように。

廃屋にたどりついたが、もちろんだれもいなかった。がらんどうの空き家は夏なのにひどく寒々しかった。ぼくはかまわず靴を脱いで上がり込む。

夏の海辺の絵は、ぼく独りで完成させた。センスがないな、と思うが結局たくさんの向日葵で額縁のように囲むことにした。

コルクボード側の壁に向き直る。

アリスが貼った折り紙の星を、ぼくはマーカーで描いた線路でつなぎ、一両だけの電車を走らせた。彼女と乗った小海線《こうみせん》のイメージだ。

ソフトクリームとカメノテを図案化し、飾り線のようにして描いた。アリスのコミカルなイラストと我ながら合っていると思う。

ぼくはスケッチブックを取り出して広げる。

何枚も何枚も、ぼくはこのスケッチブックに彼女を描いた。

革靴を手に廃線の上を歩くセーラー服の少女。

縁側に座り、裸足《はだし》の爪先で雨水をはね飛ばす少女。

果てしなく晴れ渡る空の下、夏の風に髪をなびかせてほほ笑む少女……。

鉛筆の上には、色鉛筆で色を乗せた。彼女には夏の色が似合う。

「アリス……」

苦しくなった。あの嵐の日から会えなくなってもう一ヶ月以上が経《た》つ。

それだけの時間が経っても、すこしも彼女への想いは色褪《あ》せなかった。

むしろ想いは募っていた。

彼女を描くことで、自分がどれだけ彼女を恋い慕っているか、彼女の顔を見て、その声を聞いて、ただそばにいるだけでどんなに幸せだったかを、改めて自覚した。

ぼくは、一番よくできたスケッチの一枚を丁寧に破り取り、コルクボードに貼る。そしてなにも描いていない一枚も破ってその隣に貼って、彼女への伝言を書いた。

〝今日、東京に帰る〟

サインペンの黒々とした線でそこまで書いて迷った。

だが思い切って先をつづけた。

〝父から聞いた。ぼくと君とが兄妹かもしれないってことを。お母さんを説得し、親子関係を証明する鑑定を受けてほしい。兄妹じゃなかったら、ぼくらに障害はなにもない。だけど、もし〟

ペンの先が震える。

その震えを押さえ込むように、ぼくはペンが紙に食い込むほどの強さでこう書いた。

〝もし、兄妹でも、ぼくはかまわない〟

でも、もう会えないのか、二度と。

最後の日になっても姿を見せない、最後まで幽霊のような君。

『フリス、フリサ！　いとしいフリス！』

唐突に『スノーグース』の一節が浮かんだ。

あとに残された少女フリスに、画家のラヤダーの魂が語りかける場面だ。

『……さよなら、愛《いと》しいひと』

ラヤダーの魂は、最後の最後にそう告げて、スノーグースとともに永遠に飛び立った。地上に縛り付けられたフリスを残して。

その一節を思い返しながら、ぼくはここにいない彼女に叫んだ。

アリス、アリサ、愛しいアリス。

君が好きだ。君が好きだ。君が大好きだ。

君を――君のことを、本当にぼくは愛していた。

どんな障害がぼくらについて回ろうと、君が受け入れてくれるならぼくはまっすぐに君を目指す。星をつなぐレールのように、君がいる先々をめぐり、やがて君にたどりつくまで、ぼくは君を求めて走っていきたい。

……それが叶《かな》うなら。

現実には無理だ。彼女の連絡先も、行方だってわからない。

東京にはぼくを待っている家族がいる。ぼくと彼女のいきさつを知れば、またあの嵐のような不和が巻き起こるだろう。

なにより、たとえぼくらがどんな気持ちでも、本当に兄妹なら許される関係じゃない。

わかってる。わかっているんだ。それでもぼくは君に会いたい。会いたいよ、アリサ。

これが最後なら一目でも、別れを告げるためでも、会いたかった――君に。

ぼくはペンを握り直す。

そして叶わぬ想いを表わすただ一言を、書き残した。

〝さよなら、愛しいひと〟

書き終わると手の力が失せた。ぼくは彼女との思い出が詰まった廃屋で独りたたずみ、ひっそりと一度だけ手の甲で目元をぬぐった。

そうしてぼくは廃屋から出て、振り返らずに上小湊の駅へと歩き出した。

★☆★

駅舎をくぐり、ホームに立つ。

目の前の瀬戸内海は晩夏の陽射《ひざ》しを浴びて、青く輝いていた。

ぼくはぼんやりとベンチに座り、焦点の合わない瞳でそれを眺める。

ゴトゴトと車体を揺らし、小海線の電車がやってきた。ベンチに置いたザックを取り上げ、ぼくは立ち上がる。

二ヶ月半も滞在した町だった。でも感慨はぜんぶあの廃屋に置いてきた気がした。

目の前で開くドアの中にぼくは足を踏み入れる。乗客は数名で、みな車両内に散らばって座っていた。ぼくも整理券を取り、座席の端に腰を下ろす。

ドアが閉まり、電車が動き出す寸前、ぼくは何気なく窓を振り返った。この小さな、ホームと駅舎だけの駅も見納めだから。

だが電車が動き出した瞬間、ぼくは恐ろしい勢いで立ち上がった。

「朗！」

駅の前の道路を、セーラー服の少女が走ってくる。

彼女はスカートをひるがえし、まっすぐに駅舎に飛び込んだ。

「伝言を見たの……朗、朗！」

ぼくを呼ぶ声が聞こえた。しかしすでに電車は加速して走り出していた。彼女はホームに飛び出したが足がもつれて転んだ。

ぼくは電車の窓に飛びつき、固い掛け金を必死になって押し上げて身を乗り出した。

「アリス……アリサ、アリサ!!」

電車は遠ざかっていく。

ホームに座り込んだまま、こちらを見つめる彼女を残して。

〝走れよ、少年〟

ふいに父の声が頭の中に響いた。

〝全力で、全身全霊で。いまなら間に合う〟

その瞬間、ぼくはとんでもない真似をした。

走る電車の窓枠に足を掛け、大きく体を乗り出して、そして――。

「うわあっ！」

思い切って、飛び降りた。

いやというほど地面にたたきつけられた。

すさまじい痛みに襲われ、意識が遠くなりかける。

だが歯を食いしばり、無理やり起き上がった。

肩の痛みをこらえ、足を引きずりつつ、ぼくは駅へと走り出す。はるか後方で電車が急ブレーキをかけて停《と》まる音が響いてきた。

ごめんなさい。すみません。鉄道会社にはあとで謝罪でもなんでもします。義父《とう》さん母さん、麻衣。ごめんよ、ごめん。ぼくを待ってくれているのに帰らなくてごめん。

頭の中でありとあらゆる人に謝りながら、それでもぼくは全力で走った。

真夏の熱が残るレールの上をひた走り、晩夏の空の下を駆け抜け、青い瀬戸内海に沿って延びる線路を蹴りつけてホームに飛び乗って、そして――。

ぼくは、〝アリス〟でも〝幽霊〟でもない、たしかな彼女を手に入れた。

あとがき

こんにちは。もしくは初めまして。マサト真希《まき》です。

このたびぽにきゃんＢＯＯＫＳさまから「廃線上のアリス」を上梓《じょうし》させていただくことになりました。真っ正面からの青春ラブストーリーは初めてで、少々緊張しています。

旅が好きで、しかし目的もなくふらっと一人旅というのもなかなか……なので取材旅行には嬉々《きき》として出かけます。今回は愛媛のとある海辺の町まで東京からはるばる夜行で行ってきました。主人公の譲羽朗《ゆずりはろう》のたどった旅路、ほぼそのままです。

小海線《こうみせん》や、廃線のある港町・上小湊《かみこみなと》は架空の場所ですが、モデルとなった地はあります。よくポスターやドラマの撮影で使われる、日本で一番海に近い駅のある場所です。梅雨時で灰色の瀬戸内海を眺めながら、スマホで撮影しつつ単線の線路沿いをずっと歩きました。

松山の道後温泉の郷土料理屋でカメノテも食べました。カメノテの食べ方を教えてくれた可愛《かわい》い女店員さんがうっかり汁を飛ばしてたのも実際のエピソードです。いい体験でした！

見知らぬ町を、見知らぬ人々のあいだを、一人で歩く。

そうすると、自分が自分でないような心地になります。家に帰り、待っている家族に迎えられ、そうしてやっと自分を取り戻すのです。

　本を読む、という行為はよく旅になぞらえられますが、自分にとっても読書は、見知らぬ遠い場所へと一人旅をして、自分が自分でない心地を味わうようなものです。作中で引用した『スノーグース』も『月と六ペンス』も、書店での何気ない出会いから思いがけない旅に連れていかれ、そして忘れえぬ一冊となりました。

　この本にも、そんな出会いがあればと願わずにはいられません。


　以下は謝辞です。

　担当のO様。執筆及び上梓に当たって、きめ細やかなご配慮を数多くいただき、ありがとうございました。イラストのフカヒレ様。透明感のある美しいイラストがイメージ以上で、感嘆及び感激です。仕事を応援してくれる家族、身内、友人。前に進む力をいつももらっています。校閲様、ぽにきゃんBOOKSの関係者の方々にも、厚く感謝を。

　そして、この本を手にとってくださった読者の皆様。あなたによい旅をお届けできたなら、それがなによりの喜びです。

二〇一四年九月　マサト真希

参考及び引用文献
『スノーグース』 ポール・ギャリコ著 矢川澄子訳 新潮文庫 1996年
『月と六ペンス』 サマセット・モーム著 金原瑞人訳 新潮文庫 2014年
※本文中の『スノーグース』及び『月と六ペンス』の原文は、上記の新潮文庫版より引用いたしました。
※この作品はフィクションです。実際の人物・団体・事件などとは、いっさい関係ありません。
JASRAC出1412610-401

ぽにきゃん BOOKS

廃線上のアリス

マサト真希

ぽにきゃんBOOKS

2014年11月3日 初版発行

発行人 古川陽子
編集人 大日向 洋
発行 株式会社ポニーキャニオン
〒105-8487 東京都港区虎ノ門2-5-10
セールス マーケティング部 03-5521-8051
マーケティング部 03-5521-8066
カスタマーセンター 03-5521-8033
装丁 株式会社トライボール
イラスト フカヒレ
印刷・製本 図書印刷株式会社

ISBN978-4-86529-095-0 PCZP-85056